Knickgeflüster

MARC FREUND

KNICK GEFLÜSTER

EIN OSTSEE-KRIMI

BOYENS

Für Sandra.
Für immer … und immer wieder.

BOYENS
BUCHVERLAG

ISBN 978-3-8042-1432-3

Umschlagfoto: Christian Landmann
Druck: CPI – Clausen & Bosse, Leck
Printed in Germany
Auch als E-Book erhältlich

- 1 -

„KOMM SCHON, DU Feigling!"
Der Ruf gellte über das Wasser, und Hark wusste, dass es keine weitere Aufforderung für ihn geben würde. Wenn er jetzt nicht spurte, war er raus. Eine ganz einfache Logik.
Er stand am Ufer, blinzelte gegen die Sonne und fasste den Entschluss, es zu wagen. Er griff nach dem dürren Ast, den er sich mühsam aus dem Gehölz der Steilküste gebrochen hatte und trat auf das Eis hinaus.
Die Ostsee war nicht komplett zugefroren, doch am Ufer hatten sich krustige Schollen gebildet, die teilweise vom kalten Wasser unterspült wurden. Mit aller Kraft stampfte er darauf herum – längst nicht so geschickt, wie es Sascha und Stefan kurz zuvor getan hatten, doch immerhin mit der entsprechenden Prise Glück. Mit einem trockenen Knacken löste sich eine etwa anderthalb Quadratmeter große Eisfläche vom Ufer und wurde sofort vom Sog des zurücklaufenden Wassers erfasst. Hark erschrak, als er erkannte, wie schnell sich die Kluft zwischen ihm und seinem schneeweißen Floß verbreiterte. Er gab sich einen Ruck und sprang auf die Eisscholle. Beinahe wäre er durch den Schwung ausgeglitten, und der Ast fiel ihm aus der Hand. Doch er hatte zum zweiten Mal Glück: Er blieb auf den Beinen, und seine improvisierte Stange landete auf der Eisscholle. Bevor sie ins Wasser rollen konnte, hatte Hark sie gepackt. Seine Finger waren rot vor Kälte und fast ohne Gefühl, doch niemals hätte er zugegeben, dass ihm das etwas ausmachte. Er wollte dazugehören. Und das hier war seine letzte Chance. Wenn man zehn Jahre alt war, wusste man das mit absoluter Sicherheit.
Hark packte die Stange und tauchte sie ins flache Wasser. Er stieß sich vom Ufer ab, um zu den anderen zu gelangen, die weiter draußen bereits auf die Fahrrinne zusteuerten.

Er balancierte sein Gewicht aus, sodass er einen sicheren Stand hatte und rasch vorwärts kam. Die Distanz zu den anderen wurde rasch kleiner. Jetzt hatten sie ihn gesehen, und allein das erfüllte Hark mit Stolz. Er spürte, wie ihm unter der Wollmütze warm wurde, und er hatte das Verlangen, den Schal, der nass von seinem schnell gehenden Atem war, fortzureißen, doch er war zu sehr damit beschäftigt, den richtigen Kurs zu halten.
Inzwischen tauchte die Stange weit tiefer ins Wasser. Bereits zwei Drittel hatten sich nass und dunkel gefärbt.
Fast hatte er die beiden anderen erreicht. Nur noch zwei Meter trennten ihn von den beiden Jungen, die kurz innehielten und zu ihm hersahen. Hark lachte laut und wollte ihnen etwas zurufen, als sein Blick kurz den Boden der Eisscholle streifte. Etwas bewegte sich darunter. Ein dunkler Schatten. Zu spät begriff er, dass es sich dabei um das Wasser der Ostsee handelte, die durch das zentimeterdünne Eis schimmerte. Im gleichen Augenblick brach die Scholle beinahe genau in der Mitte und Hark vollführte einen schmerzhaften Spagat. In seiner Verzweiflung klammerte er sich an die Stange, als die beiden Hälften des Eises unter ihm wegdrifteten.
Jemand lachte laut und meckernd.
Hark schrie auf. Entsetzen und Todesangst machten sich in ihm breit und wuchsen in rasendem Tempo zu einem brüllenden Ungetüm heran. Dann kippte er vornüber und tauchte in die eiskalte Ostsee.
Seine Schreie verstummten, kaum dass das dunkle Wasser über seinem Kopf zusammengeschlagen war …

Hark blinzelte die Erinnerungen fort und schirmte seine Augen mit der Hand gegen die Mittagssonne ab. Sein Blick wanderte für einige Sekunden über die Ausläufer der Flensburger Förde. Drüben, auf der anderen Seite: Sonderburg – zum Greifen nah, nur fünfzehn Minuten entfernt,

wenn man ein gutes Boot besaß. Schroffe Küsten, grüne Hügel und Felder; genau wie hier.
Nicht weit von Hark entfernt, dümpelte ein kleiner Fischkutter. An Bord nahm er die Bewegungen von zwei Männern wahr, die dabei waren, ihre Netze einzuholen.
Weiter draußen, in der Fahrrinne, zog gerade ein größerer Kahn vorbei, Richtung Flensburg. Das gemächliche Brummen und Tuckern der Motoren drang bis hierher.
Hark wandte sich vom Wasser ab, das seichte Wellen gegen einen Strand spülte, der von faustgroß geschliffenen grauen Steinen übersät war, die ihn an manchen Stellen für Wanderer nahezu unpassierbar machten.
Wie lange war es her, seitdem er das letzte Mal hier unten gewesen war? Er dachte einen Moment lang ernsthaft über diese Frage nach, bevor er den Versuch abbrach. Er wusste es nicht. Und was spielte es für eine Rolle? Er war kein Heimkehrer. Noch heute würde es ihn wieder fortziehen, zurück in die Stadt, die er kennen und lieben gelernt hatte.
Hark schob die Gedanken beiseite wie ein lästiges Insekt und setzte seinen Weg fort. Zu seiner Rechten erhob sich die Steilküste mit ihren grün bewachsenen Hängen, die stellenweise durch kahle, lehmige Abschnitte unterbrochen wurden. Hier und da ragte eine Buche schräg in den Himmel – ein Opfer der stetig nachgebenden Erdmassen, die jährlich von oben abrutschten.
Hark bog das Geäst eines im Wasser liegenden Baumes auseinander und schlüpfte hindurch, immer darauf bedacht, sich keine nassen Füße zu holen. Vor ihm tauchte das alte Fischerhaus im Schatten der Küste auf. Er konnte sich nicht daran erinnern, dass es früher zur Seeseite hinaus schon ein Fenster gehabt hatte. Fast war er versucht, an das kleine, aus Natursteinen gebaute Haus heranzutreten, um durch die leicht staubigen Scheiben zu sehen. Das Haus hatte eine leise Faszination auf ihn als Kind ausgeübt, weil es scheinbar immer verschlossen war und sich

nie jemand dort gezeigt hatte. Genau wie jetzt. Einige Dinge änderten sich nie.
Die Männer auf dem Wasser waren mit ihrer Arbeit fertig. Der Motor des Kutters gab ein dunkles Knurren von sich, und das Boot entfernte sich gemächlich in Richtung der nächsten Markierung.
Hark stieg die drei Zementstufen zur kniehohen Mauer hinauf, die im rechten Winkel zum Wasser verlief und mit der Befestigung des Hauses verbunden war. Er verharrte einen Moment, während der aufkommende Wind an seiner Jacke zerrte, und hielt Ausschau nach der Treppe, die die Küste hinauf führte. Hark entdeckte sie in etwa fünf Metern Entfernung, hinter einigen ausladenden Ästen.
Der Soldatenstieg, wie dieser Weg nach oben genannt wurde, war ein kleiner Pfad, dem während des Deutsch-Dänischen Krieges eine besondere Bedeutung zugekommen war, als österreichische und preußische Soldaten gemeinsam hier herunter und schließlich über die zugefrorene Förde marschiert waren. Über die Jahre musste er mehrfach ausgebessert und befestigt worden sein.
Hark nahm die ersten Stufen und tauchte ein in die Schatten, die von hohen Bäumen und letztlich von der Steilküste selbst geworfen wurden. Wieder fiel ihm die Stille auf. Das Wasser lag hinter ihm; das Geräusch der murmelnden Wellen wurde von dem Mantel des verflochtenen Geästs um ihn herum abgeschirmt.
Die Stufen der Treppe bestanden aus einfachen Brettern, die in den lehmigen Boden eingeschlagen und mit je zwei Bolzen fixiert worden waren. Hark widerstand der Versuchung, sie zu zählen, so wie er es vielleicht als Junge getan haben mochte. Er konnte sich nicht mehr daran erinnern. Alles lag so weit zurück.
Das Haus lag hinter einem brusthohen Maschendrahtzaun, der an mehreren Stellen gerissen war. Von dem Gebäude selbst war kaum etwas zu sehen; es war rundherum von

einem Gerüst umzingelt, das mit einer Schutzfolie umspannt worden war.
Hark schätze die Entfernung, die das Haus vom Abgrund der Steilküste trennte, auf etwa sechs bis acht Meter, keinesfalls mehr. Er fragte sich, wie lange die Natur benötigen würde, um aus diesem vergleichsweise jämmerlichen Bauwerk einen unansehnlichen Haufen Geröll zu machen. Um genau dies herauszufinden, war er schließlich hier, man hatte ihn eigens dafür hierher kommen lassen.
Ein seltsames Geräusch riss ihn aus seinen Gedanken. Etwas, das er nicht erwartet hatte und das auch nicht hierher gehörte. Es stammte von einer Heckenschere, wenn ihn nicht alles täuschte. Sollte Hoffmann die Wartezeit für ein wenig Gartenarbeit genutzt haben? Aber jetzt im Winter und zudem an einem Haus, das nicht sein eigenes war?
Nein, dachte Hark. So einer würde sich ganz bestimmt nicht selbst die Hände schmutzig machen. Hoffmann gehörte eindeutig zu den Menschen, die schneiden ließen.
Hark hätte das Haus auf der Waldseite umrunden müssen, um zur Auffahrt zu gelangen, entschied sich aber dafür, abzukürzen und den direkteren Weg durch eine der Lücken im Zaun zu nehmen. So gelangte er direkt auf das Grundstück, von dem aus man einen einmaligen Blick auf die sonnenbeschienene dänische Küste hatte. Einmalig, dachte Hark, aber nicht unbezahlbar. Ein trockener Zweig knackte unter seinem Schuh, als Hark sich von der Küste abwandte und auf das Haus zutrat. Beinahe im selben Augenblick hörte das schneidende Geräusch auf.
Hark reckte den Hals, doch es war niemand zu erkennen. Wer immer hier war, musste sich auf der anderen Seite befinden. Er wusste später nicht mehr, was es gewesen war, doch irgendetwas ließ ihn in diesem Moment nach links blicken, wo das Haus unter seiner Haube verborgen lag. Anfangs dachte Hark, es wäre der Wind gewesen, der das lose Ende der Folie zu fassen bekommen hatte und es mal

in die eine, mal in die andere Richtung flattern ließ. Dann kam ihm die Erkenntnis, dass etwas anderes seine Aufmerksamkeit erregt hatte.
Hinter der nur halb durchsichtigen Folie zeichnete sich der Schatten eines Menschen ab. Und er hatte sich in dem Moment bewegt, in dem Hark seinen Blick über das Gerüst schweifen ließ. Jetzt stand er still. Wartete.
„Herr Hoffmann?“ Hark hatte mit kräftiger Stimme gerufen, aber seine Worte klangen hier oben auf seltsame Weise fehl am Platz.
Niemand antwortete. Dennoch musste der Kerl ihn gehört haben, überlegte Hark, denn der Schatten verschwand von einem Augenblick auf den anderen. Die Bewegung wirkte fließend und nicht menschlich, und obwohl Hark genau wusste, dass dieser Eindruck durch die milchige Folie zustande kam, fröstelte er. Für einen Moment wusste er nicht, was er tun sollte.
Irgendwo waren Schritte zu hören. Jemand bewegte sich über das Gerüst. Hastete über das Gerüst. Hark fragte sich, warum Hoffmann es plötzlich so eilig hatte und trat einen Schritt auf das Gebäude zu. War es überhaupt Hoffmann gewesen? Was hatte ihn auf diesen Gedanken gebracht, lediglich die Tatsache, dass sie beide hier einen Termin hatten?
Hark wusste plötzlich, dass er den Fremden nicht mehr zu Gesicht bekommen würde, dazu bedurfte es nicht einmal mehr des aufheulenden Motors, der plötzlich irgendwo hinter dem Haus laut wurde.
Zwei oder drei Krähen wurden aus den umstehenden Bäumen aufgeschreckt und stiegen wild protestierend in die Luft. Hark beachtete sie nicht. Etwas, von dem er nicht wusste, was es war, veranlasste ihn, sich nach rechts zu wenden, um zur Vorderseite des Hauses zu gelangen. Dorthin, wo der Wagen geparkt gewesen sein musste.

Hark roch die letzten Spuren von Abgasen und Benzin, die in der Luft lagen. Eine Wahrnehmung, die ihm später noch lange im Gedächtnis blieb, die sich in seinem Hirn eingebrannt hatte als Ereignis, das unmittelbar vor der schrecklichen Entdeckung stattfand.

Die Frau lag auf dem Rücken, ihre nackten Beine leicht angewinkelt, sodass sie den Eindruck erweckte, sie würde jeden Moment zur Seite kippen. Was sie nicht tat, denn Hark erkannte sofort, dass sie nie wieder zu einer Bewegung fähig sein würde. Die Frau, die vor ihm auf einer Bauplane lag, war tot. Hark wusste es bereits, noch ehe er sich ihr auf fünf Schritte genähert hatte.

- 2 -

MEHRERE SEKUNDEN VERSTRICHEN, wurden zu Minuten, die Hark wie eine halbe Ewigkeit vorkamen. Als er sich endlich zu der Toten hinunterbückte, zitterten seine Hände und sein Atem ging schneller.
Er roch etwas Metallisches, etwas, das noch warm und rot aus dem Körper der Frau sickerte: Blut. Es bildete in den Mulden der Folie kleinere Lachen. An einer Stelle bahnte sich ein Rinnsal zum äußeren Rand. Hark beobachtete den schweren Tropfen, wie er sich in das karge Gras verflüchtigte.
Es handelte sich um eine Verletzung an der rechten Hand, das war selbst für ihn als Laien auf den ersten Blick erkennbar. Aber ebenso klar war es, dass diese Wunde kaum den Tod der Frau verursacht haben konnte.
Das erste Mal sah er die Tote an. Sie sah nicht aus, als ob sie schlafen würde, im Gegenteil, sie wirkte mit ihren aufgerissenen Augen und dem verzerrten Mund so, als würde sie ihn anklagen. *Warum bist du nicht früher gekommen?*
Ihr langes, braunes Haar war in Unordnung geraten, ihre Wimperntusche war verwischt, vermutlich durch ihre Tränen, von denen noch immer eine in ihrem linken Augenwinkel glitzerte.
Erwürgt, dachte Hark. Der Gedanke war plötzlich da, kam wie aus dem Nichts und nistete sich in seinem Kopf ein.
Der kreisrunde rote Streifen, der um den Hals der jungen Frau verlief, erzählte einen Teil der Geschichte, die sich erst vor kurzem hier abgespielt haben musste.
Hark richtete sich auf, blickte sich noch einmal um. Dann öffnete er seine Jacke und fingerte nach seinem Handy. Die Innentasche war leer. Natürlich war sie das, denn Hark hatte aus dem Auto heraus noch mit Dirk Hoffmann telefoniert und das Gerät nach dem Gespräch in die Mittelkon-

sole seines Wagens gelegt, wo es sich jetzt noch immer befand.
„Verflucht“, zischte Hark. Der BMW stand auf dem kleinen Parkplatz in Westerholz, direkt neben dem Imbiss, wo er vor seinem Strandspaziergang noch eine Currywurst gegessen hatte. Bis dorthin waren es zu Fuß mindestens zwanzig Minuten. Zu weit, zu lange.
Hark zog den Reißverschluss seiner Jacke zu und wandte sich ab, nicht ohne noch einmal einen letzten Blick auf die Leiche zu werfen.
Die Tote lag unverändert da, die Beine angewinkelt, den Mund wie zu einem stummen Schrei geöffnet.
Hark drehte den Kopf zur Seite. Er setzte sich in Bewegung, überquerte das Grundstück und stieß die kleine Holzpforte auf, die nur angelehnt war. Von dort lief er den Waldweg entlang, immer schneller, bis er am Ende rannte.
Er folgte dem gewundenen Pfad, über eine Lichtung hinweg, bis er an einen breiteren Weg kam, der allem Anschein nach hin und wieder auch von Traktoren befahren wurde.
Mehr als einmal drohte er, in dem Matsch und Dreck auszurutschen. Nach etwa drei Minuten ging der Waldweg in eine asphaltierte Dorfstraße über. Zu seiner Linken befand sich ein kleiner Löschteich, über den sich eine dünne Eisschicht zog.
Auf der rechten Seite kam ein Haus in Sicht. Der Hof der Packulats. Wenn es denn noch ihr Betrieb war, dachte Hark. Aber warum sollte sich hier draußen je etwas ändern?
Hastig überquerte er den Hofplatz, auf dem zwei Autos standen. Ein altersschwacher Mercedes und ein aufgemotzter VW Golf mit abgedunkelten Heckscheiben.
Hark rannte zwischen den geparkten Fahrzeugen hindurch, auf die Haustür des Reetdachhauses zu. Er betätigte mehrfach die Klingel. Ungeduldig hämmerte er zusätzlich mit

der Faust gegen die altersschwache, gelb getönte Glasscheibe.
Endlich kam jemand. Hark erkannte schemenhaft die Umrisse einer Gestalt. Ein breitschultriger Mann in Latzhose und grünem Arbeitshemd öffnete und starrte den Besucher grimmig an. „Ja?"
„Kann ich bei Ihnen telefonieren?", fragte Hark kurz angebunden. „Es ist sehr dringend. Da hinten im Wald liegt eine Tote." Hark deutete in die Richtung, aus der er gekommen war.
Er hatte damit gerechnet, dass Wilfried Packulat, an den er sich dunkel erinnern konnte, beiseite treten würde, doch den Gefallen tat ihm der Landwirt nicht. Im Gegenteil, er bäumte sich auf, beinahe so, als würde er einen Angriff erwarten.
„Ich habe kein Handy dabei", startete Hark einen neuen Versuch. „Und da hinten bei dem Waldhaus habe ich vor ein paar Minuten eine Leiche entdeckt. Wir müssen die Polizei verständigen. Bitte!"
Endlich reagierte der schwerfällige Mann. Er wich einen Schritt zurück und öffnete die Tür so weit, dass Hark in den schmalen Hausflur eintreten konnte.
„Eine Tote?", fragte Packulat in einem Ton, als ob man ihn gerade unvermittelt aus dem Tiefschlaf gerissen hätte. „Wer ist es denn?"
„Ich habe keine Ahnung", erwiderte Hark, während er sich mit suchendem Blick nach dem Telefon umsah.
Packulat deutete wortlos auf eine Bauernkommode, die neben dem Durchgang zum Wohnzimmer stand. Darauf befand sich noch ein alter Wählscheibenapparat, von dem Hark annahm, er sei längst Geschichte.
Ohne zu überlegen nahm er den Hörer ab und wählte den Polizeinotruf. Der anonymen männlichen Stimme meldete er, was er gesehen hatte. Er wurde gebeten, die Nummer

der Packulats durchzugeben und sich selbst in der Nähe aufzuhalten.
Hark legte nachdenklich den Hörer auf die Gabel zurück. Noch immer ging sein Puls schneller als normal, und das war nicht nur auf das Laufen zurückzuführen.
„Hark? Bist du das?“
Der Angesprochene drehte sich um. Er hatte kaum wahrgenommen, dass eine etwa sechzigjährige Frau in altmodischer Kittelschürze aus dem Wohnzimmer getreten war und ihn aus müden Augen verwundert ansah.
„Hallo Isolde“, antworte der junge Mann spröde.
„Was höre ich“, fragte sie weiter, „da liegt eine Tote im Wald? Was ist denn passiert?“
„Ich weiß es nicht“, gab Hark zurück. Für einen Moment dachte er an den Schatten unter der Baufolie, aber das waren keine Details, die er hier und jetzt preisgeben wollte.
„Du hast sie gefunden? Was machst du denn überhaupt hier?“
Hark wollte antworten, doch Wilfried Packulat kam ihm zuvor. „Du kennst ihn?“, fragte er argwöhnisch.
Isolde Packulat schenkte ihrem Mann einen Blick, der eine nicht geringe Portion Unverständnis enthielt. „Das ist doch Hark – Lisas und Norberts Sohn!“
Packulat musterte den Besucher erneut und kratzte sich demonstrativ am Kopf. „Ist lange her, dass man dich hier gesehen hat.“ Die Worte hatten nicht eben freundlich geklungen, und Hark war klar, dass sie auch nicht so gemeint gewesen waren.
In diesem Augenblick schlug im Obergeschoss des Hauses eine Tür zu. Geräusche näherten sich. Jemand kam mit eiligen Schritten die Treppe herunter, die in den Flur mündete.
„Was ist denn hier los?“, fragte der dunkelblonde, eher schmächtig gebaute Mann, der auf der letzten Treppenstufe stehenblieb und von einer Person zur anderen starrte.

Auf Harks Gesicht blieb der Blick des Mannes haften. „Ach, nee, mich laust der Affe. Was machst du denn hier?“
„Hallo Jürgen“, begrüßte Hark den jüngsten Sohn der Familie und wiederholte daraufhin in kurzen, knappen Worten seine Geschichte.
Der junge Packulat, der mit Anfang dreißig allem Anschein nach noch immer zu Hause bei seinen Eltern lebte, machte ein erstauntes Gesicht. „Eine Tote? Hier bei uns im Wald? Wie ist die denn da hingekommen?“
„Frag nicht so dämlich“, wies ihn sein Vater zurecht.
Der junge Mann blickte verächtlich auf den älteren, sagte aber nichts. Stattdessen trat er von der Treppenstufe herunter und knöpfte seine Jeansjacke lässig zu.
„Du fährst weg?“, fragte Packulat. „Du bist doch vor ein paar Minuten erst nach Hause gekommen.“
„Na und?“, giftete sein Sohn zurück. „Ich fahr noch mal zu Rolf rüber. Obwohl ...“ Jürgen Packulat grinste, während er die Schlüssel für den Golf aus seiner engen Jeans fingerte, „... ich mir die Leiche gerne mal ansehen würde. Bekommt man ja schließlich nicht jeden Tag geboten, so was. Da muss erst unser schlauer Hark nach Hause kommen. Warum bist du denn eigentlich hier? Laufen die Geschäfte in Hamburg nicht?“
Der alte Packulat wollte auf seinen Sohn losgehen, doch seine Frau packte ihn entschlossen am Arm. „Lass ihn in Ruhe“, bestimmte sie entschieden. Dann wandte sie sich an Jürgen: „Und du machst, dass du heute Abend wieder hier bist. Hast du die Bewerbungen geschrieben?“
Jürgen Packulat machte einen verächtlichen Laut und riss wortlos die Tür auf, die er im nächsten Augenblick hinter sich zuknallte. Nur wenig später heulte draußen vor dem Haus ein Motor auf.
„Wir haben gerade Kaffee getrunken“, unternahm Isolde Packulat den Versuch, die Situation zu retten. „Möchtest du eine Tasse?“

Hark war eher danach, das muffig riechende Haus zu verlassen, um draußen bei einer Zigarette auf das Eintreffen der Polizei zu warten, dennoch nahm er das Angebot an und folgte der Frau, die er noch aus seinen Jugendjahren kannte und die sich seither kaum verändert zu haben schien, in ein Wohnzimmer, in dem vermutlich seit den Achtzigern kein Sessel, kein Stuhl und kein Blumentopf verrückt worden war.
Die Tapeten waren vergilbt, und die Gardinen hingen wie schwere graue Tränensäcke in den Fenstern.
Auf dem abgewetzten Couchtisch lag eine billige Fernsehzeitschrift, daneben eine Lesebrille.
Hark wurde ein Platz in einem Zweiersofa angeboten, auf dessen Sitzfläche eine raue Wolldecke ausgebreitet war.
Isolde Packulat brachte eine geblümte Tasse, in der sich Kaffee befand. Milch und Zucker standen auf dem Tisch.
Während sich die Frau in das Sofa gegenüber setzte, blieb ihr Mann in der Mitte des Raumes stehen, die Hände tief in den Taschen seiner Latzhose vergraben.
Es folgte ein Moment der peinlichen Stille, von dem Hark befürchtete, dass er nie vorübergehen würde. Dann jedoch passierten zwei Dinge gleichzeitig: Vor dem Haus wurde das Geräusch eines Motors laut. Ein Auto hielt auf dem Hof.
Im gleichen Moment näherten sich schwere Schritte durch das Haus. Johannes Packulat, der ältere Sohn des Bauernehepaars, erschien auf der Bildfläche.
Seine Füße steckten in Gummistiefeln, Johannes hatte sich nicht die Mühe gemacht, sie auszuziehen.
Er trug einen alten Bundeswehrparka, der falsch zugeknöpft war. Unter seiner Nase schimmerte nachlässig weggewischter Rotz. Hark vermutete, dass der klägliche Rest noch zu der Menge gehörte, die eine lange Schleifspur auf seinem Jackenärmel hinterlassen hatte.

Johannes Packulat war siebenunddreißig Jahre alt und hatte die Schule nach der zweiten Klasse abgebrochen. Danach war er in eine soziale Einrichtung in Flensburg gekommen, die sich um ihn gekümmert hatte. Seit einigen Jahren, Hark wusste nicht mehr seit wann, lebte Johannes wieder auf dem Hof seiner Eltern.
„Mama, Papa“, rief er laut und ungestüm, „da kommt einer. Ich glaube, es ist Werner. Von der P-polizei.“
Isolde Packulat nickte Hark zu und erhob sich, während ihr Mann noch genauso da stand, wie vor einigen Minuten. Er drehte sich nachdenklich zu seinem Sohn um. Es hatte den Anschein, als wolle er ihn etwas fragen. Stattdessen atmete er tief durch und folgte seiner Frau zur Haustür, die in diesem Augenblick geöffnet wurde.
„Moin, Werner“, hörte Hark die Frau des Hauses sagen.
Es folgte ein kurzes Stimmengemurmel, danach Schritte, die sich näherten.
Hark war froh, endlich von dem unbequemen Sofa aufstehen zu können, um etwas anderes zu tun, als herumzusitzen und zu warten.
Ein leicht untersetzter Mann mit unrasiertem Doppelkinn betrat den Raum. Er trug seine schwarze Lederjacke offen, darunter kam der dunkelblaue Strickpullover der Polizei zum Vorschein. „Herr Hagendorn?“
Hark nickte und reichte dem Polizisten die Hand.
„Werner Klinger, Polizeidienststelle Langballig. Man hat mich informiert, dass Sie nicht weit von hier eine Leiche gefunden haben, ist das richtig?“
„Ja“, gab Hark zurück. „Bei dem Haus an der Steilküste.“
„Ach ja“, machte Klinger, als würde er sich jetzt erst erinnern. „Wem gehört das eigentlich jetzt?“
„Einer Frau Kielmann aus Hamburg“, antwortete Isolde Packulat. „Wir haben im Sommer ein paar Mal miteinander gesprochen.“

„Das Haus wird zur Zeit umgebaut“, ergänzte Hark. „Ich hätte mich heute dort mit Dirk Hoffmann treffen sollen.“
„Der Bauunternehmer?“, hakte Klinger nach.
Hark nickte.
„Und was ist dann passiert?“
„Hoffmann war nicht da“, erklärte Hark. „Stattdessen habe ich auf dem Grundstück die tote Frau gefunden.“
Klinger räusperte sich. „In Ordnung. Lassen Sie uns rübergehen und nach dem Rechten sehen.“
„Was ist passiert?“, fragte Johannes Packulat. Auch er hatte seine Mütze abgenommen. Das drahtige blonde Haar stand in alle Richtungen ab und verlieh seinem kantigen Gesicht ein unwirsches Aussehen.
„Nichts“, sagte sein Vater und bugsierte ihn unsanft zurück in den Flur. „Sieh zu, dass du auf dein Zimmer kommst.“
Hark beeilte sich, das Wohnzimmer zu verlassen. „Vielleicht sollten wir gleich aufbrechen.“
Klinger nickte dem Ehepaar Packulat zu und zwängte sich in dem Flur an Johannes vorbei, der ihnen nachstarrte.
Als sie vor die Tür traten, nieselte es leicht.
Klinger ging voran. Auf dem Hofplatz stand sein Einsatzwagen. „Wir gehen die paar Schritte zu Fuß“, entschied der Polizist.
Sie brauchten nicht lange, bis sie das Haus an der Steilküste erreicht hatten. Die Folie flatterte im leichten Wind, ansonsten war alles ringsum still.
Durch das kahle Geäst der Buchen bot sich ein Blick auf die Ostsee hinaus, die grau unter dem Schleierregen wogte.
Hark deutete auf die Pforte, durch die man auf das Grundstück gelangte.
Klinger nickte und trat als erster hindurch, Hark folgte ihm in kurzem Abstand. Sie bewegten sich einen kurzen, aber steilen Hang hinunter und befanden sich schließlich seit-

lich des Gebäudes, neben dem die Folie ausgebreitet gewesen war.
Sie war verschwunden, ebenso wie die weibliche Leiche, die darauf gelegen hatte.

- 3 -

FÜR EINEN MOMENT lang sagte Hark kein Wort. Er starrte auf die Stelle, an der die Unbekannte gelegen hatte, und für die Dauer eines Wimpernschlags war ihm so, als läge sie tatsächlich noch dort, als weigerten sich seine Augen nur, diese Tatsache anzuerkennen.

Er trat einen Schritt vor und bückte sich. Er betrachtete den lehmigen Boden, der nun mit einer glänzenden Schicht aus Nässe bedeckt war. Die wenigen Grasbüschel, die hier ihr Dasein fristeten, konnten kaum darüber Auskunft geben, ob hier vor kurzem noch ein Körper gelegen hatte oder nicht.

„So“, machte Klinger nach einer Weile. „Und wo ist sie denn nun, die Tote?“

Hark erhob sich und deutete auf die Stelle am Boden, die er gerade untersucht hatte. „Da hat sie gelegen. Bis vor einer Dreiviertelstunde noch.“

Klinger rieb sich die Nase, ließ seinen Blick über das Gelände schweifen, bevor er sein Gegenüber ansah. „Herr Hagendorn, nehmen Sie mir meine Frage nicht übel, aber haben Sie etwas getrunken?“

Hark stemmte die Hände in die Hüften und lachte kurz und hart auf. „Ich bin Baugeologe. Ich habe einen verantwortungsvollen Job und kann mir keinen Alkohol im Dienst leisten, vermutlich ebenso wenig wie Sie.“

Klingers Gesichtszüge verhärteten sich. „Fantastisch, dann sind wir uns ja einig, zumindest was diesen Punkt angeht. Und wie sieht es in der anderen Sache aus, bleiben Sie bei Ihrer Aussage, dass Sie hier an dieser Stelle eine Tote gesehen haben wollen und nicht etwa eine Person, die sich eventuell einen Scherz mit Ihnen erlaubt hat?“

„Sie hat geblutet“, gab Hark zurück. „Eine Verletzung an der rechten Hand. Es war nicht zu erkennen, wo genau die Wunde war.“

Klinger seufzte. „In Ordnung. Ich werde Sie jetzt mit zur Dienststelle nehmen. Da setzen wir beide ein Protokoll auf. Ich nehme doch an, dass Sie wenigstens eine Beschreibung von dieser Frau abgeben können?“
Hark spürte, wie sich irgendwo in seinem Innern Zorn breitmachte. „Ich denke, dass ich sie ziemlich genau beschreiben kann.“
Sie verließen das Anwesen und legten den Weg zum Hof der Packulats schweigend zurück.
Dort angekommen stiegen sie in den Wagen. Klinger wendete auf dem Hof und jagte in hohem Tempo die verlassene Dorfstraße entlang.
Bis zur Dienststelle in Langballig waren es nur wenige Kilometer, für die sie gerade mal sieben Minuten benötigten.
Klinger zeigte sich in seinem Büro von seiner unangenehmsten Seite: wortkarg und abweisend. Wenn er sprach, tat er dies von oben herab und bemühte sich, jedes zweite Wort zynisch klingen zu lassen.
Die Strecke nach Westerholz legte Hark zu Fuß zurück. Er stieg in seinen Wagen, angelte nach dem Handy und sah auf das Display: vier Anrufe in Abwesenheit. Alle stammten von einer Nummer.
Hark betätigte die Wahltaste und wartete das Freizeichen ab.
Dirk Hoffmann meldete sich bereits nach dem zweiten Klingeln. „Ah, Hagendorn, wo stecken Sie?“
Hark verzog das Gesicht zu einem humorlosen Grinsen. „Die Frage lautet eher, wo waren *Sie*?“
„Ja, ich weiß, ich habe unseren Termin verpasst“, kam es aus der Leitung. „Zwischen Schuby und Tarp ist die A7 komplett gesperrt, und dreimal dürfen Sie raten, wer mitten drin steckt.“
„Dann waren Sie noch gar nicht beim Haus?“, wollte Hark wissen.

„Nein, ich bin immer noch unterwegs. Vor einer halben Stunde ist der Rettungswagen durch die Gasse gekommen. Ich denke, dass sich das Ganze noch etwas hinziehen wird.“
„In Ordnung“, antwortete Hark und sah auf die Uhr. „Es wird gleich dunkel, kennen Sie das Gasthaus in Grundhof?“
„Natürlich.“
„Ich werde dort auf Sie warten. Es gibt da etwas, das Sie wissen sollten.“
Hark trennte die Verbindung und blieb für mehrere Minuten regungslos in seinem Wagen sitzen. Er sah auf die Ostsee hinaus. Am Strand gingen zwei Spaziergänger vorbei, die ihre Jacken fest zugezogen hatten und vergeblich versuchten, einen viel zu kleinen Regenschirm gegen den Wind zu stemmen.
Hark sah durch die Wanderer hindurch und hing seinen Gedanken nach. Das erste Mal in seinem Leben war er mit einem toten Menschen in Berührung gekommen. Ein eigenartiges Gefühl, auf das er nicht vorbereitet gewesen war.
Aber wann bekam man schon die Gelegenheit, sich auf eine Situation dieser Art einzustellen?
Hark drehte den Zündschlüssel herum und ließ den Wagen an. Langsam ließ er den BMW zurückrollen und lenkte ihn den steilen Haffberg hinauf. Oben angekommen, bog er rechts Richtung Langballig ab, überquerte die B199 und sah schon nach wenigen Minuten den Turm der Grundhofer Kirche über die Landschaft ragen.
Er erinnerte sich an die Zeit, in der er mit seinen Eltern am Nachmittag des Heiligen Abend den Gottesdienst in der Marienkirche besucht hatte. Das aus Felssteinen errichtete Gotteshaus war bis auf den letzten Platz gefüllt gewesen, und Hark hatte zwischen seiner Mutter und seinem Vater gesessen. Er war erfüllt gewesen von dem sicheren Gefühl,

behütet zu sein. Eine unbeschwerte, sorgenfreie Zeit, die für immer vergangen war.
Direkt gegenüber vom Kirchengelände befand sich das Gasthaus mit dem kleinen Parkplatz zur Linken, auf dem er den Wagen ausrollen ließ.
Inzwischen war es dunkel geworden, und Hark fror. Er betrat die Gaststube, die von einem langen Tresen dominiert wurde.
Der Wirt sah von seinem Gespräch auf, das er mit einem bärtigen Mann führte, der ihm auf einem Barhocker gegenübersaß und sich an einem Glas Bier festhielt. Jetzt sah auch der Bärtige herüber, wandte sich dann jedoch sofort wieder seinem Gesprächspartner zu.
Der Wirt, ein stämmiger Kerl mit grauem Haar, nickte dem neuen Gast zu.
Hark steuerte den Nebenraum an, der Platz für eine kleine Anzahl Tische bot, von denen momentan nur einer von einem älteren Ehepaar besetzt war.
Der Baugeologe setzte sich in die gegenüberliegende Ecke ans Fenster und betrachtete, wie die Regentropfen von außen dagegen prasselten.
An diesem Abend des einundzwanzigsten Januar ging es auf achtzehn Uhr zu, als ein sichtlich genervter Dirk Hoffmann den Raum betrat, sich kurz umsah und dann zielsicher auf Harks Tisch zusteuerte. Er trug eine dicke, regenfeste Jacke mit ausladender Kapuze, die ihn dennoch nicht davor bewahrt hatte, dass seine blonde Mähne ihren geföhnten Halt verlor.
Hoffmann legte eine schwarze Aktenmappe auf die Fensterbank und reichte Hark seine Hand über den Tisch. „Herr Hagendorn, ich grüße Sie." Der Bauunternehmer zog sich einen Stuhl heran und ließ sich schwer darauf fallen. „Was für eine Odyssee", ächzte er.

Es war nicht das erste Mal, dass sie aufeinandertrafen. Im Laufe der letzten drei Jahre hatten sie mehrfach beruflich miteinander zu tun gehabt.
Hark konnte nicht gerade behaupten, dass ihm der Geschäftsmann sympathisch war, aber das war genau genommen kaum jemand, mit dem er in seinem Arbeitsleben in Kontakt stand.
Hoffmann erzählte die Geschichte seiner Anreise zum zweiten Mal, und Hark ertappte sich bei dem Gedanken, welches Gesicht sein Gegenüber machen würde, wenn er ihn mit den jüngsten Ereignissen konfrontierte.
„Eine Leiche?"
Dirk Hoffmann hatte die Worte lauter gesagt, als beabsichtigt und zuckte selbst bei ihrem Klang zusammen.
Die ältere Frau und ihr Begleiter sahen kurz zu ihnen herüber, bevor sie sich wieder ihrem Dessert zuwandten.
Hoffmann beugte sich zu Hark über den Tisch und nahm eigens dafür sein Bierglas beiseite, das ihm der Wirt vor wenigen Minuten gebracht hatte.
„Das ist doch nicht Ihr Ernst, oder?"
Hark nahm einen Schluck von seinem Hefeweizen und stellte das Glas auf den Tisch zurück. „Ich fürchte doch. Es war eine junge Frau, schätzungsweise Anfang dreißig. Sie hat direkt neben dem Haus auf dem Grundstück gelegen. Auf einer Folie."
Hoffmann sackte die Kinnlade herunter. Sein Blick wanderte unstet im Raum umher, bevor er wieder zu Hark zurückkehrte. „Aber wie ist denn die dahingekommen? Ich meine, es ist doch niemand da oben bei dem Haus. Oder etwa doch?"
Der Bauunternehmer sah aus, als würde er angestrengt nachdenken. Hark beobachtete ihn dabei.
Verstörende Neuigkeiten, dachte er.
Hoffmann schüttelte den Kopf, als könne er damit die letzten Worte seines Gesprächspartners ungeschehen machen.

„Das will mir einfach nicht in den Schädel. Was ist denn mit ihr? Ich meine, wer ist die Frau, woher kommt sie, und was hatte sie überhaupt bei dem Haus zu suchen? Sie haben doch sicher gleich die Polizei verständigt?“
„Die war da“, antwortete Hark knapp. „Und zwar in Form eines einfältigen Beamten, der mir nicht recht Glauben schenken wollte. Ich kann es ihm allerdings auch nicht verübeln, denn als wir zu dem Haus zurückkehrten, war die Tote verschwunden.“
Hark erzählte dem Bauunternehmer nun die ganze Geschichte.
„Und ich habe gedacht, ich hätte einen aufregenden Nachmittag gehabt.“
„Ich weiß auch nicht, warum ich Ihnen das alles erzähle“, fuhr Hark fort. „Aber ich dachte, Sie sollten es einfach wissen. Es ist Ihre Baustelle.“ Der Grund war natürlich nicht von der Hand zu weisen, viel wichtiger war jedoch, dass Hark jemanden gebraucht hatte, um sich das Erlebte von der Seele zu reden. Jemanden, der ihm zuhörte, der vielleicht sogar nachvollziehen konnte, was in ihm vorging. Jemand anderen als diesen Polizisten.
„Ich bin Ihnen sehr dankbar für diese Informationen“, nahm Hoffmann das Gespräch wieder auf. „Ich meine, immerhin bin ich tatsächlich momentan für das Haus da oben verantwortlich. Die Eigentümerin, Frau Kielmann, ist derzeit verreist. Florida, soweit ich weiß. Die kommt frühestens in zwei Wochen zurück.“
Hark blickte von seinem Bier auf und sah sein Gegenüber direkt an. „Darf ich Ihnen eine Frage stellen?“
„Natürlich.“
„Glauben Sie mir diese Geschichte?“
Etwas Unerwartetes geschah: Hoffmann begann zu lachen. „Ich muss schon sagen, Sie haben Nerven. Erzählen mir hier eine Story von einer Toten, die auf meiner Baustelle

verschwunden ist, und fragen mich dann, ob ich das alles für wahr halte."
„Tun Sie es?"
Der Bauunternehmer wurde von einer Sekunde auf die andere wieder ernst. „Ich habe wohl keinen Grund, es nicht zu tun, oder?"
„Die Polizei ist immer noch skeptisch", gab Hark zu bedenken.
Hoffmann winkte ab. „Was wollen Sie da erwarten? Ein Mord. Himmel, damit haben die hier draußen doch so gut wie nie zu tun. Hier passiert doch nichts. Es kommt nichts abhanden und wenn doch, taucht es am nächsten Tag gleich wieder auf. Aber eine Leiche? Dafür müssen Sie den Leuten schon ein bisschen Bedenkzeit geben."
„Es ist eine unangenehme Situation für mich", gestand Hark nach einer Weile. „Ich weiß nicht recht, wie ich mich verhalten soll."
„Verstehe ich absolut", pflichtete ihm der Blonde bei. „Wenn Sie wollen, rede ich morgen noch mal mit dem Klinger. Wird vermutlich ohnehin das Beste sein. Auch wenn ich natürlich nicht viel zu der Sache beitragen kann."
Hark fühlte sich erleichtert und auf eine unerklärliche Weise etwas besser als zuvor.
Die beiden Männer verabredeten sich für den Nachmittag des folgenden Tages, um den heutigen Termin, die Ortsbegehung und Baubesprechung, nachzuholen.
Hark verabschiedete sich von Hoffmann und verließ das Lokal. Draußen im Wagen sah er auf die Uhr. Inzwischen war es kurz nach acht. In einer halben Stunde könnte er in Flensburg sein.
Hark fasste einen spontanen Entschluss. Es war an der Zeit, Anne zu besuchen.

- 4 -

DAS HAUS LAG in der Nähe des Waldrands im Stadtteil Westliche Höhe. Ein roter Klinkerbau mit schwarzem Pfannendach, das im Licht der Straßenlaterne nass glänzte. Hark stieg aus dem Wagen und lief über die Straße, es regnete noch immer.

Um das Haus lief eine halbhohe Steinmauer. Am vorderen Tor war eine Klingel angebracht, die Hark jedoch ignorierte.

Es war schon mindestens zwei Jahre her, dass er das letzte Mal hier gewesen war. Die kleine Gartenpforte auf der Rückseite des Grundstücks gab es immer noch, und wie immer quietschte das Ding beim Durchgehen erbärmlich.

Neben der Haustür waren zwei Klingelknöpfe angebracht. Hark wählte den unteren.

Es dauerte eine ganze Weile, bis sich etwas rührte. Hark trat zwei Schritte zurück und glaubte in einem der beiden oberen Fenster eine Bewegung hinter den zugezogenen Gardinen wahrzunehmen. Immerhin war jemand zu Hause.

Kurz darauf hörte er Schritte im Haus. Jemand bewegte sich ein wenig schwerfällig die Treppe hinunter.

Die Tür wurde geöffnet. In dem Spalt tauchte ein blasses Frauengesicht auf, das von langen grauen Haarsträhnen eingerahmt wurde.

„Du?“

„Hallo, Anne“, erwiderte Hark. „Darf ich reinkommen?“

Ein kurzer Moment des Zögerns. Danach wurde die Tür weiter aufgezogen.

Anne Hagendorn raffte ihren verblichenen blauen Morgenmantel enger zusammen und gab Hark ein Zeichen einzutreten. „Komm rein. Bleiben kannst Du aber nicht.“

Hark schloss die Tür hinter sich und folgte seiner zehn Jahre älteren Schwester die Treppe hinauf nach oben, wo sie zweieinhalb Zimmer bewohnte.

Anne verschwand kommentarlos in der Küche, wo Hark kurz darauf das verräterische Aneinanderschlagen zweier Glasflaschen hörte. Er drückte die Wohnungstür ins Schloss und sah sich in dem viel zu engen Flur um.
Neben der Garderobe, an der lediglich eine für diese Jahreszeit viel zu dünne Jacke hing, war ein Spiegel angebracht, an dessen Rand vergilbte Postkarten und einige wenige Fotos klebten. Kleine Relikte aus längst vergangenen Tagen, aus einer Zeit, in der Anne vielleicht noch glücklich gewesen war, so genau wollte sich Hark da nicht festlegen.
Ein Foto zeigte sie am Strand von Teneriffa, dem Fotografen zuwinkend und mit einem breiten Lächeln im Gesicht. Ein Gesicht, das noch nicht von Falten zerfurcht war, eines, in dem der verdammte Teufel Alkohol noch nicht gewütet hatte. Dieser Fluch hatte erst Jahre später eingesetzt, vermutlich kurz nach dem Unfall ihres Mannes Walter. Ein Fernfahrer aus Kassel, der irgendwann in den frühen Neunzigern hier oben hängen geblieben war. Auf der A1, kurz hinter Remscheid, hatte er irgendwann ein Stau-Ende übersehen und war ungebremst in die vor ihm stehende Blechlawine gerast. Für Anne war es ein schwerer Schlag. Hark hatte nie den Eindruck gehabt, dass die Ehe seiner Schwester glücklich verlaufen war, aber irgendetwas musste sie wohl an dem Mann gefunden haben, das ihr Halt gegeben hatte. Bis zu diesem gewissen Punkt vor acht Jahren.
Danach war zu viel passiert. Zu viele Ereignisse, zu viele Dinge, die einfach schief gelaufen waren.
Harks Blick fiel auf den zerzausten Regenschirm, der in einer einfachen roten Tonvase neben der Tür steckte. Das Gefäß hatte einen Riss, der sich vom Boden bis hinauf zum oberen Rand zog. Irgendwie war das ein Sinnbild für das Leben seiner Schwester. Es drohte auseinanderzubrechen und wurde gerade noch so von etwas zusammenge-

halten, das sich niemand erklären konnte. Eine unsichtbare Naht, die jedoch keine weitere Erschütterung mehr aushalten würde.
„Willst du nicht endlich reinkommen? So interessant kann mein Flur ja nun doch nicht sein.“
Hark war sich dessen nicht sicher. Er hatte eher den Eindruck, dass er bereits mehr gesehen hatte, als gut für ihn war.
Mit Hoffnungen war das so eine Sache. Hark hatte sie, jeder hat sie, verdammt noch mal. Doch als der Baugeologe die Küche betrat, wurde ihm klar, wie trügerisch die Hoffnung sein konnte. Wie hatte er nur ernsthaft annehmen können, dass seine Schwester von diesem Zeug losgekommen war?
Er hatte den Geruch der Weinflaschen doch bereits beim Betreten der Wohnung wahrgenommen.
Hier war er nun also. Umgeben von Chaos, inmitten des Lebens einer Frau, die er mal verdammt gern gehabt hatte. Es war nicht so, dass die Küche vollkommen verdreckt war. Seine Schwester war kein Messie. Sie wusste, wo die Dinge ihren Platz hatten. Aber einige hatten ihn eben nicht. So wie der Plattenspieler mit dem Kabelbruch, der bei Harks letztem Besuch bereits die Arbeitsfläche vollkommen unnötig zugestellt hatte.
„Warum wirfst du den Krempel nicht endlich weg?“, fragte Hark, als er sich auf einen freien Stuhl setzte.
Anne folgte seinem Blick, dann schüttelte sie langsam den Kopf. „Der ist noch von zu Hause. Und ich hab doch noch die ganzen alten Platten. Weißt du nicht mehr?“
Natürlich wusste Hark es, und es versetzte ihm irgendwo in seinem Innern einen tiefen Stich, wenn er an die verregneten Nachmittage dachte, die Anne und er vor diesem Gerät und mit all den Hits der siebziger Jahre zugebracht hatten, er noch ein Kind und sie bereits ein flotter Teenager. Als solcher hätte sie sich ganz sicher lieber mit Gleichalt-

rigen abgegeben, vorzugsweise den Jungs aus ihrem Jahrgang. Aber auf diesen Gedanken war Hark erst viele Jahre später gekommen. Er war ihr dankbar, dass sie sich um ihn gekümmert hatte.
Und jetzt …
Anne saß am Kopfende des Küchentischs. Ihre Augen waren gerötet, das Gesicht aufgedunsen, und das wirklich Schlimme war, dass sie mittlerweile nicht einmal mehr etwas unternahm, um diese Anzeichen zu kaschieren.
„Willst du einen Kaffee? Ich könnte dir einen machen."
Hark verneinte.
„Warum bist du hier? Ist was passiert? Ist was mit Mama?"
Hark beobachtete, wie Anne in der Tasche ihres Morgenmantels herumkramte, fündig wurde und sich dann mit einem Haargummi die grauen Strähnen zusammenband.
„Mit unseren Eltern ist alles in Ordnung", antwortete Hark. „Zumindest habe ich nichts anderes gehört."
Anne lachte in sich hinein. Es war ein trauriger Laut. „Du bist auch lange nicht mehr da gewesen, habe ich recht?"
„Nicht so lange wie du", antwortete Hark und biss sich gleich darauf auf die Lippen. Er wollte Anne nicht verletzen, ganz gleich, wie wütend er auf sie war. Ja, er konnte nicht anders, als ihr die Schuld für ihre eigene Misere zu geben. Er konnte nicht anders, und sie wusste es. Doch dieses Mal lächelte sie nur matt.
„Nenne mir einen Grund, warum ich da aufkreuzen sollte. Papa würde mich auf der Stelle rauswerfen. Damit ist er noch radikaler als du."
Bingo, die Retourkutsche. Nun war es Hark, der lächelte.
Er überlegte einen Moment, Anne von seinem Tag zu erzählen. Von der Toten beim Haus am Abgrund. Aber dann entschied er sich dagegen. Warum sollte er sie damit behelligen? Warum ihr eigenes Elend noch durch das Leid anderer verstärken?

„Ich kann dir nicht genau sagen, warum ich hier bin", sagte Hark schließlich. „Ich war in der Nähe, und da dachte ich mir, ich schaue mal bei einer alten Freundin aus Kindertagen vorbei." Er zwang sich zu einem Grinsen und nickte ihr aufmunternd zu.
Sie beugte sich vor und legte ihre Hand auf seine. „Ich danke dir, Hark. Dafür, dass du nicht fragst, wie es mir geht. Aber es ist nicht alles schlecht, weißt du?"
Hark ließ seine Hand auf der Tischplatte liegen. Die Berührung fühlte sich schwammig an. Von der attraktiven Frau, die seine Schwester einmal gewesen war, ließen sich nur noch blasse Bilder mit verschwommenen Umrissen erahnen.
„Das freut mich für dich", presste er heraus. Die Worte kamen ihm schwerfällig über die Lippen. „Gibt es da etwa jemanden in deinem Leben?"
Anne ließ sich Zeit mit einer Antwort. Sie wiegte den Kopf hin und her, als sei sie sich nicht ganz sicher. „Zu früh, um darüber zu reden", ergänzte sie nach einer Weile. Sie wollte noch etwas hinzufügen, verharrte jedoch in der Bewegung. Für einen Moment schien sich ihre Hand zu verkrampfen, doch als Hark aufblickte, sah sie ihn wieder mit ihrem von leichten Schleiern durchzogenen Blick an, als wäre nichts gewesen.
„Du solltest vielleicht besser gehen", sagte sie kurz darauf und zog ihre Hand zurück.
Hark nickte und erhob sich wortlos. Er verließ die Küche, in der die beiden Weinflaschen wieder auf dem Tisch stehen würden, noch ehe er im Wagen saß, und zog die Wohnungstür auf.
Als er sich noch einmal umdrehte, lehnte Anne am Türpfosten zur Küche. „Pass auf dich auf, kleiner Bruder", sagte sie, gerade noch rechtzeitig, bevor Hark die Wohnung und alles, was sich darin befand, hinter sich ließ.

- 5 -

HARK VERBRACHTE EINE unruhige Nacht in einem Hotel in Flensburg, in dem er am späten Abend noch kurz entschlossen eingecheckt hatte, so wie er war.
Er hatte nicht hierbleiben wollen. Verdammt, er hatte nicht einmal mehr in diese Gegend kommen wollen. Es gab nichts mehr, was ihn hier hielt. Hatte der Besuch bei Anne nicht genau das noch einmal bestätigt? Und doch ging ihm etwas nicht aus dem Kopf. Die Tote, und ihre Art, wie sie ihn angestarrt hatte.
Nur ein paar Minuten früher, dachte Hark. Dann wäre sie vielleicht noch am Leben. Aber machte ihn allein das für sie verantwortlich?
Er nahm im Hotel ein dürftiges Frühstück ein, während er über diese Frage und anderes nachdachte. Wer war die Tote? Woher kam sie? Und wer war in den letzten Sekunden ihres Lebens bei ihr gewesen? Nein, er konnte nicht abfahren, selbst dann nicht, wenn er den Termin mit Hoffmann heute hinter sich gebracht hatte. Er fühlte keine Schuld in sich, aber vielleicht ein kleines Anzeichen von Schuldigkeit, was für Hark einen Unterschied ausmachte.
Nach dem Frühstück fuhr er aus Flensburg ab und nahm die Nordstraße, die ihn raus nach Langballig führte (die große Kreuzung hatte endlich eine Ampelanlage erhalten) . Er ordnete sich links ein und gelangte über Langballigau nach Westerholz. Auf dem Parkplatz direkt vor der Windmühle Steinadler stellte er seinen Wagen ab, einem plötzlichen Impuls folgend.
Jetzt war er schon einmal hier, warum sollte er also nicht auch den nächsten Schritt wagen? Es war immerhin nicht seine alleinige Entscheidung gewesen, länger als beabsichtigt hierzubleiben. Irgendjemand hatte ihm die Tote vor die Füße gelegt.

Hark stieg aus und warf einen flüchtigen Blick auf die Mühle Steinadler, über der die Mittagssonne glänzte und sie in ein freundliches Licht tauchte.
Etwa zweihundert Meter weiter zweigte von der Hauptstraße ein Weg ab, der im weiteren Verlauf nach Osterholz führte. Doch so weit wollte Hark nicht gehen. Er blickte auf das blaue Straßenschild: *Zu den Lücken*.
Hier irgendwo musste es sein. Hark hatte vor einiger Zeit erst erfahren, dass Sinje hierher gezogen war. Acht Jahre lebte sie jetzt schon hier bei dem Haus hinter der großen Blutbuche.
Genauso lange hatte er sie nicht mehr gesehen. Sinje nicht, und auch nicht Marten, seinen Sohn.
Hark hatte ihn als kleinen blonden Knirps in Erinnerung, der vor sechs Monaten erst das Laufen gelernt hatte und auf seinen kleinen, speckigen Beinen noch immer unsicher unterwegs war. Ein freundlicher Kerl, dessen klare, blaue Augen ihn angestrahlt hatten, wenn er abends nach Hause gekommen war.
Marten war zwei Jahre alt gewesen, als es zum Bruch mit Sinje gekommen war. Ein Alter, in dem neben seinem Papa der Plüschbär Winnie Pooh sein größter Held gewesen war. Marten hatte ihn ständig mit sich herumgetragen. Der gute alte Winnie hatte längst nicht mehr so frisch ausgesehen, doch die beiden waren unzertrennlich.
Hark dachte an die Momente, die er mit Marten erlebt hatte, durch das Haus tobend, seinen Sohn dabei fröhlich jauchzend auf den Schultern. Die Bilder, die er so lange erfolgreich aus seinem Kopf verbannt hatte, waren plötzlich wieder da, wurden lebendig – und schmerzten.
Hark hatte das Haus erreicht. Es war niemand zu sehen. Aber aus der Nähe drang ein Geräusch an seine Ohren. Jemand trat gegen einen Fußball, der kurz darauf gegen eine Wand prallte und zum Schützen zurück sprang.

Langsam ging Hark weiter, erreichte die Ecke des Hauses und sah den etwa zehnjährigen blonden Jungen, der in diesem Moment erneut gegen seinen Fußball trat.
Mit einem knallenden Geräusch schlug der Ball gegen die Wand eines Schuppens und sprang auf den Sandweg zurück, der quer zum Haus verlief und direkt hinunter zur Ostsee führte. Der Junge machte einen Satz nach links und stoppte den Ball sicher mit dem rechten Fuß.
Hark war stehengeblieben. Er sah zu dem Jungen hinüber, von dem er wusste, dass es sein Junge war. Dieselben klaren Augen, derselbe wache Blick, fast derselbe blonde Haarschopf, wenn auch ein Stück zu lang geraten.
Marten blickte plötzlich in seine Richtung, doch in seinem Gesicht zeigte sich keine Regung.
Harks Hände, die er in die Taschen seiner Jacke gerammt hatte, begannen feucht zu werden. Hatte er wirklich erwartet, dass der Junge ihn erkennen würde, nach all den Jahren?
Marten fuhr mit seiner Tätigkeit fort, trat gegen den Ball, der kurz darauf wieder seinen Weg zurück fand. Der Junge nahm den Ball auf und balancierte ihn auf seinem Fuß, bevor er ihn senkrecht in die Luft schoss und mit beiden Händen wieder auffing.
„Gar nicht so übel“, sagte Hark aus sicherem Abstand. Er musste sich räuspern, weil ihm seine Kehle so trocken erschien wie schon lange nicht mehr.
Jetzt sah der Junge zu ihm herüber, ein fragender Ausdruck erschien für einen kurzen Moment auf seinem Gesicht.
„Hast du einen Lieblingsverein?“ Hark wusste nicht genau, worauf er sich einließ. Er war drauf und dran weiterzugehen, einfach alles hinter sich zu lassen, so wie er es vor acht Jahren schon einmal getan hatte.
Doch dann geschah das, womit er nicht mehr gerechnet hatte.

„Der HSV natürlich“, sagte Marten, als würde die Antwort klar auf der Hand liegen.
„Natürlich. Dumme Frage“, gab Hark mit einem Lächeln zurück.
Marten lächelte nicht. Er sah zu ihm herüber, abwartend, zweifelnd.
„Spielst du auch in einem Verein?“
Jetzt blinzelte der Junge. Er schirmte seine Augen gegen die Sonne ab. „TV Grundhof. Seit zwei Jahren schon.“
Hark schürzte die Lippen und hob anerkennen, den Daumen. Seine eigene Zeit in dem Verein lag viele Jahre zurück und war nicht sonderlich glorreich gewesen. Dennoch munterte ihn die Information des Jungen auf. Die Geschichte wiederholte sich, auch wenn Hark auf den ersten Blick sah, dass sein Sohn es sicher in dem Verein weiter bringen würde als er selbst damals in den Achtzigern.
„Schieß mal her“, sagte Hark plötzlich. Er wusste nicht, was in ihn gefahren war, aber wenn es zuvor für ihn so etwas wie Zügel gegeben hatte, so waren sie ihm gerade aus der Hand geglitten.
Marten zögerte. Dann legte er tatsächlich den Ball auf den Boden und trat dagegen.
Hark wollte ihn auf den Spann nehmen, doch der Ball lief ihm über den Fuß und prallte von seinem Schienbein zurück auf den Weg. Hark musste nachsetzen und wäre dabei beinahe ausgerutscht. Dann endlich bekam er das Leder unter Kontrolle und schoss es zurück.
Marten musste seine Position verlagern und sein rechtes Bein strecken, um den Ball noch zu erwischen, aber es gelang ihm problemlos. „Besonders gut war das aber nicht“, stellte er trocken fest.
„Nein“, antwortete Hark lachend, „nicht besonders.“
Dieses Mal lachte Marten auch.
Hark machte eine Geste, forderte den Jungen auf, es noch einmal zu versuchen.

Marten zuckte mit den Schultern und schoss. Der Ball flog ein Stück, prallte einen Meter vor Hark auf der Straße auf und ließ sich mit dem Fuß aufnehmen. Marten hatte es ihm absichtlich leicht gemacht. Hark trat voller Elan gegen den Ball, der über Marten, der noch versuchte, ihn aufzufangen, hinwegflog und gegen die Fahrertür des Porsche knallte, der auf dem Sandplatz neben der Straße parkte. Der Aufprall erzeugte ein hohles Geräusch.

„Volltreffer", entfuhr es Marten, der sich kurz darauf zu dem Schützen umdrehte. „Mann, wenn das eine Delle gegeben hat, möchte ich nicht in deiner Haut stecken. Du bist nicht von hier, oder?"

„Eigentlich schon", sagte Hark nach einer Weile.

„Ich hab dich aber noch nie hier gesehen."

Hark schüttelte langsam den Kopf. „Nein, sicher nicht. Ich bin sehr lange nicht hier gewesen."

Hark suchte nach einer Möglichkeit, sich weiter mit Marten zu unterhalten. Doch da tauchte am Ende des Sandwegs eine Gestalt auf, die die Umrisse eines Mannes hatte. Auch Marten hatte ihn entdeckt und sah in die Richtung.

Der Fremde beschleunigte seine Schritte. Er trug etwas über der Schulter, das wie ein Rucksack aussah.

Ein kräftiger Typ mit kurzen schwarzen Haaren und pockennarbigem Gesicht trat zwischen Hark und Marten.

„Was war das denn eben?"

Hark hob beschwichtigend die Hände.

Das schien dem anderen nicht zu genügen. Er blickte zum Porsche hinüber und inspizierte aus der Distanz die Fahrertür, bevor er sich an Marten wandte. „Was hat er von dir gewollt? Hat der Typ dich belästigt?"

Der Junge stand da und starrte den Mann an.

„Antworte endlich, verdammt nochmal!", polterte der Kerl los. Er warf die Tasche, die er mit sich herumgetragen hatte, zu Boden. Hark erkannte, dass sie nicht ganz geschlos-

sen war, auf der einen Seite lugte etwas hervor, das wie ein Fernglas aussah.
Der Typ mit den kurzen Haaren wandte sich um und starrte Hark an. „Machen Sie, dass Sie weiterkommen, und lassen Sie meinen Sohn in Ruhe."
„Ihr Sohn?", fragte Hark ruhig.
„Was dagegen? Was lungern Sie hier überhaupt rum? Das Grundstück ist Privatbesitz. Wer sind Sie überhaupt?"
Der Typ mit den Pockennarben packte Hark beim Kragen seiner Jacke und schnürte ihn zu.
Hark versuchte, die kräftige Hand beiseite zu schlagen, doch sein Gegner ließ ihm dazu keine Gelegenheit. Er drückte die zur Faust geballte Hand mit einem Ruck nach vorn und traf damit auf Harks Kehlkopf.
Hark schrie auf und schnappte nach Luft. Aus einem Reflex heraus riss er sein rechtes Knie nach oben und landete einen Treffer zwischen den Beinen des Kurzhaarigen.
Hark spürte, wie sich der Griff an seiner Kehle lockerte und wandte sich würgend und noch immer atemlos japsend ab.
Hinter ihm ging der andere in die Hocke und gab qualvolle Schmerzenslaute von sich.
Von irgendwoher näherte sich ein Auto. Hark nahm die Geräusche wahr, als hätten sie sich gerade aus einer fernen Galaxie auf den Weg zur Erde gemacht.
Hark beugte sich vornüber und versuchte, durch den geprellten Kehlkopf hindurch zu atmen.
Jemand tippte ihm von hinten auf die Schulter. Hark drehte sich mühsam um und sah direkt in eine heranrasende Faust, die eine grelle Explosion auf seinen Netzhäuten auslöste, gefolgt von einer Welle aus purem Schmerz.
Harks Kopf flog nach hinten, er selbst taumelte zurück und konnte sich gerade noch fangen, um nicht zu stürzen.
Jemand schrie etwas über die Straße, das Hark nicht verstand.

Schritte näherten sich, hektisch, aufgeregt.
„Sagt mal, spinnt ihr?“ Sinje war da. Hark erkannte ihre Stimme sofort, er hätte sie unter Tausenden herausgehört. Er wischte sich mit der Hand über das Gesicht. Als er seine Finger betrachtete, glänzten sie nass und hellrot.
„Der Scheißkerl hat Marten angequatscht, und dann ist er auf mich losgegangen.“
Der Kurzhaarige hatte sich zu Wort gemeldet. Hark hätte ihr gerne erklärt, wie es wirklich gewesen war.
Und dann war der Moment gekommen, in dem Sinje erkannte, wen sie vor sich hatte.
„Du? Was … was tust du hier?“
Die Frage ging an Hark, die Antwort lieferte jedoch der Kerl, der offenbar ihr neuer Lebensgefährte war.
„Du kennst den Dreckskerl auch noch? Was ist hier eigentlich los?“
Sinje packte den Kerl am Oberarm und zog ihn von Hark weg. „Lass ihn jetzt in Ruhe, klar? Geh rein und nimm endlich das Kind weg.“
Der Kurzhaarige maulte etwas, das Hark nicht verstand. Kurze Zeit später war er verschwunden, und auch Marten war nicht mehr zu sehen. Lediglich sein Fußball befand sich noch auf dem Platz vor dem Haus.
„Was sollte das eben?“, fragte Sinje barsch. „Was hast du hier überhaupt zu suchen?“
„Ich habe beruflich an der Küste zu tun“, krächzte Hark und räusperte sich mehrfach. Er hatte das Gefühl, als hätte er einen Klumpen Blei verschluckt. Noch immer tropfte ihm das Blut aus der Nase.
„Es war eine Schnapsidee“, fügte er hinzu. „Ich hätte nicht herkommen sollen.“
Sinje strich sich eine Haarsträhne aus dem Gesicht. Sie hatte ihre Lippen fest aufeinandergepresst, ein Ausdruck, den Hark immer noch allzu gut kannte.

„Das denke ich allerdings auch“, sagte sie. In einer beiläufigen Bewegung öffnete sie die Handtasche, die an ihrer linken Schulter hing, und förderte daraus ein Papiertaschentuch zutage. „Hier, nimm das.“
Hark presste sich das Tuch vor die Nase. Er legte den Kopf leicht in den Nacken.
„Du hast Nerven, hier aufzukreuzen. Nach all den Jahren. Was hast du dir bloß dabei gedacht?“
Hark nahm den Kopf herunter und sah seine Exfrau an. „Es war nicht geplant, das sagte ich doch schon. Ich … ich weiß auch nicht. Ich wollte Marten wiedersehen.“
Jetzt war es raus, und Hark wunderte sich insgeheim über sich selbst. Er hätte diese Tatsache niemals zugegeben.
Sinje erwiderte seinen Blick und schwieg für eine Weile. „Hast du ihm gesagt, wer du bist?“
„Nein.“
„Dann belass es auch dabei. Wir … hatten keine allzu angenehme Zeit, nachdem du weg warst. Marten hat lange gebraucht, um …“ Sie wischte sich eine Träne aus dem Augenwinkel.
„Ich wollte mich nicht in dein Leben drängen“, unternahm Hark einen Versuch, die Situation zu retten.
„Das tust du aber, wenn du hier einfach so auftauchst. Es ist damals alles über die Anwälte geregelt worden. Es gibt nichts mehr zu klären oder zu sagen.“
Was sollte Hark entgegnen. Er hätte ihr sagen können, wie sehr ihn die Trennung von seinem Jungen mitgenommen hatte. Er hätte ihr von seinen schlaflosen Nächten erzählen können, in denen er vor Martens Foto gesessen hatte, während ihm Tränen und Rotz das Kinn herunterliefen. Und dennoch war er es gewesen, der auch noch den letzten Kontakt abgebrochen hatte. Acht verdammte lange Jahre lang hatte er sich daran gehalten, und jetzt war es plötzlich über ihn gekommen. Und es war gründlich schiefgegangen.

„Wird es gehen?“, fragte Sinje plötzlich.
Für einen Moment wusste Hark nicht, was sie meinte. Dann erinnerte er sich an seine Nase und nickte.
„Die Sache mit Hagen … tut mir leid“, sagte sie stockend. „Er ist manchmal etwas unberechenbar. Aber er ist gut zu Marten und zu mir.“
Die letzten Worte hatte sie für Harks Geschmack ein wenig zu schnell hinterhergeschoben, ein wenig zu deutlich betont.
Hagen also. Hark beschloss, sich den Namen zu merken. Das Gesicht dieses Mistkerls würde er ohnehin so schnell nicht mehr vergessen.
„Ich glaube, es ist besser, du gehst jetzt.“
Ja, das war es. Hark sah Sinje an und nickte. Er wandte sich wortlos ab und ging die Straße hinunter, die er gekommen war.
„Hark?“
Er drehte sich noch einmal zu ihr um.
„Vielleicht rufst du das nächste Mal einfach an, ok? Ich stehe im Telefonbuch. Du weißt schon, diese altmodischen Dinger mit den vielen Namen.“
Hark quälte sich zu einem Lächeln. Er hob zum Abschied die Hand und hatte es plötzlich eilig, von diesem Ort zu verschwinden.

- 6 -

ALS ER SEINEN Wagen erreichte, war das Papiertaschentuch an seiner Nase festgeklebt. Hark entfernte es mehr oder weniger gewaltsam, öffnete die Tür und stieg ein.

Er drehte sich den Rückspiegel zurecht und erschrak vor seinem eigenen Spiegelbild. Sein Gesicht war blutverschmiert und seine Nase geschwollen.

Er ließ sich in den Sitz sinken und schloss die Augen. In was für eine Sache war er da geraten? Es hatte ganz den Anschein, als sei die tote Frau nur das erste Glied aus einer Kette, an der sich Chaos und Katastrophen aneinanderreihten.

Er dachte an Marten und an die Möglichkeit, dass er heute alle Chancen vertan hatte, einen Kontakt zu seinem Sohn aufzubauen. Nach diesem Desaster erschien es ihm zumindest unwahrscheinlich, dass Sinje ihn jemals wieder in seine Nähe lassen würde.

Jemand klopfte gegen die Seitenscheibe seines Wagens.

Hark riss die Augen auf, setzte sich aufrecht und wandte den Kopf nach links. Eine Frau mit Wollmütze und dickem Schal blickte ernst durch das Fenster und gab ihm hektische Zeichen.

Hark gestikulierte zurück, dass alles in Ordnung sei, doch davon ließ sich die Fremde nicht überzeugen.

Mit einem Seufzen ließ Hark die Scheibe herunterfahren.

„Ich weiß, ich sehe nicht so aus, aber mit mir ist alles in Ordnung“, sagte er und blickte schräg nach oben. Ein Sonnenstrahl fiel auf sein Gesicht und blendete ihn. Und nicht nur das, er schien Hark sogar körperliche Schmerzen zu bereiten. Dies hier war eindeutig nicht sein Tag.

„Ich könnte Ihnen sagen, wie Sie aussehen“, setzte die junge Frau an, „aber ich schätze, das wissen Sie längst.“ Sie deutete auf den Rückspiegel des BMWs. „Trotzdem sollte

mal jemand ihre Nase ansehen. Sieht aus, als wäre sie gebrochen."
„Und wenn schon?", fragte Hark zurück und war bereits drauf und dran, den Knopf zu betätigen, der die Scheibe hochfahren lassen und die Unterhaltung somit zu einem schnellen Ende bringen würde. Dennoch tat er es nicht.
„Ich bin Ärztin", sagte die Frau plötzlich. Hark registrierte, dass sie ein hübsches Gesicht hatte, in dem sich allerhand blasse Sommersprossen tummelten. „Ich habe meine Praxis gleich da drüben. Sie können es aber auch riskieren, dass die Nase tatsächlich gebrochen ist und schief wieder anwächst. Wenn Sie Glück haben, werden Sie dadurch nur zum Schnarcher. Liegt ganz bei Ihnen."
Hark musste gegen seinen Willen lachen, was jedoch sofort unangenehme Spannungen im Bereich der Nase hervorrief.
Die Ärztin zwinkerte ihm zu und wandte sich ab.
Hark schloss für eine Sekunde die Augen. „Warten Sie", sagte er laut und registrierte, dass sie stehenblieb.
„Hat es sich da jemand überlegt?", fragte sie.
Hark ließ die Scheibe nun doch hochfahren, allerdings nur, um danach die Tür zu öffnen und auszusteigen.
Erst jetzt registrierte er, dass die Frau tatsächlich eine Tasche mit sich herumtrug, die an einen Arztkoffer erinnerte.
„Ich hatte noch einen Hausbesuch in der Nähe", kommentierte sie, als sie seinen Blick bemerkte.
„Ich dachte, das ist heute ganz aus der Mode gekommen", antwortete er, während er auf seinen Autoschlüssel drückte und den BMW automatisch verriegelte.
„Bei mir nicht", gab die Medizinerin zurück und setzte sich in Bewegung, ohne auf ihn zu warten.
Sie bogen in den Sonnholm ein, diese malerische Wohngegend, in der die Häuser in die Steilküste gebaut worden waren, von denen man zumeist einen traumhaften Blick auf die offene Ostsee genoss.

Und tatsächlich befand sich hier auch die erwähnte Praxis, wie ein Schild am Straßenrand verriet.
„Dr. vet. Meike Bischoff", las Hark laut vor. „Sie sind eine Tierärztin?"
Die Frau mit der Wollmütze war schon die wenigen Stufen bis zur Haustür hinuntergelaufen, als sie sich zu ihm umdrehte.
„Haben Sie nun plötzlich Skrupel? Trauen Sie mir nicht zu, Ihre Wunde zu versorgen?"
Hark zuckte die Achseln und folgte ihr. „Solange Sie kein Blauspray draufsprühen."
Sie sah ihn beinahe mitleidig an, schloss die Tür auf und war im nächsten Moment im Innern verschwunden.
Hark trat in einen geräumigen Flur, von dem aus man in ein Wartezimmer gelangte. Nebenan lag offensichtlich der Behandlungsraum, zu dem die Ärztin ihren Patienten durchwinkte.
„Tun Sie mir einen Gefallen und legen Sie Ihre Bescheidenheit, Ihre Angst oder was immer es ist ab", sagte sie und trennte sich zunächst von ihrem Schal und dann von ihrer Wollmütze. Sie warf die Sachen achtlos auf den großen Behandlungstisch in der Mitte des Raums.
Harks Blick fiel auf ihr schulterlanges blondes Haar, das ein wenig in Unordnung geraten war, was der jungen Ärztin aber offenbar nicht das Geringste ausmachte.
„So bescheiden bin ich gar nicht", gab Hark zurück, „und Angst habe ich vor Ihnen auch keine."
„Umso besser", sagte Meike Bischoff und deutete auf einen freien Stuhl.
Hark setzte sich darauf und beobachtete, wie die Tierärztin einen Strahler so ausrichtete, dass genügend Licht auf sein Gesicht fiel. Von irgendwoher hatte sie eine Flasche mit Desinfektionsmittel und einen Wattebausch organisiert.
„Machen Sie so etwas eigentlich häufiger?", fragte Hark, als sie mit ihrer Behandlung einsetzte.

„Beinahe täglich“, sagte sie, während sie mit dem getränkten Wattebausch vorsichtig das geronnene Blut um Mund und Nase wegtupfte.
„Ich dachte da weniger an Tiere als an Menschen“, sagte Hark und zuckte zusammen, als sie mit der Hand seine geschwollene Nase streifte.
„Stillhalten“, mahnte die Ärztin. „Falls Sie darauf anspielen, wie häufig ich von unterwegs Männer aufgabele und sie in meinen Behandlungsraum verfrachte …“ Sie betrachtete ihr Werk, warf den rostbraunen Wattebausch beiseite und nahm einen frischen zur Hand. „So etwas passiert mir dann doch eher selten“, vollendete sie ihren Satz.
„Sie sind noch nicht lange hier, vermute ich?“, hakte Hark nach.
„Im Februar werden es zwei Jahre“, antwortete sie, während sie weiter seine Wunde versorgte. „Sind Sie gegen eine Laterne gelaufen oder sowas?“
„Sowas ähnliches“, räumte Hark ein. „Die Laterne war ein Typ, der auf Streit aus war.“
Die junge Ärztin hielt kurz inne und hob fragend ihre rechte Braue. Dann fuhr sie mit ihrer Arbeit fort. „Und passiert Ihnen so etwas häufig?“, fragte sie nach einer Weile.
Hark wollte den Kopf schütteln, bis ihm klar wurde, dass dies gerade keine gute Idee war. „Nein. Seit meiner Schulzeit ist mir so etwas nicht mehr passiert.“
Sie nickte. „Ihre Schulzeit? Wo fand die statt?“
„Hier“, antwortete Hark. „Vier Jahre Grundschule in Langballig, und später ging es nach Munkbrarup.“
„Ah ja“, machte sie und drückte plötzlich auf sein Nasenbein.
Ein stechender Schmerz fuhr durch Harks Gesicht. „Aua! Was zur Hölle tun Sie da?“
„Sie können beruhigt sein“, sagte sie gleichgültig. „Die Nase ist nicht gebrochen. Sie sollten sich Eis draufmachen, damit die Schwellung schneller abklingt.“

Hark tastete vorsichtig nach seinem Riechorgan und hatte das Gefühl, es wäre auf die doppelte Größe angeschwollen.
Er sah zu ihr auf, wie sie sich prüfend über ihn beugte. Meike Bischoff war schlank und in ihrer einfachen Jeans und dem dicken Rollkragenpullover machte sie eine gute Figur. Ihre Augen leuchteten in einem ähnlichen Blau wie die seines Sohnes. Zudem fiel Hark auf, dass die Ärztin einen angenehmen Geruch verströmte, jetzt, wo sie diesen stinkenden Wattebausch und die Flasche mit der Tinktur weggenommen hatte.
Von irgendwoher drang ein klägliches Miauen zu ihnen herüber.
Hark sah die Ärztin fragend an.
Meike Bischoff deutete auf die Tür in ihrem Rücken. „Das sind zwei Patienten, die ich über Nacht da habe. Ein Ekzem und ein gebrochener Vorderlauf."
„Sieht so aus, als müsste ich Ihnen danken", sagte Hark, als er sich von dem Stuhl erhob. „Vielleicht kann ich mich bei Ihnen revanchieren?"
Sie schüttelte den Kopf, vielleicht sogar etwas heftiger, als sie es beabsichtigt hatte, dachte Hark.
„Sie sind mir nichts schuldig", sagte sie knapp und sah auf die Uhr. „Himmel, es geht auf zwei Uhr zu. Ich muss die Sprechstunde vorbereiten."
„Arbeiten Sie hier ganz allein?", fragte Hark.
„Überwiegend", gab sie zurück. Sie ordnete ihr Haar und räumte ihre Kleidungsstücke zusammen, um sie an einen Haken neben der Tür zu hängen.
„Ich will Sie nicht rauswerfen, aber ich habe noch eine Menge zu tun", sagte sie knapp und griff nach einem weißen Kittel, den sie sich überstreifte.
Hark hob abwehrend die Hände. „Bin schon fast weg. Also dann, besten Dank nochmal. Ich denke nicht, dass wir uns so bald wiedersehen."

Sie erwiderte nichts, sondern wartete darauf, dass er ging. Hark hob die Hand und begab sich in den Flur, wo er sich noch einmal zu ihr umdrehte.

Doch die Ärztin war bereits mit anderen Dingen beschäftigt. Hark hörte sie, mit Instrumenten und Bestecken herumhantieren.

Er durchquerte den Flur und öffnete die Tür nach draußen, die kurz darauf hinter ihm ins Schloss fiel.

Dieser Tag war voller seltsamer Begegnungen.

- 7 -

DAS NÄCHSTE AUFEINANDERTREFFEN erfolgte planmäßig, was Hark irgendwie ein besseres Gefühl gab. Dieses Mal hatte er darauf verzichtet, sich dem Haus an der Steilküste von der Seeseite her zu nähern. Er lenkte seinen Wagen über den schmalen Waldweg und ließ ihn auf der Auffahrt vor dem Gebäude ausrollen.

Am Nachmittag herrschte ein mäßiger Wind, der an der Folie rund um das Haus zerrte. Hark hörte das flatternde Geräusch bereits, als er ausstieg und auf das Haus zuging. Ein Gefühl der Abscheu erfüllte ihn, als er auf die milchige Folie blickte. Dahinter, auf dem Gerüst verharrend, hatte er gestanden: der Mörder. Und er musste Hark gesehen haben, dieser Gedanke wurde ihm erst jetzt so richtig bewusst.

Auf dem Gelände vor dem Haus tauchte der Haarschopf von Dirk Hoffmann auf. Dieses Mal war er wenigstens pünktlich.

Hark trat auf die Pforte zu und öffnete sie.

„Herr Hagendorn“, sagte Hoffmann lachend, als sie aufeinander zugingen. Dann jedoch veränderte sich der Ausdruck im Gesicht des Bauunternehmers.

„Was haben Sie denn angestellt? Beim Radfahren mit der Nase gebremst?“

Hark verzog die Mundwinkel und entschied sich, nicht näher auf Hoffmanns taktlose Frage einzugehen, was der andere mit einem verlegenen Räuspern kommentierte.

Sie wurden schnell sachlich, und ihr Gespräch drehte sich um die geplanten Bauvorhaben, die auf diesem Gelände stattfinden sollten. Das einsam gelegene Haus sollte Gesellschaft von einem weiteren erhalten, und von einem Anbau mit Abstellmöglichkeiten für Gartengeräte und ähnliche Dinge.

Die Aufgabe von Harks Firma war es unter anderem, geologische Messungen durchzuführen und die Beschaffenheit der Ostsee-Steilküste an dieser Stelle zu prüfen.
Kein Bauherr würde es gerne sehen, wenn sein sorgsam angelegtes Geld zwar nicht den Bach, aber dafür mit einem Erdrutsch die Küste hinuntergeht und im Wasser der Ostsee landet.
Hark übergab Hoffmann die Messergebnisse, die allesamt positiv aussahen, und klärte mit dem Bauunternehmer noch einige Detailfragen.
„Das ist doch großartig“, stellte Hoffmann gegen Ende der Besprechung fest. „Dann kann ich den Auftraggebern also grünes Licht geben, und im Frühjahr können wir loslegen.“
Hark nickte. Er war abwesend. In Gedanken sah er sich den Soldatenstieg hinaufgehen und zum Haus herüberlaufen, wo die Tote gelegen hatte.
Hoffmann musste seine Gedankengänge erraten haben, denn er stockte mitten im Satz. „Hat Sie ganz schön mitgenommen die Sache, was?“
„Ich stoße nicht jeden Tag urplötzlich auf eine Leiche“, erklärte Hark abweisend.
„Verstehe ich“, sagte Hoffmann ein wenig kleinlauter als zuvor. „Und wo genau hat sie gelegen?“
Hark deutete auf die Stelle, die nur wenige Schritte von ihrem Standpunkt entfernt war.
Hoffmann blickte dort hinüber und verzog angeekelt das Gesicht. „Was war das für eine?“, fragte er. „Ich meine, wie sah sie aus?“
Hark erklärte es ihm, so gut er sich eben erinnerte. Aber für seine eigene Einschätzung war das erstaunlich gut. Er erinnerte sich an beinahe jedes Detail.
„Hat man Sie schon … ah, wie aufs Stichwort. Da kommt Klinger.“

Die beiden Männer drehten sich zeitgleich um, als der Dienstwagen der örtlichen Polizei durch den Wald holperte und neben Harks BMW stehenblieb.
Klinger stieg schwerfällig aus und zog sich seine Hose stramm. Während er näher kam, setzte er seine Mütze auf. Er machte einen geschäftigen Eindruck, als er durch die Pforte trat und auf die beiden Männer zuging. Der Polizist gab ihnen nacheinander die Hand.
„Gut, dass ich Sie beide treffe“, sagte Werner Klinger. „Das erleichtert mir ein bisschen die Arbeit. Bin nämlich momentan ganz allein unterwegs. Mein Kollege ist vor ein paar Tagen vor seinem Haus ausgerutscht und hat sich glatt das rechte Bein gebrochen.“ Klinger ließ ein unangenehmes Lachen folgen, das wie das Bellen eines Hundes klang.
Als er sah, dass keiner der beiden anderen mitlachte, wurde der Beamte sofort wieder ernst.
„Ich habe vor einer halben Stunde einen Anruf bekommen. Ich soll Sie mitnehmen nach Langballigau.“
Die Worte waren an Hark gerichtet, der daraufhin ein fragendes Gesicht machte.
„Was ist passiert?“
Klinger ließ sich Zeit mit einer Antwort. Er zog seine Dienstjacke straff und postierte sich vor dem Baugeologen. „Wie es aussieht, ist an Ihrer Geschichte mit der Toten doch etwas dran. Man hat sie gefunden.“
Hark riss die Augen auf. „Was? Wo?“
„In Langballigau. Direkt neben der Gaststätte, dem Fährhaus, ist heute Morgen eine weibliche Frauenleiche angeschwemmt worden. Nackt. Naja, so gut wie.“
Hark missfiel das süffisante Grinsen des Polizisten und spürte, wie eine Woge der Wut in ihm aufkeimte. „Das muss die Frau sein, die hier gelegen hat“, sagte er betont sachlich.

„Deswegen möchte ich, dass Sie mit mir mitkommen. Sie übrigens auch, Herr Hoffmann."
Der Bauunternehmer breitete die Arme aus. „Ich weiß zwar nicht, was Sie sich davon versprechen, aber bitte."
Klinger sah den anderen grimmig an. „Ist eine Anweisung von Hauptkommissar Junge, der den Fall übernimmt. Er möchte Sie beide sprechen. Es geht erst einmal darum, festzustellen, ob es sich tatsächlich um die besagte Frau handelt. Wenn Sie also mitkommen wollen?"
„Ich fahre Ihnen nach", bestimmte Hark, der plötzlich wie elektrisiert war. Er hatte nicht angenommen, dass er fantasiert hatte, aber die Tatsache, dass die Leiche verschwunden gewesen war, hatte ihn irritiert. Mehr noch: beunruhigt.
„Gute Idee", sagte Hoffmann plötzlich. „Würden Sie mich mitnehmen?"
Hark nickte, und kurze Zeit später saßen sie in seinem Wagen und folgten dem Beamten.
„Was für eine haarsträubende Geschichte", nahm Hoffmann die Unterhaltung wieder auf. Er blickte ziellos aus dem Beifahrerfenster auf die kahle Knicklandschaft, die an ihnen vorbeizog.
„Ich würde zu gerne wissen, wer sie ist", antwortete Hark nachdenklich.
„Hm", machte Hoffmann. „Verständlich. Immerhin sind Sie sozusagen über sie gestolpert. Wenn ich pünktlich gewesen wäre, hätte ich sie vielleicht entdeckt. Daran mag ich gar nicht denken." Hoffmann fröstelte und drehte die Heizung im Wagen höher.
„Sind Sie so zart besaitet?", fragte Hark zurück.
„Das nicht gerade. Ich komme immerhin aus dem Baugewerbe. Aber eine Tote – das ist schon ein anderes Kaliber. Da vorne ist es. Ach du Schande, was ist da denn los?"
Sie hatten das Fährhaus erreicht, das inmitten der Touristenmeile des um diese Jahreszeit verwaisten Badestrandes

lag. Auf dem Parkplatz befanden sich nur wenige zivile Fahrzeuge, der Großteil wurde von Einsatzfahrzeugen von Polizei und Feuerwehr eingenommen.
Hark entdeckte zudem mehrere Seenotretter der DGzRS.
Draußen am Strand verdichteten sich die Einsatzkräfte zu einer Menschenmenge, die ständig in Bewegung war.
Zwischen den Männern blitzte das Polizeiabsperrband auf, das man um den Fundort der Leiche gezogen hatte.
Als Hark und Hoffmann sich der Stelle näherten, wurde ein Mann in hellem Mantel und graumeliertem Haar auf sie aufmerksam, der sich zunächst an Klinger wandte, einige Worte mit ihm wechselte und schließlich auf sie zuging.
„Mein Name ist Hauptkommissar Junge, Kriminalpolizei Flensburg“, sagte er in sachlichem Tonfall. Er musterte die beiden Männer und wandte sich zunächst an Hark.
„Sie sind Herr Hagendorn, der gestern den Fund einer Leiche gemeldet hat?“
Hark nickte, während er den stechenden Blick des Beamten auf sich ruhen fühlte.
„Bitte kommen Sie beide mit. Ich möchte, dass Sie sich die Tote ansehen.“
Junge nickte ihnen zu und ging voran.
Hark und Hoffmann gingen nebeneinander über den Parkplatz, zwischen den parkenden Wagen hindurch. Eine schmale Treppe führte auf den Strand hinunter.
Dahinter lag sie, gebettet auf Sand. Offenbar hatte man sie bis hierher gezogen, wo die sanften Wellen der Ostsee sie nicht mehr erreichen konnten.
Hark erkannte sie sofort. Ihr Gesicht war bleich, das lange Haar war nun nicht mehr leicht gelockt, sondern klebte nass an ihrem Kopf. Ihre Augen waren geschlossen, was Hark innerlich aufatmen ließ. Er schluckte schwer und presste die Zähne aufeinander. Erst jetzt bemerkte er, dass ihn der Kommissar die ganze Zeit über ansah.

„Sie ist es", presste Hark hervor, noch ehe Junge seine Frage formulieren konnte.
„Sie sind sich absolut sicher?"
„Es besteht kein Zweifel. Wer hat sie gefunden?"
Junge deutete mit einem Kopfnicken zum Wasser hinüber. „Ein Jogger, der mit seinem Hund am Strand entlang gelaufen ist. Der Mann hat von einem der Häuser da drüben die Polizei verständigt. Ich habe zwar das Protokoll meines Kollegen bereits gelesen, aber ich frage Sie dennoch: Ihnen ist die Tote vollkommen unbekannt?"
„Ich habe sie nie zuvor gesehen", antwortete Hark. „Bis gestern, meine ich."
„Und was ist mit Ihnen?"
Hoffmann schüttelte den Kopf. „Nein, tut mir leid."
Junge nickte. Er deutete mit der rechten Hand auf die Leiche. „Sie ist erwürgt worden. Zumindest ist das der erste vorläufige Befund. Näheres wird die Autopsie ergeben."
„Das habe ich vermutet", gab Hark zurück. „Aber sie hatte … gestern hatte sie noch eine Verletzung an der Hand."
„Gut, dass Sie diesen Punkt ansprechen", nahm der Beamte den Faden auf. „Der Polizeiarzt hat festgestellt, dass der Toten die Fingerkuppe des rechten Zeigefingers abgetrennt wurde."
„Großer Gott", stammelte Hoffmann. „Dann war es vermutlich ein Perverser?"
Junge sah den Bauunternehmer ernst an. „Eine krankhafte Veranlagung des Täters ist nicht auszuschließen. Wir haben ein Team der Spurensicherung bereits zu dem Haus geschickt, wo Sie die Tote gestern gefunden haben, Herr Hagendorn. Vielleicht erhalten wir auf diese Weise noch ein paar Anhaltspunkte."
„Wir sind eben noch dagewesen", berichtete Hoffmann und schüttelte den Kopf. „Eine unfassbare Geschichte."
„Sie beide hatten gestern Nachmittag eine Verabredung bei diesem Haus", fuhr Junge fort.

„Eine geschäftliche Besprechung“, korrigierte Hoffmann sofort.
Zwei Mitarbeiter des gerichtsmedizinischen Instituts bahnten sich einen Weg zu ihnen. Junge gab ihnen ein Zeichen. Die beiden machten sich daran, die Tote mit einem Tuch abzudecken, um sie dann in einen Zinksarg zu verfrachten.
Die drei Männer beobachteten diese Szene schweigend, respektvoll – eine letzte Geste, die sie der Unbekannten zukommen lassen konnten.
„Gibt es denn keine Hinweise, wer sie ist?“, wollte Hark wissen. Er sah den beiden Mitarbeitern nach, wie sie den Sarg anhoben und sich damit einen Weg durch das gelbe Gras bahnten.
„Sie hatte nichts bei sich“, antwortete Junge grimmig. „Auch ihre Kleider haben wir noch nicht gefunden.“
„Ist es da nicht möglich, dass sie gar nicht bei dem Haus an der Steilküste umgebracht worden ist, sondern woanders?“
Hoffmanns Augen leuchteten, als hätte er gerade einen besonders wertvollen Geistesblitz gehabt.
Hauptkommissar Junge wandte sich zu ihm um. „Es ist noch zu früh, diesen Punkt zu beurteilen, aber natürlich werden wir dieser Möglichkeit nachgehen.“
„Wann wird denn das Gelände bei dem Haus da oben wieder freigegeben?“, hakte der Bauunternehmer nach. „Ich meine nur, weil wir kommende Woche mit den Arbeiten beginnen wollten.“
„Ich lasse Sie benachrichtigen, wenn die Untersuchungen am Fundort abgeschlossen sind“, gab Junge zurück.
Hoffmann gab einen zustimmenden Laut von sich und stopfte seine Hände in die Taschen seiner Winterjacke.
Hark blickte zu den Männern hinüber, die gerade dabei waren, den Sarg in einen dunkelgrauen Leichenwagen zu

verfrachten. Das Zuknallen des Kofferraums hatte etwas Endgültiges.
„Wo wird sie hingebracht?"
„In die Gerichtsmedizin nach Flensburg", sagte Junge. „Dort erfolgt die Obduktion. Vielleicht werden wir dann mehr über sie erfahren."
Hark hatte da so seine Zweifel. Was, wenn die Frau nirgends vermisst wurde? Wenn sie allein gelebt hatte und von außerhalb hierhergekommen war. Harks zweiter Gedanke galt seiner Schwester Anne. Wenn sie sterben würde, konnte es unter Umständen Wochen, wenn nicht gar Monate dauern, bis ihr Fehlen jemandem auffallen würde. Ein erschreckender Gedanke. Dennoch glaubte Hark nicht daran, dass die Unbekannte derart einsam gelebt hatte wie seine Schwester.
Die Ermordete war jung gewesen, hübsch obendrein. So jemand fehlte immer irgendwo. Irgendwem.
Zumindest hoffte er das.

- 8 -

ERICH KOHN STAND am Fenster und beobachtete, wie vereinzelte Schneeflocken vom Himmel herunterschwebten und im Garten vor dem Haus zu Boden gingen. Kohn sah durch sie hindurch, er registrierte auch die kahlen Bäume nicht, genauso wenig wie den Zaun dahinter, der sein Grundstück von der Dorfstraße trennte.

Seine Gedanken waren angefüllt mit anderen Dingen. Er hatte sich für heute vorgenommen zu malen. Zumindest war er mit der festen Absicht aufgestanden. Doch sein Aufenthalt im angrenzenden Atelier war nur von kurzer Dauer gewesen.

Angela war nicht nur mit den Einkäufen, sondern auch mit einer seltsamen Nachricht heimgekehrt: Man hatte bei dem Haus an der Steilküste eine Tote gefunden, gestern schon.

Einige Polizeibeamte, allen voran der dicke, unangenehme Klinger, gingen durch das Dorf, klopften an jede Tür und zeigten Fotos von der Toten. Eine Unbekannte, erzählte man sich. Angela hatte die Neuigkeit unterwegs aufgeschnappt, beim Einkaufen in Langballig. Eine Ortsfremde hatte sie darauf angesprochen. Ein Beweis dafür, dass sich Gerüchte und Sensationsnachrichten schneller verbreiteten, als die Beamten von Haus zu Haus laufen konnten. Ein Aspekt, den Kohn normalerweise für äußerst interessant empfunden hätte. Heute jedoch war es irgendwie anders.

Nachdem Angela das Atelier verlassen hatte, um die Einkäufe aus dem Wagen zu holen, hatte Kohn die Staffelei wieder verhängt und den Pinsel zurück in das hohe Glas mit dem Reiniger fallen lassen.

Seitdem stand er hier und blickte nach draußen, längst verdrängt war die Bitte seiner Frau, ihr beim Hereintragen der Einkäufe zu helfen.

Seine Gedanken waren abgedriftet, weg von Angela und ihren weltlichen Problemen.
Kohn hatte eine Vorahnung. Und wann immer er dieses Gefühl hatte, lag etwas in der Luft. Schon als Kind hatte er manchmal unter seltsamen Stimmungsschwankungen gelitten, ohne den Grund dafür zu kennen. Der Grund hatte sich erst später herausgestellt. Und eben dieses Gefühl hatte er jetzt wieder.
Etwas würde passieren, und es würde nicht angenehm sein. Weder für ihn, noch für den Rest des Dorfes.
Kohn fasste sich an die Nasenwurzel und massierte die Stelle in der Hoffnung, das ungute Gefühl damit aus der Welt schaffen zu können.
Beim Haus an der Steilküste hatte man sie gefunden.
Etwas war mit dieser Frau. Etwas, das der ermittelnde Kommissar verheimlichen wollte, doch Klinger, Werner Klinger, der nur allzu redselig war und mit allen hier gut bekannt, hatte sich schon beim zweiten Haus verplappert.
Die Frau war nicht einfach so umgebracht worden. In irgendeiner Weise hatte sich ihr Mörder an ihr vergangen, und nach Klingers Aussagen hatte es sich nicht um eine Vergewaltigung gehandelt, jedenfalls nicht in der Form, die man für gewöhnlich darunter verstand.
Kohn hielt mit seinen kreisenden Fingerbewegungen inne. Dieser Klinger hatte oft so eine komplizierte Art, sich auszudrücken. Nicht einmal wenn er sich verhaspelte, konnte er es richtig machen.
Was war es gewesen, das man der Frau angetan hatte?
Kohn war auf eine unerklärliche Weise beunruhigt, und dabei war es nicht einmal Angelas Nachricht gewesen, die ihn aufgeschreckt hatte.
Es war vielmehr der Anruf kurz zuvor. Schon beim schrillen Klingeln des Telefons war Kohn, der pensionierte Künstler, aufgeschreckt. Ein Tag der dunklen Omen.
„Ja, bitte?“

„Man hat eine Tote gefunden. Bei dem Haus an der Steilküste."
Kohn kniff die Augen zusammen, drehte den Kopf nach hinten, um sich zu vergewissern, dass er allein im Haus war. Sein Blick fiel durch das Fenster auf die Zufahrt zum Haus. Die Pforte stand noch offen, also war Angela noch nicht zurückgekehrt.
„Was für eine Tote?", fragte er zurück.
„Eine junge Frau, sagt man. Sie wurde ermordet. Die Polizei geht durchs Dorf. Man wird auch zu Ihnen kommen, Kohn."
„Zu mir?" Kohn spürte, wie sein Atem schneller ging. Nicht viel, nicht wesentlich, aber eben doch eine Spur schneller.
„Man wird Fragen stellen", sagte die Stimme aus der Leitung. „Einige könnten unangenehm für Sie sein."
„Warum?", fragte Kohn. „Wovon zum Teufel reden Sie da eigentlich?"
„Die Frau wurde erwürgt", kam es zurück. „Aber das ist nicht das Einzige, was ihr passiert ist. Ich denke, wir sollten uns unterhalten, Kohn."
„Nicht das Einzige?", wiederholte der Künstler. „Was meinen Sie damit. Was ist denn überhaupt los?"
Schweigen. Kohn hörte den anderen atmen.
„Wir sollten uns unterhalten", wiederholte die Stimme.
Kohn nickte, spürte einen leisen Schmerz hinter den Schläfen, der zu pochen begann. Er würde sein Mittel nehmen müssen, das stand jetzt schon fest. Je eher, desto besser.
„In Ordnung", sagte Kohn mit trockener Kehle. „Wann und wo?"
„So schnell wie möglich", sagte der Anrufer. „Ich gebe Ihnen Bescheid. Und bis dahin werde ich keinen Ton sagen."
Kohn räusperte sich. „Ich verstehe noch immer nicht …"
„Sie verstehen sehr gut, Kohn. Und ich rate Ihnen, mich nicht zum Narren zu halten."

„Das mache ich nicht“, erwiderte Kohn. Er wollte etwas hinzufügen, das den anderen besänftigte, doch da lenkte ihn ein Geräusch ab. Ein Wagen kam auf die Zufahrt gefahren. Angela.

„Hören Sie, ich muss jetzt Schluss machen. Ich … werde Ihre Nachricht abwarten.“

„Tun Sie das, Kohn“, sagte die Stimme.

Kohn legte ohne ein weiteres Wort auf. Er hatte nicht fragen müssen, wer der Anrufer war. Er kannte die Stimme. Kannte sie nur zu gut.

Jetzt, etwa eine halbe Stunde später, hörte er, wie Angela die Einkäufe in der Küche und in der Speisekammer verteilte.

Er versuchte, sich zu beruhigen.

Die Tür öffnete sich, und eine schlanke Frau mit kurzen grauen Haaren steckte den Kopf ins Atelier.

„Soll ich uns noch einen Tee machen?“

Angela lächelte und ließ ihre kräftigen, weißen Zähne erkennen, die nach fast siebzig Jahren noch immer ihre eigenen waren. Als sie ihren Mann am Fenster stehen sah, erstarb das Lächeln, und sie wurde ernst.

Sie öffnete die Tür und betrat den Raum.

Erich Kohn blieb für eine Weile so stehen, rührte sich nicht.

Er hörte, wie sich ihre Schritte über den alten Dielenboden ihres Reetdach-Hauses näherten.

Eine schlanke Hand legte sich auf seine rechte Schulter. Kohn spürte ihren kräftigen Druck.

Langsam drehte er sich zu seiner Frau um.

„Alles in Ordnung mit dir?“, fragte sie.

Kohn blinzelte. „Ich glaube, ich bekomme wieder Kopfschmerzen.“

Angelas Gesichtsausdruck blieb unverändert. „Hast du dein Mittel schon genommen?“

„Noch nicht.“

„Ist es nur der Kopf?“, fragte Angela.

„Was meinst du damit?“

Angela legte nun beide Hände auf seine Schultern und sah ihm in die Augen. „Du bist schon seit heute früh so abwesend. Was ist los?“

Kohn seufzte, versuchte, ihrem Blick auszuweichen, was ihm nicht gelingen wollte. „Ich glaube, heute ist einfach kein guter Tag.“

Sie nickte. Kohn liebte es, wenn sie das tat. Es bedeutete zumeist, dass sie keine weiteren Fragen stellen würde, und das war gut.

Tatsächlich wandte sie sich ab, nicht ohne ihn jedoch noch einmal mit einem prüfenden Blick gemustert zu haben.

„Ich werde dir dein Pulver bringen“, sagte sie und verließ das Atelier.

Kurz darauf war der Wasserhahn in der Küche zu hören.

Das war der Augenblick, in dem Kohn einen Entschluss fasste. Der Anrufer hatte einen bestimmten Grund gehabt, ihn zu kontaktieren. Und es war gut, sich so weit wie möglich auf das Treffen mit ihm vorzubereiten.

„Du gehst noch weg?“, fragte Angela, als sie ihm im Flur das Glas mit der milchig-trüben Flüssigkeit reichte.

Kohn nahm es ihr aus der Hand, ohne sie anzusehen. Er leerte es in einem Zug und stellte es auf die Kommode neben der Tür.

„Ja“, sagte er knapp, als er mit der rechten Hand nach seiner Jacke griff, die an dem Garderobenständer hing.

Angela reichte ihm seinen breitkrempigen Hut, den er mit einem knappen Nicken entgegennahm.

Sie fragte nicht, wohin er ging. Das hatte sie in den fast fünfzig Jahren ihrer Ehe nie getan.

Kohn öffnete die Tür und trat vor das Haus. Der Schneefall hatte zugenommen. Aus den vereinzelten kleinen Flöckchen waren dicke, schwere Flocken geworden, die von ei-

nem kalten Wind aus Nordost durcheinandergewirbelt wurden.
Kohn ließ die Tür hinter sich zufallen und ging den Schotterweg entlang bis zur Pforte.
Er wusste, dass Angela hinter einem der zahlreichen Fenster stand und ihm nachsah. Er drehte sich nicht um, als er seinen Weg fortsetzte.
Durch die Kronen der hohen Pappeln fuhr ein eisiger Wind und erzeugte dabei seltsam hohle Geräusche.
Kohn beschleunigte seine Schritte und zog den Kragen seines Mantels zu. Er hätte auch den Wagen nehmen können, aber das wäre vielleicht zu auffällig gewesen. Und vermutlich hätte es Angela noch stärker beunruhigt. Er wusste, dass sie sich insgeheim Sorgen machte, aber er konnte im Augenblick nichts daran ändern.
Seine momentane Hoffnung war, dass das verdammte Pulver seine Wirkung tat und dass er vielleicht von Wilfried Packulat etwas erfahren würde, was ihm weiterhalf und im besten Falle sogar seine Nerven beruhigte. Und das wäre besser als jedes Pulver der Welt.
Das Dorf wirkte verwaist. Von der Polizei, die angeblich so eifrig dabei war, die Anwohner zu befragen, war nichts zu sehen. Aber vielleicht zäumten sie das Pferd auch vom anderen Ende auf, überlegte Kohn.
Seine Schuhe hinterließen erste, jungfräuliche Abdrücke auf der dünnen Schneedecke.
Die Spur zog sich hinauf bis zum Hof der Packulats.
Kohn folgte dem Geräusch der Motorsäge, die hinter dem langgezogenen Kuhstall zu hören war.
Packulat stand vor dem Knick, eingehüllt in eine schmutzige Jacke, die Füße in klobigen Sicherheitsstiefeln steckend. Der Landwirt bearbeitete einen Haufen Knickholz, den er hinter dem Stall errichtet hatte.
Kohn nahm den Geruch von frischem Holz wahr. Er hob die Hand zum Gruß.

Packulat hatte ihn gesehen, wartete jedoch ab, bis die Kettensäge sich durch einen armdicken Ast gefressen hatte. Dann stellte er den Motor ab und legte das Werkzeug beiseite. Packulat drückte sein Kreuz durch und nahm die Sicherheitsbrille ab.
Kohn erkannte, wie der Landwirt unter seiner Mütze und dem Riemen der Brille schwitzte.
„Tag, Herr Packulat“, sagte Kohn und deutete auf das Knickholz. „Das wird Ihnen diesen Winter aber nichts mehr nützen.“
„Ist für nächstes Jahr“, gab Packulat zurück. Damit machte er deutlich, dass für ihn der Schnack beendet war. Abschätzend sah er den Künstler, der mit seiner Frau vor etwa zwanzig Jahren aus Berlin hierher gezogen war, an.
„Sagen Sie, Packulat, stimmt es, was man sich im Ort so erzählt? Nebenan im Wald wurde gestern eine Tote gefunden?“
Der Landwirt wischte sich klebrige Holzspäne aus dem Gesicht. „Der junge Hagendorn hat sie entdeckt. Er war hier und hat die Polizei gerufen.“
Kohn nickte interessiert. „Es heißt, die Polizei fragt überall nach, ob jemand von uns die Tote kennt.“
„Wir haben keinem was gesagt“, antwortete Packulat bestimmt. „Meine Frau nicht und auch keiner von meinen Söhnen.“ Auf diese Tatsache schien er Wert zu legen.
Kohn war der Unterton in der Stimme seines Gegenübers nicht entgangen.
„Wissen Sie denn, wie die Frau ausgesehen hat?“, hakte Kohn nach.
Packulat schob sich seine Kopfbedeckung in den Nacken und kratzte sich an der Stirn.
„Wie die jungen Frauen eben heutzutage aussehen. Hübsch soll sie gewesen sein. Und sie hatte kaum was an.“
Kohn fühlte sich unter dem Blick des Landwirts unwohl. Etwas Lauerndes lag darin.

„Jemand hat erzählt, dass der Mörder etwas mit ihr getan hat", fügte Kohn hinzu. Er hatte Mühe, die Worte über die Lippen zu bringen. „Haben Sie was darüber gehört?"
Packulat schob seine Mütze wieder in ihre alte Position zurück und sah Kohn finster an. „Nein, das habe ich nicht. Und es geht mich auch nichts an. Die Frau kennt hier niemand, und daher kommt der Mörder auch von außerhalb. Das ist meine Meinung."
„Ganz sicher", pflichtete Kohn ihm bei.
„Klingt so, als wären Sie anderer Meinung, Kohn."
Der Angesprochene fuhr herum. Er hatte den jungen Mann, der sich dicht hinter ihm aufgebaut hatte, nicht kommen hören.
Jürgen Packulats Nase war rot von der Kälte, ebenso wie seine Finger. Er lehnte mit verschränkten Armen an der Ziegelwand und stieß sich im nächsten Moment lässig ab. Dicht vor Kohn blieb er stehen. „Warum sind Sie hier?"
„Ich habe einen Spaziergang gemacht und deinen Vater hier gesehen."
Der junge Packulat grinste schmierig. „Und da haben Sie sich gedacht, Sie quetschen meinen Vater ein bisschen wegen der Toten aus. Was interessiert Sie denn so sehr an der Frau, Kohn? Die Tatsache, dass sie fast nackt war?"
Kohn presste seine Lippen aufeinander.
„Jürgen", rief Wilfried Packulat. „Was soll das?"
„Halt dich mal da raus, Papa", antwortete sein Sohn. Er ging auf Kohn zu und griff nach einem Zipfel seines dunklen Schals. „Sie modellieren doch auch gerne solche Frauen in Ihrem Atelier, oder? Würde gerne mal wissen, was in Ihrem Kopf vorgeht, wenn Sie bei Ihrer Arbeit sind."
Der alte Packulat wollte abermals protestieren, doch der junge brauchte nur die freie Hand zu heben, um ihn verstummen zu lassen.
„Du bist jederzeit eingeladen, in eine meiner Ausstellungen zu kommen", krächzte Kohn.

Jürgen Packulat tat beeindruckt, er nickte anerkennend. „Eine Ausstellung, Wahnsinn. Mich würde allerdings eher interessieren, was Sie zu Ihrer Arbeit inspiriert. Sie müssen da doch irgendwelche Vorstellungen haben, wenn Sie an die Arbeit gehen."
„Jetzt ist aber Schluss mit dem Unfug", brüllte Packulat und unterstrich seine Worte mit einer herrischen Handbewegung.
Dieses Mal hatte er Erfolg. Jürgen Packulat zuckte vor seinem Vater zurück.
Kohn nickte den beiden zu und beeilte sich, den Hof zu verlassen. Dieser Besuch hatte alles nur noch schlimmer gemacht, und in seinem Kopf hämmerte es inzwischen so sehr, als hätte jemand eine Großbaustelle darin errichtet.
Erich Kohn hatte das Gefühl, das ihm ernsthafte Schwierigkeiten bevorstanden.

- 9 -

WILFRIED PACKULAT VERSTAUTE seine Säge in dem Schuppen, in dem er das fertige Brennholz lagerte. Er brauchte nicht auf die Uhr zu sehen, er wusste, wann seine Frau Isolde das Mittagessen bereit hatte.

Im Hausflur streifte er seine Arbeitsschuhe ab, hängte seine Mütze an die Garderobe und wusch sich im Bad die Hände.

Als er in die Küche kam, saßen seine beiden Söhne bereits am Tisch. Jürgen trippelte ungeduldig mit den Fingern auf dem Tellerrand herum, während Johannes einfach nur da saß und auf das Muster der braunen Wachstischdecke starrte.

Auf dem altmodischen Herd dampfte es aus einem gewaltigen Topf, den Isolde Packulat in diesem Augenblick topflappenbewehrt an beiden Henkeln packte und auf einem Korkuntersetzer auf dem Küchentisch abstellte.

Mit einer Schöpfkelle machte sie sich daran, einen Gemüseeintopf auf die bereitstehenden Teller zu verteilen.

Packulat setzte sich auf seinen Stammplatz am Kopfende des Tisches und griff nach einem Brötchen, das er mit seinen gewaltigen Pranken über seinem Suppenteller zerbröselte.

„War das da draußen eben der Kohn?“, fragte Isolde, nachdem sie sich zuletzt aufgefüllt und Platz genommen hatte.

Packulat nickte, während er den ersten Löffel Suppe zu sich nahm. Er aß, ohne vorher zu pusten.

„Was hat er gewollt?“ Isolde hatte sich ein Brötchen genommen, wartete jedoch mit dem Abbeißen. Sie sah ihren Mann an, der in dieser Sekunde von seinem Teller aufblickte.

„Er wollte wissen, was es mit der Toten im Wald auf sich hat.“

Isolde zog ihre Stirn in Falten. „Warum interessiert ihn das?“
„Gute Frage, Mama“, sagte Jürgen, der mehr oberflächlich in seinem Teller herumstocherte.
„Mit dir wollte ich sowieso noch reden“, fuhr Packulat dazwischen. „Was hast du dir bloß dabei gedacht, den Kohn so zu behandeln?“
„Wie habe ich ihn denn behandelt?“ Jürgen Packulat legte den Löffel demonstrativ zurück in den Teller und sah seinen Vater an, der ihm direkt gegenübersaß.
Der Alte beugte sich über den Tisch und erwiderte den Blick seines Sohnes. „Arrogant und unmöglich.“
Jürgen senkte den Kopf ein Stück, schüttelte ihn und grinste in seine Suppe hinein.
„Wir Packulats reden nicht so“, fuhr sein Vater fort. „Ich kann mit dem Kerl auch nichts anfangen. Deswegen halte ich Abstand zu solchen Leuten, und ich rate euch, das auch zu tun.“
Packulats Blick wanderte über seine Familie, insbesondere seine beiden Söhne beobachtete er. Jürgen war offensichtlich der Appetit vergangen, während Johannes unbekümmert die Suppe in sich hineinschaufelte.
Isolde griff nach einer Papierserviette und tupfte das Kinn ihres Ältesten sauber. Johannes quittierte die Aktion mit einem dankbaren Grinsen.
„Was wollte er denn von dir wissen?“, fragte Isolde. Sie hatte ihren Teller noch immer nicht angerührt.
Packulat vollführte eine unwirsche Handbewegung. „Keine Ahnung. Er hat mir ein paar Fragen gestellt. Anscheinend hat ihn der Mord sehr beschäftigt.“
„Na, das ist doch wohl normal“, gab Isolde zurück. Dennoch hatte sich ein Unterton in ihre Stimme geschlichen, der von Zweifel zeugte.
„Jedenfalls ist das noch lange kein Grund, den Kohn so altklug zu behandeln“, lautete Packulats Fazit.

„Habt ihr euch eigentlich nie gefragt, warum die Kohns aus Berlin weggezogen sind?“, meldete sich Jürgen wieder zu Wort. Er hatte kaum gegessen und schob seinen Teller in Richtung Tischmitte.
„Machen doch viele Städter so, dass sie sich draußen auf dem Land was Neues suchen. Für solche Leute, die Geld haben, ist das doch ganz einfach.“
„Das ist die offizielle Erklärung“, antwortete Jürgen.
„Was soll das heißen? Sprich nicht immer so in Rätseln, verdammt.“
Jürgen Packulat lehnte sich auf der Küchenbank zurück und sah seine Eltern nacheinander an. Es schien, als würde er seinen Auftritt genießen.
„Es heißt, dass er an der Uni ein paar Probleme gehabt hat. Mitunter hat er sich wohl mehr für seine Studentinnen interessiert als für die Kunst.“
Wilfried Packulat riss ein Stück von seinem Brötchen ab und stopfte es sich in den Mund. „Ach nee, und woher willst ausgerechnet du das wissen?“
Jürgen ließ sich nicht beirren. „Die Kohns haben wohl richtig Zoff gehabt deswegen. Scheint auch kein Einzelfall gewesen zu sein. Ich habe gehört, dass Kohn an der Uni gefeuert wurde.“
„Blödsinn“, erwiderte sein Vater kauend. „Die beiden wohnen doch schon fast zwanzig Jahre hier.“
„Na und? Denkt ihr vielleicht, er kann das so einfach ablegen, dass er ein geiler Bock ist?“
Isolde Packulat schlug mit der flachen Hand auf den Tisch. Ihr Löffel hüpfte dabei aus dem Teller und besprenkelte das Wachstuch mit ölig schimmernden Tropfen.
Johannes prustete vor Vergnügen und wippte auf seinem Platz auf und ab.
Nur der alte Packulat blieb ruhig. Es hatte den Anschein, als hätten die Worte seines Sohnes etwas in ihm ausgelöst. Eine Art Gedankenkette, die er erst in Ruhe zu einem Ende

bringen musste. „Wo willst du denn jetzt so plötzlich hin?“, fragte er, als sich Jürgen kommentarlos erhob.
Sein jüngster Sohn griff nach der Jacke, die neben ihm auf der Bank lag. „Ich fahr nochmal zu Rolf rüber.“
„Der Ziercke?“, hakte sein Vater nach. „An dem könntest du dir mal ein Beispiel nehmen. Tu mir einen Gefallen und such‘ dir endlich eine Arbeit.“
Jürgen schlüpfte in seine Jeansjacke und drehte sich am Durchgang zum Flur noch einmal um. „Wozu denn? Ich komme doch auch so bestens klar.“
Damit war der Junge verschwunden. Sekunden später fiel die Haustür ins Schloss.
Packulat hätte seinen Sohn unter normalen Umständen nicht so einfach gehen lassen. Gerade die Arbeitslosigkeit seines Jüngsten war ihm ein Dorn im Auge. Aber heute war es anders. Packulat war in Gedanken versunken, und sie kreisten um die Tote und um Kohn, der so ein offensichtliches Interesse an ihr hatte.
„Ob sie wohl gefroren hat?“
Packulats Kopf ruckte hoch. Es war, als wäre er aus dem Tiefschlaf aufgeschreckt. Sein Blick suchte Johannes, der unbekümmert seine Suppe weiterlöffelte. Sein Löffel schlug dabei hart auf das Porzellan.
„Wen meinst du?“, fragte Packulat sofort.
„Na, die Frau aus dem Wald“, kam es vom anderen Ende des Tischs zurück. „Sie hatte doch fast gar nichts an. Fast nackt.“
Johannes senkte seinen Kopf, um die Röte zu verbergen, die ihm ins Gesicht gestiegen war.
„Johannes“, sagte Isolde leise, während sie ihrem Sohn mit der Hand durch das unordentliche Haar fuhr. „Was redest du denn da? Bist du … bist du etwa dort gewesen?“
„Sie hat sich den Finger aufgeschnitten“, brummte Johannes, während er unruhig auf der Bank hin und her rutschte.

„Aber ich glaube doch nicht, dass sie gefroren hat, denn sie war da ja schon tot. Stimmt's Papa?"
Wilfried Packulat antwortete nicht. Er sah auch nicht den entgeisterten Blick seiner Frau, der zwischen ihm und seinem Sohn hin und her wanderte.
Packulat stand auf und verließ die Küche. Er hatte plötzlich das Gefühl, dass seine Familie in großen Schwierigkeiten steckte.

- 10 -

ACHT ANRUFE IN Abwesenheit.
Das war das Ergebnis des letzten Abends und der letzten Nacht gewesen, die Hark in seinem Hotel in Flensburg zugebracht hatte. Die erste Rufnummer war ihm unbekannt, die sieben anderen Anwahlversuche gingen eindeutig auf das Konto seiner Eltern. Seiner Mutter, korrigierte Hark sich in Gedanken, denn er konnte sich keinen Grund vorstellen, den Norbert Hagendorn an den Telefonapparat treiben würde, um ausgerechnet seinen Sohn anzurufen.
Jetzt war es also doch geschehen. Hark hatte sich wieder nach Osterholz aufgemacht. Dieses Mal war er nicht vorher abgebogen, um zu dem Haus an der Steilküste zu gelangen. Heute war er dem Verlauf der gewundenen, schmalen Teerstraße weiter gefolgt und blieb schließlich vor dem großen gelben Haus stehen, dem verwinkelten Erinnerungsstück seines Großvaters, in dessen Mauern er sich als Kind bereits unbehaglich gefühlt hatte.
Hark stieg aus und folgte dem schmalen Kiesweg, der ihn direkt bis zur Haustür führte.
Sein Daumen verharrte für mehrere Sekunden über dem Klingelknopf, bevor er ihn betätigte.
Was war das für ein Gefühl, wieder nach Hause zu kommen? Welche Umstände hatten ihn letztlich hierher geführt?
Hark hatte keine Zeit, sich diesen Gedanken hinzugeben, denn hinter der grünlich getönten Glastür tauchte ein Schatten auf.
Es öffnete jemand.
Hark sah das Gesicht seiner Mutter, das erste Mal seit Jahren.
Ihr Haar war nicht mehr grau, es hatte vielmehr eine weißsilberne Färbung angenommen. Ihr Mund wirkte schmaler und damit zugleich auch härter als früher, vielleicht eine

Folge der Gewichtsreduzierung, die ihren Körper gestrafft hatte.
In ihrem Blick lag eine Form von Trauer, die sich in diesem Moment auf Hark konzentrierte.
Lisa Hagendorn sagte kein Wort. Sie trat einen Schritt auf ihren Sohn zu und nahm ihn in den Arm.
Hark ließ es geschehen, doch er fühlte sich alles andere als wohl dabei.
Vor acht Jahren hatte er im Streit dieses Haus, diesen Ort und alle Menschen in seinem alten Umfeld verlassen.
Jetzt hierher zurückzukehren, bedeutete für ihn einen Schritt zurück über eine verbotene Schwelle, in eine längst vergessene Welt. Seine Mutter löste sich von ihm, um ihren Sohn besser in Augenschein nehmen zu können.
„Du bist schmaler geworden“, sagte sie, während ihr Blick sorgsam über sein Haar streifte. „Und da sind ein paar graue Haare.“
Lisa Hagendorn machte den Weg frei, damit Hark eintreten konnte.
„Hallo Mutter“, sagte er trocken, während er jetzt tatsächlich den Schritt machte, der ihm bis vor einigen Tagen noch unmöglich erschienen war.
„Komm rein, dein Vater wird auch gleich da sein.“
Hark folgte seiner Mutter in ein aufgeräumtes Wohnzimmer, in dem sich in den letzten Jahren nicht das Geringste verändert hatte. Auf dem altmodischen Sofa lag noch immer dieselbe Wolldecke, um die Polster zu schonen. Selbst bei dem Fernseher handelte es sich noch immer um dasselbe alte Röhrengerät, für das mit Sicherheit seit zwanzig Jahren keine Ersatzteile mehr existierten.
Lisa Hagendorn war hinausgegangen, um ihren Mann zu holen. Hark hörte ihre Stimme irgendwo im ersten Stock. Kurz darauf wurde ein übel gelauntes Grunzen laut. Ein Stuhl wurde gerückt. Kurz darauf näherten sich über die Treppe die hastigen Trippelschritte seiner Mutter.

Als sie das Wohnzimmer betrat, hatten ihre Wangen Farbe angenommen. Sie setzte sich, wand ihre Hände in ihrem Schoß, als wisse sie nicht, was sie mit ihnen anfangen sollte.
„Willst du etwas trinken, einen Kaffee vielleicht?"
Hark verneinte, obwohl er gerne etwas getrunken hätte. Je länger er sich hier drinnen aufhielt, desto intensiver war sein Eindruck, dass die Luft zum Atmen für ihn immer dünner wurde.
Der Kaminofen gab eine wohlige Wärme ab, doch Hark empfand die Temperatur für zu hoch. Er bekam allmählich das Gefühl, an der Spießigkeit des Raumes zu ersticken.
Wieder waren Schritte auf der Treppe zu hören. Norbert Hagendorn ließ sich Zeit. Er hatte es nicht eilig, seinen Sohn zu begrüßen.
Seine Statur war nach wie vor klein und drahtig. Hark registrierte, dass sein Vater im Lauf der letzten Jahre einige Haare eingebüßt hatte. Seine Stirn war noch breiter, noch höher geworden, glänzte aber im Schein des einfallenden Lichts rosig und vital.
Hark nahm den Geruch seines Rasierwassers wahr – ein Déjà-vu, das eigentlich keines war, denn sein Vater nutzte seit Anbeginn der Zeitrechnung dasselbe Produkt.
Norbert Hagendorn blickte seinen Sohn an. In seinen Augen standen keine Emotionen zu lesen, es war ein nichtssagender, gleichgültiger Blick.
Hagendorn nickte seinem Sohn zu und setzte sich in seinen Sessel, strich sich über sein weißes Oberlippenbärtchen und faltete die Hände, wie er es immer getan hatte.
„Also?", fragte er, „was gibt es?"
Hark breitete die Arme auseinander und sah seine Mutter an. „Ihr habt mich angerufen", sagte er.
Norbert Hagendorn schüttelte den Kopf. „Deine Mutter war es, wenn überhaupt."

Hark dachte darüber nach, aufzustehen und zu gehen, für immer zu gehen. Es war keine gute Entscheidung gewesen, hierher zu kommen. Nicht nach Osterholz und nicht in sein Elternhaus.
Ja, verdammt, er hatte die Firma seines Vaters in den Konkurs gewirtschaftet. Die verfluchte Tischlerei, mit der Hark nichts anfangen konnte. Die Firma, die nichts als Unglück über die Familie gebracht und so ganz nebenbei auch Harks Vermögen vernichtet hatte. Ein Punkt, der nicht unwesentlich dazu beigetragen hatte, dass Harks Ehe im freien Fall den Bach runtergegangen war. Nach Harks Rechnung waren sie quitt, denn er hatte allein dafür Sorge getragen, sich selbst wieder aus dem Dreck zu ziehen. Aber Norbert Hagendorn hatte seinem Sohn nie verziehen, dass er das Erbe der Familie zunichte gemacht hatte.
Und jetzt saßen sie sich gegenüber, und obwohl der Ofen sein Bestes gab, die Temperaturen noch weiter in die Höhe zu treiben, breitete sich in dem plötzlich viel zu engen Raum eine eisige Kälte aus.
„Wir haben gehört, was passiert ist“, begann seine Mutter zaghaft. „Das ganze Dorf spricht davon. Und … ich habe mir Sorgen gemacht.“
Hark ließ die angesammelte Luft aus seinen Lungen entweichen. „Ich habe eine tote Frau im Wald gefunden, Mama. Mir ist nichts passiert, und abgesehen davon ist alles in bester Ordnung.“
Hark wusste, dass er seine Mutter mit diesen Worten nicht überzeugen konnte. Wie denn auch, wenn er selbst nicht einmal an das glaubte, was er da gerade gesagt hatte?
Etwas ging im Ort vor, das war zu spüren. Und das lag nicht nur an der Anwesenheit der Polizei, die sicher auch schon im Haus seiner Eltern gewesen war.
Wie aufs Stichwort kam sein Vater auf genau dieses Thema zu sprechen. „Sie haben uns ein Foto gezeigt. Ein … vul-

gäres Foto. Das Gesicht einer erwürgten Frau. Hast du sie etwa mit hierher gebracht?“
„Wäre dir das am liebsten?“, entfuhr es Hark.
Sein Vater lächelte kalt, wobei die Enden seines Bärtchens leicht zitterten. „Hast du sie hierher gebracht?“, wiederholte der Alte seine Frage.
„Nein“, antwortete Hark, „ich habe die Frau im Wald das erste Mal gesehen. Und da war sie bereits tot. War das etwa alles, was ihr von mir wissen wolltet – um sicherzugehen, dass ich den Ruf der Familie nicht noch mehr in den Dreck ziehe?“
Norbert Hagendorn drehte seinen Kopf in die Richtung seiner Frau. „Nichts dazugelernt, in all den Jahren.“
Lisa Hagendorn beachtete den Einwurf ihres Mannes nicht. Sie beugte sich leicht vornüber, während ihre Hände noch immer miteinander beschäftigt waren. „Dieser Kommissar hat uns über dich ausgefragt. Er wollte wissen, was du die letzten Jahre gemacht hast und warum … warum du nicht mehr hier gewesen bist in letzter Zeit.“
„Das war eine peinliche Angelegenheit“, fügte Hagendorn hinzu.
Hark saß da und dachte nach. Warum interessierte sich Junge für seinen Werdegang? Und warum zum Teufel kam er mit seinen Fragen nicht direkt zu ihm?
„Wir haben ihm geantwortet, so gut es ging. Aber zu den letzten Jahren konnten wir ihm nichts sagen. In den wenigen Telefonaten hast du nichts von dir preisgegeben.“
„Ich hatte meine Gründe“, antwortete Hark knapp.
Norbert Hagendorn lachte hart auf. „Gründe. Um die warst du nie verlegen.“
„Muss das jetzt wirklich sein?“ Hark spürte, wie etwas in ihm zu brodeln begann.
„Jawohl“, brüllte sein Vater plötzlich. Er schoss in seinem Sessel nach vorne, als hätte man ihm einen derben Stoß versetzt. „Die Firma könnte heute noch existieren, wenn

du nicht im Alleingang über diese verheerenden Investitionen entschieden hättest."

Hark fasste sich an die Schläfen und zählte in Gedanken von einundzwanzig bis dreiundzwanzig. „Die alten Maschinen waren völlig hinüber und davon abgesehen nicht mehr zeitgemäß", sagte er betont ruhig, „wir hätten damit keinen größeren Auftrag annehmen können. Wir wären auf Jahre hinaus dazu verdammt gewesen, kleinere Ausbesserungen vorzunehmen, die sich für den Betrieb nicht rentiert hätten. Die Firma wäre auf die Pleite zugesteuert."

Wieder dieses Lachen. „Den Vorgang hast du ja dann ganz souverän beschleunigt. Ein Glück, dass wir auf den Namen deiner Mutter noch ein paar Reserven angelegt hatten, sonst hättest du die auch noch durchgebracht."

Für einen Moment herrschte Stille.

Norbert Hagendorn, der sich mit beiden Händen auf den Lehnen aufgestützt hatte, sank wie in Zeitlupe wieder in seinen Sessel zurück.

Hark erhob sich von seinem Platz. Es versetzte ihm einen leichten Stich, als er dabei flüchtig in das Gesicht seiner Mutter sah. Über ihre Wange rollte eine Träne, die sie sich in einer beiläufigen Bewegung mit ihrem Ärmel wegwischte.

Hark trat an den Sessel seines Vaters heran und sah auf seinen Erzeuger herab. „Du wirfst mir vor, ich hätte nichts dazugelernt, Vater? Wie willst du das beurteilen, wenn du mich gar nicht wirklich kennst? Und wie ist es mit dir? Hast du dazugelernt in den letzten acht Jahren?"

Norbert Hagendorn blieb sitzen, den Blick starr auf die gegenüberliegende Wand gerichtet. „Ich habe keine Ahnung, wovon du sprichst. Ich habe mir nichts vorzuwerfen."

Hark lachte leise. „Nein, das hast du nicht. Nicht in deiner Welt jedenfalls. Aber die reale Welt sieht anders aus, Vater. In der sitzt nämlich deine Tochter in einer schäbigen Wohnung in Flensburg und spült ihr Leid täglich mit zwei Fla-

schen Wein runter. Billiger Fusel in einer kalten Bleibe. Wann habt ihr Anne zum letzten Mal gesehen, hm? Wann hast du dich je für ihre, für unsere Probleme interessiert? Nein, du hattest immer nur dich selbst im Kopf. Dich, dieses fürchterliche Haus und deine hoffnungslos veraltete Firma, die du mir aufgezwungen hast."
Schwer atmend verharrte Hark stehend neben seinem Vater. Der Knoten war geplatzt. Etwas war von seinen Schultern gefallen, etwas, das sich darauf getürmt und das zentnerschwer gewogen hatte.
„Raus", war das einzige Wort, das Norbert Hagendorn in diesem Augenblick noch von sich gab. Er hatte es nur geflüstert, dennoch war es gut zu hören gewesen und geisterte durch den Raum wie ein böser Dämon. Es versuchte, sich in Harks Kopf einzunisten, doch so weit ließ er es nicht kommen. Er wandte sich wortlos ab und verließ das Wohnzimmer.
Hinter sich hörte er die Schritte seiner Mutter, die ihm bis in den Flur folgte.
„Du hättest das nicht sagen sollen", sagte sie leise zu ihm, während sie verzweifelt versuchte, einen Ärmel seiner Jacke zu fassen zu bekommen. „Er hat es doch nicht so gemeint."
Hark drehte sich zu seiner Mutter um. Er wollte noch etwas sagen, doch ihm versagte die Stimme. Zudem hätte jedes weitere Wort alles nur noch schlimmer gemacht. Stattdessen schüttelte er nur langsam den Kopf und strich seiner Mutter eine weitere Träne aus dem Gesicht.
Sie umarmte ihn. Hark wusste, dass nun noch ein paar Abschiedsworte kommen würden. Und damit sollte er auch recht behalten, wenngleich es nicht die Worte waren, die er erwartet hatte: „Wilfried Packulat hat hier angerufen. Du sollst zu ihm kommen, weil er eine sehr wichtige Frage an dich hat."

- 11 -

BIS ZUM HOF der Packulats waren es nur drei Minuten mit dem Wagen. Hark stellte seinen BMW auf dem breiten Hofplatz ab.
Die Haustür wurde bereits aufgerissen, noch bevor er geklingelt hatte.
Wilfried Packulat winkte Hark gleich durch in einen Gang, der vom Wohnhaus hinüber zu den Stallungen führte.
„Gut, dass du gleich gekommen bist", sagte Packulat und schloss die Verbindungstür, sodass sie allein und ungestört waren.
Hark wunderte sich insgeheim über den vertraulichen Umgangston, denn es war gerade mal zwei Tage her, dass Packulat ihn nicht einmal erkannt hatte, als sie sich gegenübergestanden hatten.
„Meine Mutter sagte, dass Ihnen etwas unter den Nägeln brennt", nahm Hark die Unterhaltung wieder auf.
Packulat nickte. Von nebenan waren ein Schnaufen und ein metallisches Klirren zu hören. Die Milchkühe zerrten an ihren Haltevorrichtungen.
„Es geht nochmal um die Tote", sagte Packulat flüsternd, während er Hark dabei unangenehm nahe kam. „Genauer gesagt, wo du sie gefunden hast. Drüben im Wald."
„Ja, was ist damit?", fragte Hark irritiert.
Packulat kam ihm abermals näher und senkte seine Stimme zu einem verschwörerischen Flüsterton.
„Hast du außer der Leiche noch jemanden da draußen gesehen?"
Hark wich einen Schritt vor dem Bauern zurück und stieß mit dem Rücken gegen die weiß gekalkte Wand des Durchgangs.
„Nein", sagte er langsam. „Warum fragen Sie?"
Packulats Körper entspannte sich einen Deut. Er fuhr sich mit der Hand über das stoppelige Kinn. Er wiegte seinen

Oberkörper wie unter Schmerzen hin und her, bevor er weitersprach. „Es ist wegen Johannes, weißt du? Er treibt sich überall und nirgends herum, manchmal auch nebenan im Wald. Er ist oft stundenlang unterwegs und … aber er tut keinem was zuleide. Er ist ein friedlicher Junge, und wir haben seine Probleme vollkommen im Griff."
„Schon gut", sagte Hark. „Ich habe Johannes nicht im Wald gesehen, wenn es das ist, was Sie hören wollen."
Packulat nickte. „Ich möchte einfach vermeiden, dass da irgendwelche Gerüchte aufkommen."
„Warum fragen Sie ihn nicht selbst, wo er um die fragliche Zeit gewesen ist?", wollte Hark wissen.
Packulats Gesichtsausdruck nahm wieder qualvolle Züge an, und Hark verstand. Der Landwirt hatte seinen Sohn längst dazu befragt, aber die Antwort hatte ihn nicht zufriedengestellt. Im Gegenteil, sie musste ihn sogar beunruhigt haben. Daher diese ganze Aktion, die Anrufe bei Harks Eltern und schließlich dieses peinliche Verhör.
„Du hättest ihn sehen müssen, wenn er da gewesen wäre, richtig? Und … und wenn ich mich recht erinnere, dann ist in dem Moment, wo du die Tote gefunden hast, ein Auto weggefahren."
Hark wollte dem Alten sagen, dass es sich dabei um einen reinen Zufall gehandelt haben könnte, doch er verkniff sich diese Bemerkung.
„Johannes war nicht dort", sagte er entschieden und nur aus dem Grund, das Gespräch zu Ende bringen zu wollen.
Packulat richtete sich zu voller Größe auf und klopfte Hark auf die Schulter. „Das war alles, was ich von dir hören wollte."
Hark kam nicht dazu, etwas zu erwidern, denn in diesem Augenblick fuhr ein weiterer Wagen auf den Hof.
Packulat machte einige Schritte zur Seite, wo sich ein schmales Fenster in dem Durchgang befand.
„Scheiße", entfuhr es dem Bauern.

„Was ist los?“
Packulat wedelte mit der Hand, als wollte er eine der Fliegen verjagen, die selbst im Januar noch über die weißen Stallwände krochen. „Es ist die Polizei“, sagte er. „Dieser lästige Kommissar.“
In diesem Moment hörte Hark bereits Junges Stimme. Klinger musste auch dabei sein, so wie es sich anhörte. Die beiden Männer wechselten ein paar Worte miteinander, während sie auf das Haus zugingen. Nur wenige Sekunden später läutete es an der Tür.
„Ich muss rüber“, sagte Packulat abrupt. Mit einem Mal wirkte er wie elektrisiert. „Das Beste wird sein, du kommst mit, dann kannst du dem Kerl gleich sagen, was du mir erzählt hast.“
Packulat winkte eifrig, so als würde es ihm zu lange dauern, bis Hark sich in Bewegung setzte.
Sie betraten den Hausflur in dem Moment, in dem Isolde Packulat den beiden Beamten die Tür öffnete.
Hauptkommissar Junge begrüßte die Frau und blickte dann zu den beiden Männern herüber. Hark fühlte seinen Blick auf sich ruhen. Sofern der Polizist überrascht war, ihn hier anzutreffen, ließ er es sich nicht anmerken.
„Guten Tag, Herr Kommissar“, sagte Packulat überfreundlich und deutete sogar eine kleine Verbeugung an, die Hark schmunzeln ließ.
Junge wirkte nicht amüsiert. Er nickte dem Hausherrn zu und sah noch einmal in die Runde. „Sind Ihre beiden Söhne auch da?“
„Jürgen ist oben in seinem Zimmer“, sagte Isolde schnell. „Aber Johannes … Er ist draußen unterwegs.“
„Würden Sie nach Möglichkeit bitte beide holen?“, forderte Junge sie auf.
Isolde Packulat murmelte etwas, das Hark nicht verstand, drehte sich um und verschwand durch eine Tür.

Ihr Mann führte die Gäste in das Wohnzimmer, in dem Hark vor zwei Tagen bereits gesessen und auf die Ankunft Klingers gewartet hatte, der seinen massigen Körper in diesem Moment durch die Tür ins Wohnzimmer schob. Seine Uniformrjacke knarzte, als er sich auf einen Stuhl setzte, den ihm Packulat unbeholfen anbot.
„Haben sich im Falle der Toten neue Erkenntnisse ergeben?“, wollte Hark wissen, der an der massiven Schrankwand des Ehepaars lehnte.
„Keine wesentlichen“, antwortete Junge knapp. „Wir wissen noch immer nicht, wer sie ist. Keine der verfügbaren Vermisstenmeldungen passt auf ihr Profil. Auch die Befragungen hier im Ort brachten kein Ergebnis.“
Wilfried Packulat rutschte unruhig auf seinem Platz hin und her. Vermutlich, dachte Hark, stellte er sich gerade dieselbe Frage wie er sich selbst. Wenn es keinerlei neue Erkenntnisse gab, was wollten die Beamten dann von den Packulats?
Sie mussten nicht lange warten, um eine Antwort auf diese Frage zu erhalten.
Isolde näherte sich, trat durch die Tür und brachte in ihrem Gefolge wenigstens einen ihrer Söhne mit: Jürgen.
Der junge Mann reagierte reserviert, abwartend. Im Gegensatz zu seinem Vater, der mit jeder Minute unruhiger zu werden schien.
Kommissar Junge sah Isolde Packulat fragend an.
„Ich kann Johannes nirgends finden“, beeilte sie sich zu informieren. „Er ist draußen unterwegs und wird mich nicht gehört haben.“
Junge schien die Antwort nicht zu gefallen, dennoch nickte er.
„Unsere Spurensicherung hat das Gelände um das Haus an der Steilküste abgesucht“, begann er sachlich. „In der dicken Laubschicht in der Nähe des Hauses haben die Kollegen das hier gefunden.“

Junge lehnte sich zurück und griff in die Innentasche seines Mantels. Mit leisem Klirren zog er ein dickes Schlüsselbund hervor, das er demonstrativ vor sich auf den Wohnzimmertisch legte.
Hark betrachtete das Fundstück aus der Ferne. Die Schlüssel wirkten auf ihn ungewöhnlich. Es handelte sich zumeist um einfache, klobige Dinger, von denen nicht wenige bereits Rost angesetzt hatten, weil sie vermutlich seit langer Zeit nicht mehr in Gebrauch gewesen waren. An dem Schlüsselring hing ein etwa zehn Zentimeter langes, zu einem festen Strang geflochtenes Tau, das durch die Jahre an einigen Stellen Fransen aufwies und bereits eine fleckige, dunkelgraue Farbe angenommen hatte.
Hark beobachtete die Reaktionen der Packulats. Isolde und Wilfried tauschten mehrfach schnelle, hektische Blicke miteinander, während ihr Jüngster ruhig blieb und keine Miene verzog.
„Würden Sie mir bitte verraten, wem das hier gehört?"
Isolde Packulat wollte zu einer Antwort ansetzen, doch ihr Mann unterbrach sie mit einer unwirschen Geste.
„Moment mal", sagte der Landwirt laut. „Was wollen Sie mit dieser Frage bezwecken?"
Junge lächelte milde. „Würden Sie bitte meine Frage beantworten? Kennen Sie diesen Schlüsselbund?"
„Wir kennen ihn", presste Isolde hervor. „Er gehört unserem Sohn Johannes."
„Dachte ich mir", gab Junge zurück.
„Warten Sie", fuhr Packulat dazwischen. „Was wollen Sie mit dieser Information jetzt anfangen? Johannes kann es da drüben im Wald verloren haben. Und zwar vor Tagen schon. Die Tatsache, dass Sie das Ding dort gefunden haben, beweist überhaupt nichts."
„Richtig", räumte der Kommissar ein. „Allerdings habe ich auch noch nichts in dieser Richtung behauptet."

„Was heißt hier überhaupt, Sie haben es in der Nähe des Hauses gefunden? Lag es drüben im Wald oder direkt beim Haus und, wenn ja, wie dicht an der Stelle, wo …“ Packulat führte den Satz nicht zu Ende. Stattdessen funkelte er den Kommissar mit grimmigem Blick an.
„Dieser Schlüsselbund lag in unmittelbarer Nähe des Fundorts im Laub. Keine zwei Meter von der Leiche entfernt.“
Die Bemerkung Junges wirkte wie eine Ohrfeige auf den alten Packulat. Er sprang auf. Für eine Sekunde hatte es den Anschein, als wolle er auf den Beamten losgehen, dann jedoch stopfte er seine Hände in die Hosentaschen und lief im Wohnzimmer auf und ab.
„Johannes hat mit der Sache nichts zu tun“, stellte Packulat sicher. „Er würde so etwas nie tun. Und mit Frauen hat er schon mal gar nichts im Sinn. Oder denken Sie vielleicht, dass einer wie er etwas mit Frauen anfangen kann?“
„Jetzt beruhige dich doch mal, Wilfried“, schaltete sich Klinger von seinem Stuhl aus ein. „Es hat doch niemand behauptet, dass es Johannes war.“
„Du hast gut reden“, ereiferte sich der Landwirt. „Ihr kommt hier reingestiefelt und knallt mir das Ding da auf den Tisch, und plötzlich steht hier ein Verdacht im Raum.“
„Seit wann vermisst Ihr Sohn denn diesen Bund?“, fragte Junge dazwischen. „Es ist sehr schade, dass Sie beide nicht wissen, wo er sich aktuell aufhält, wir hätten ihn ansonsten gerne selbst danach befragt.“
„Das fehlte noch“, gab Packulat energisch zurück. „Was wollen Sie denn mit seiner Aussage anfangen? Der Junge ist nicht geschäftsfähig. Meine Frau und ich sind seine Betreuer. Sie können also alles genauso gut mit uns besprechen.“
Kommissar Junge griff nach den Schlüsseln und steckte sie wieder zurück in seine Tasche. „Für den Moment stelle

ich fest, dass mir niemand sagen kann, wie die Schlüssel Ihres Sohnes an den Tatort gekommen sind."
„Tatort?", fragte Jürgen Packulat nach.
Junge wandte den Kopf in seine Richtung. „Sagte ich es noch nicht? Es ist inzwischen erwiesen, dass Fundort und Tatort identisch sind. Mit anderen Worten: Die unbekannte Frau wurde da drüben neben dem Haus an der Steilküste ermordet."
Hark dachte an das Gespräch, das er kurz vor Eintreffen der Beamten mit dem alten Packulat geführt hatte. Er dachte an die Schlüssel, und plötzlich tauchte auch der Schatten hinter der Sicherheitsfolie wieder vor seinem geistigen Auge auf. Vielleicht hatte er Wilfried Packulat zu früh ein Versprechen gegeben.

- 12 -

JÜRGEN PACKULAT HATTE die Zeit nicht abwarten können, bis die beiden Beamten endlich gegangen waren. Auch der junge Hagendorn, der diese ganze Sache erst ins Rollen gebracht hatte, war zeitgleich mit ihnen abgezogen. Jürgen hatte es plötzlich sehr eilig. Keine Zeit, bei der Suche nach Johannes zu helfen, die Wilfried Packulat sofort in die Wege leiten wollte.

Um Johannes machte sich Jürgen keine Sorgen, jedenfalls nicht auf diese Art. Er würde wieder auftauchen, so wie er es an jedem Abend tat. Nur konnte man nie mit Gewissheit sagen, was er den ganzen Tag über getrieben hatte, wenn seine Kleidung nicht gerade Auskunft darüber gab, so wie im Herbst, als er die Knicks auf und abgelaufen war, um Brombeeren zu pflücken und sie an Ort und Stelle zu verdrücken. Jürgen grinste bei dem Gedanken daran, dass sein Bruder nach dieser Aktion den Durchfall seines Lebens gehabt hatte.

Manchmal ertappte sich Jürgen bei dem Gedanken, wer von ihnen beiden eigentlich das einfachere Leben hatte. Er, dem nichts geschenkt wurde, oder Johannes, der sich um nichts in seinem Leben kümmern musste, solange seine Eltern für ihn da waren.

Jürgen trat das Gaspedal seines Golfs voll durch. Draußen wurde es bereits dunkel. Er nahm die Straße, die ihn über Streichmühle bis nach Grundhof hinein führte.

Für die beleuchtete Kirche hatte der junge Mann keine Augen. Er bog nach links ab und fuhr gleich wieder rechts, an der Gärtnerei vorbei, bis in den Ortskern. An einem in Taubenblau gestrichenen Holzhaus stellte er seinen Wagen ab und stieg aus. Jürgen flankte über den hüfthohen Holzzaun hinweg und öffnete die Tür. Bei Rolf war so gut wie nie abgeschlossen, so auch heute nicht.

Er fand seinen Kumpel vor seinem Rechner sitzend, die rechte Hand auf der Maus ruhend und die linke eine Zigarette haltend, von der sich in diesem Augenblick die Asche löste.
„Hey“, grüßte Jürgen Packulat knapp.
Ziercke, ein etwa dreißigjähriger Mann mit glatten, schwarzen Haaren, erwiderte den Gruß, ohne seinen Blick von dem Monitor abzuwenden.
Jürgen trat näher und blickte desinteressiert und mit einer Spur Ungeduld auf das, was sich auf dem Bildschirm abspielte.
Ziercke betrachtete mit fiebrig glänzenden Augen eine Seite, auf der Handfeuerwaffen miteinander verglichen wurden. Jürgen kannte sich nur wenig mit dieser Materie aus, dennoch waren ihm die Logos von Glock und Sig Sauer vertraut.
„Was gibt's?“, fragte Ziercke, noch eben die letzten Daten in sich aufsaugend, bevor er sich widerwillig von seinem Zeitvertreib löste.
„Die Bullen waren vorhin bei uns“, berichtete Jürgen. Er befreite einen Stuhl von ein paar abgelegten Klamotten und setzte sich neben seinen Kumpel.
Ziercke drückte seinen Zigarettenstummel in dem überfüllten Aschenbecher aus. „Was haben sie gewollt?“
„Sie haben den Schlüsselbund von Johannes gefunden. Er hat in der Nähe der Leiche gelegen.“
„Na und?“ Ziercke zuckte mit den Schultern.
Jürgen beugte sich energisch nach vorn. „Überleg‘ mal: Das ist für die doch ein gefundenes Fressen. Der Kommissar tappt ansonsten vollkommen im Dunkeln. Sie werden sich daran festklammern und Johannes fertigmachen. Er kann sich doch nicht wehren.“
Ziercke drehte sich um und fingerte nach seiner Schachtel Zigaretten. Mit routinierten Bewegungen steckte er sich einen neuen Glimmstängel an.

„Mach dir da mal keine Sorgen. Selbst wenn es dein Bruder gewesen sein sollte – was kann ihm schon groß passieren? Er ist doch nicht schuldfähig."
Jürgen packte Ziercke am Oberarm. „Johannes war es aber nicht. Der könnte nicht mal einer Fliege was zuleide tun, kapiert?"
Ziercke riss seinen Arm los. „Hey, hey, bleib mal ganz locker, ja? Hab ja nicht behauptet, dass Hannes die Frau kalt gemacht hat. Wir beide wissen doch, wer es war, oder etwa nicht?"
Jürgen schüttelte den Kopf. „Du behauptest das andauernd. Aber ich – ich weiß überhaupt nichts. Und wenn die Bullen glauben, dass es Hannes gewesen ist, dann werden sie dafür sorgen, dass er von zu Hause weggeholt wird. Sie stecken ihn in ein Heim. Weißt du, was das für ihn bedeutet? Das ist schlimmer als der Knast. Er würde nicht damit fertig werden."
„Hab's ja gerafft, Mann", sagte Ziercke gelassen. Er klopfte dem jungen Packulat kameradschaftlich auf die Schulter. „Wir beide werden die Sache jetzt in die Hand nehmen, ok?"
„Wir müssen den Bullen sagen, dass es Kohn gewesen ist. Sofort."
Zierckes Oberkörper schoss plötzlich nach vorne. Er packte den anderen am Kragen, und mit einem Mal war sein Blick klar und wach. „Nicht so hastig, Freundchen. Du vergisst wohl, was wir besprochen haben. Die Kohns haben Geld wie Heu, und wir beide haben jetzt die einmalige Chance, es uns zu holen, verstehst du?"
„Aber Johannes …"
„Jetzt tu mir mal den Gefallen und lass' mal für einen Moment deinen Bruder aus dem Spiel. Die Bullen können ihn nicht einfach so verhaften, nur weil sie diese dämlichen Schlüssel irgendwo gefunden haben. Was sagt das schon? Gar nichts. Natürlich werden sie der Sache nachgehen,

aber das braucht Zeit. Und diese Zeit werden wir für unsere Sache nutzen, klar?“

„Klar“, gab Jürgen zurück. „Aber was hast du vor?“

„Meine Fresse, ich habe es dir doch schon alles erklärt. Wir werden Kohn anzapfen. Den Anfang habe ich schon gemacht. Du bist doch noch dabei, oder?“

Jürgen Packulat zögerte. Er wusste, dass Ziercke ihn genau musterte, daher beeilte er sich, zu einem Ergebnis zu kommen. „Logisch.“

Ziercke nickte. „Gut. Ich habe nämlich keinen Bock, euretwegen auf die ganze Kohle zu verzichten.“

„Was macht dich denn so sicher, dass er zahlen wird? Was ist, wenn er zur Polizei rennt?“

Ziercke lächelte matt. „Er wird zahlen, verlass‘ dich drauf. Und ein Risiko gibt es bei der Sache nicht. Ich weiß einfach zu viel über ihn. Wirst sehen, er frisst mir aus der Hand.“

Jürgen Packulat war nicht überzeugt. Was, wenn Kohn sich weigerte und die Bullen bis dahin Johannes als Schuldigen auserkoren hatten?

„Du hast mir nie gesagt, womit du Kohn in der Hand hast. Nur dass es mit deiner Arbeit in der Pathologie zu tun hat.“

Ziercke lehnte sich in seinem fleckigen Bürostuhl zurück und nahm einen tiefen Zug aus der Zigarette. Genüsslich blies er den Rauch in Jürgens Richtung. „Ich werde es dir erklären: Der Kohn ist nicht ganz richtig in der Birne. Ich bin mal bei ihm gewesen und hab seinen PC wieder zum Laufen gebracht. Allein mit dem ganzen Scheiß, den ich auf seiner Festplatte gefunden habe, hätte ich ihn schon anzeigen können. Aber es kam noch besser: Kohn muss irgendwie rausgekriegt haben, dass ich in der Schuhmann-Klinik arbeite. Er fragte mich, was ich da genau mache, und als ich ihm sagte, dass ich in der Pathologie arbeite, hat er regelrecht feuchte Augen bekommen. Hättest ihn mal sehen sollen.“

Jürgen hob fragend die Schultern. „Was wollte er von dir?"
„Dass ich ihm nachts Zutritt zur Pathologie verschaffe. Die Abteilung hat einen eigenen Eingang. Du gehst durch den Tunnel und gelangst an eine Tür, die …"
„Mann, das weiß ich doch. Aber was wollte der Kohn da? Ach du Scheiße, sag jetzt bloß nicht, dass er sich an die Leichen ranmachen wollte. Wie krass ist das denn?"
Ziercke nahm seine Zigarette aus dem Mund und schüttelte den Kopf. „Das war auch mein erster Gedanke. Erst wollte er nämlich, dass ich ihn mit den Toten allein lasse. Ich habe ihm gesagt, das ist nicht drin. Da hat er dann herumgedruckst. Weißt du, was er wollte? Abdrücke!"
„Abdrücke?"
„Von ihren Gesichtern, verstehst du? Er hat Gipsabdrücke davon angefertigt, um sie für seine Skulpturen oder was auch immer zu verwenden."
„Totenmasken?", hakte Jürgen nach.
„Japp", machte Ziercke und lehnte sich ein Stück weit vor. „Aber das ist noch immer nicht alles. Einigen hat er die Kuppe des rechten Zeigefingers abgeschnitten."
„Krass", wiederholte Jürgen. Seine Kinnlade war heruntergesackt. Er konnte nicht fassen, was er da hörte. Der feine Erich Kohn, der sich immer für etwas Besseres ausgab, war nichts weiter als ein krankhafter Perverser. Und allem Anschein nach war er sogar noch eine Menge mehr.
„Warum hat er das getan?"
Ziercke zuckte mit den Schultern. „Das muss so eine Art Fetisch für ihn sein, irgendein durchgeknallter Psycho-Scheiß."
„Hast du ihn nie danach gefragt?"
„Natürlich hab' ich das", antwortete Ziercke. „Aber er hat mir keine richtige Antwort gegeben. Er meinte, er würde gut dafür bezahlen, dass ich ihm den Zutritt verschaffe. Und dafür, dass ich die Klappe halte und keine Fragen stelle. Unter uns: Ich glaube, dass er diese Hautfetzen in seine

Bilder einarbeitet. Frag mich nicht, der Typ ist einfach krank. Aber gezahlt hat er immer."

„Aber eins verstehe ich nicht", fuhr Jürgen fort. „Wenn es ihm einen Kick verschafft hat, sich mit den Toten zu beschäftigen, warum sollte er dann die Frau im Wald umgebracht haben?"

Ziercke tippte sich an die Stirn. „Bist du so bescheuert, oder tust du nur so? Was ist denn bitteschön mit der abgeschnittenen Fingerkuppe, hä? Der Klinger hat es doch so gut wie ausgeplaudert, und da habe ich sofort eins und eins zusammengezählt. Und falls du dich fragst, warum er sich an eine Lebende rangemacht hat: Ich habe Kohn vor ein paar Wochen gesagt, dass wir das Spiel beenden müssen."

„Wieso das?"

Ziercke machte ein ärgerliches Gesicht. „Weil Doktor Schuhmann plötzlich der Meinung war, die gesamte Klinik muss eine neue Sicherheitsanlage bekommen. Neue Türsysteme, Überwachungskameras, Zugangscodes für Mitarbeiter und der ganze Scheiß. Ich hätte Kohn nicht mehr so ohne weiteres ins Gebäude schleusen können. Dazu hätte ich erst die Kameras ausschalten müssen, und das war mir zu riskant."

„Wie lange ist das her?", fragte Jürgen.

„Ungefähr drei Monate."

Jürgen Packulat stand auf und starrte aus dem Fenster in den dunklen Garten. „Das heißt, Kohn saß sozusagen auf dem Trockenen, oder? Er hatte keine Gelegenheit mehr, an die Toten heranzukommen. Also hat er selbst für Nachschub gesorgt. Weil ihn seine perverse Veranlagung dazu gezwungen hat."

„Endlich hast du es begriffen", stellte Ziercke fest.

Jürgen atmete tief ein und aus. „Dann wissen wir also, wer der Mörder ist."

„Ich könnte dir sogar noch mehr sagen. Nämlich, wo Kohn die Frau gesehen hat."

„Welche Frau meinst du?"
Ziercke lächelte geheimnisvoll. „Menschenskind, die Tote natürlich."
Jürgen riss die Augen auf. „Willst du etwa damit sagen, du weißt, wer sie ist?"
Ziercke sah noch immer lächelnd zu seinem Monitor herüber. „Ja", sagte er leise, „das weiß ich."

- 12 -

HARK WAR NACH seinem Besuch bei den Packulats herumgefahren. Lange und ziellos. Danach hatte es ihn wieder zurück in Richtung des Fährhauses gezogen, wo er einen Kaffee getrunken hatte.
Wie war die Tote hierher gelangt? Und wer hatte dafür gesorgt, sie vom Tatort wegzuschaffen? Wer auch immer es gewesen war, er musste kurz nach Harks Verschwinden wieder aufgetaucht sein, um sich um die Leiche zu kümmern.
Oder aber er war nie weg gewesen …
Hark verwarf den Gedanken, zahlte seinen Kaffee und verließ die Gastwirtschaft.
Es dämmerte, und leichter Schneefall hatte wieder eingesetzt. Der Strand war wie mit einer Schicht von Puderzucker bedeckt. Hark beschloss, sich noch ein wenig die Füße zu vertreten. Der leichte Wind und die Kälte würden ihm helfen, wieder einen klaren Kopf zu bekommen.
Er hätte längst wieder abreisen können. Niemand hinderte ihn daran, nicht einmal Hauptkommissar Junge.
Nein, dachte Hark. *Sie* war es, die ihn nicht gehen ließ. Die unbekannte Tote.
So viele Namen und Gesichter tauchten vor seinem geistigen Auge auf. Die vier Packulats, Hoffmann, Sinjes Lebensgefährte Hagen, und dann schien es da noch ein paar weitere Personen zu geben, die auf irgendeine Weise in diesen Fall verwickelt waren.
Hark wandte sich vom Strand ab und bewegte sich den Haffberg nach Westerholz hinauf. Erst nach einer ganzen Weile wurde ihm klar, wohin er seine Schritte lenkte.
Er befand sich auf dem Sonnholm und konnte bereits das weiße Hinweisschild im Vorgarten der Tierarztpraxis erkennen.

Es war kurz vor siebzehn Uhr, die Praxis hatte noch geöffnet. Hark gab sich einen Ruck, öffnete die Pforte und ging auf die Haustür zu. Als er die Hand nach der Klinke ausstreckte, wurde die Tür aufgerissen, und er stand seiner Exfrau Sinje gegenüber.
„Hark? Was … machst du hier?“
Hark fühlte sich unangenehm berührt. Da stand die Frau, die er geliebt hatte, und sie war ihm plötzlich und unvermittelt so nah, wie seit vielen Jahren nicht mehr. Er roch das Parfüm, das er immer so an ihr gemocht hatte. Sie sah ihn an, und erst jetzt wurde ihm klar, dass sie noch immer auf eine Antwort von ihm wartete.
„Deswegen“, sagte Hark und deutete auf seine noch immer geschwollene Nase.
„Du weißt aber schon, dass das hier eine Tierarztpraxis ist?“, fragte Sinje zögernd.
„Doktor Bischoff hat mich behandelt, nachdem das mit meiner Nase passiert ist“, sagte Hark stockend. „Ich bin noch nicht dazu gekommen, mich bei ihr zu bedanken.“
„Oh“, machte Sinje und deutete durch die offene Tür Richtung Wartezimmer. „Sie ist noch im Sprechzimmer. Sie hat gerade Benny behandelt. Das ist Martens Hund.“
An ihrem Gesichtsausdruck erkannte Hark, dass etwas nicht in Ordnung war. Es war wie ein Schatten, der für den Bruchteil einer Sekunde über ihr Gesicht gehuscht war.
„Stimmt etwas nicht mit ihm?“
Sinjes Blick wurde unruhig. „Benny hat eine ganze Packung Rumkugeln gefressen, die offen bei uns rumlag. Es war meine Schuld. Ich hätte …“
Sinje wandte sich von ihm ab. Hark hörte, wie sie schniefte und gegen die Tränen ankämpfte. Aus seiner Jackentasche zupfte er ein Papiertaschentuch, das sie dankbar entgegennahm.
„Entschuldige“, sagte er, „ich wollte dich nicht in Verlegenheit bringen.“

„Schon gut“, sagte sie, während sie sich die Augen abtrocknete. „Es ist nur, weil Marten so an diesem Tier hängt. Die Behandlung kann an die zweitausend Euro kosten, und dann ist es noch nicht einmal sicher, dass Meike den Hund retten kann.“
„Das tut mir leid zu hören“, gab Hark zurück. „Wo ist Marten jetzt? Wie geht es ihm?“
„Er hat den ganzen Tag geweint. Hagen ist jetzt bei ihm.“
Die Antwort versetzte Hark einen Stich. Zugleich ärgerte er sich darüber. Er hatte kein Recht, so zu empfinden. Das hatte er vor Jahren schon verspielt. Trotzdem: Marten war sein Sohn, ganz gleich, wie Hark sich damals verhalten hatte.
„Kann ich etwas tun?“, fragte er und hatte dabei das Gefühl, in diesem Augenblick alles auf eine Karte gesetzt zu haben.
Sinje machte ein unwirsches Gesicht, doch dann kam ihr offenbar ein anderer Gedanke.
„Er ist oft allein oder mit Freunden draußen an der Steilküste. Sie klettern meist auf dem Seezeichen herum und beobachten die Schiffe auf der Ostsee.“
„Das alte Seezeichen gibt es immer noch?“, fragte Hark. Meine Güte, auf dem Ding war er schon als Kind herumgeklettert. Man konnte von dort aus über die Ostsee bis nach Dänemark hinübersehen. Und auf der anderen Seite befand sich die alte Sandgrube, in der sie früher stundenlang herumgerannt waren. Das alles war jetzt über dreißig Jahre her.
„Marten ist gerne dort“, erwiderte Sinje. „Er mag die Ostsee und alles, was mit Schifffahrt zu tun hat.“ Sie lächelte. „Er hat sogar ein Buch, in das er alle Schiffe einträgt, die vorbeikommen.“
„Das ist toll“, sagte Hark lächelnd.
Sinje wurde plötzlich wieder ernst. „Er ist ein wunderbarer Junge. Ich wüsste nicht, was ich ohne ihn täte.“

„Schön zu hören“, gab Hark zurück.
Sinje zog den Reißverschluss ihrer Daunenjacke zu. „Ich möchte gerne, dass er so bleibt. Wenn du also zu ihm gehst, dann gib dir bitte Mühe, ok?“
„Natürlich“, antwortete Hark und verspürte in seinem Innern ein warmes Gefühl.
Sinje nickte ihm zu und wandte sich ab. Auf der Straße vor der Pforte drehte sie sich noch einmal zu ihm um. „Er weiß noch nicht, wer du bist, Hark. Bitte, belass’ es vorerst dabei. Ich möchte nicht, dass er sich noch mehr Sorgen macht.“
Hark hob beschwichtigend die Arme. „Ich werde ihm nichts sagen.“
Sinje blieb lange wortlos auf einer Stelle stehen. Schneeflocken wirbelten um sie herum. „Eines Tages wird er soweit sein, dass er alles versteht. Mach’s gut, Hark.“
Damit ging sie endgültig.
Hark sah ihr nach und wünschte sich beinahe, sie würde sich noch einmal umdrehen, um was auch immer zu sagen oder zu tun. Stattdessen wurde ihre Gestalt immer kleiner, je weiter sie sich auf der Straße entfernte, bis der dichte Schleier aus Schnee sie ganz verschluckt hatte.
Hark wandte sich um und betrat die Praxisräume. Das Wartezimmer war leer. Von irgendwoher hörte er einen Hund kläglich jaulen und winseln. Eine Frauenstimme sprach beruhigend auf ihn ein.
Hark durchquerte den Raum und schob eine Tür auf, die nur angelehnt war. Dahinter befanden sich die Behandlungsräume, die er bereits kannte.
Er räusperte sich, um auf sich aufmerksam zu machen. Nebenan wurde eine Käfigtür geschlossen. Der Hund winselte erneut, wenngleich nicht mehr so klagend wie zuvor.
„Tut mir leid, aber die Sprechstunde ist für heute zu Ende“, meldete sich die Frauenstimme, während sich Schritte näherten und die Tür ganz geöffnet wurde.

Meike Bischoff blieb auf der Schwelle stehen und sah den späten Besucher aus großen Augen an.
„Sie?“ Die junge Ärztin musterte Hark von Kopf bis Fuß. „Sie haben sich aber nicht wieder was getan, oder?“
„Nein“, erwiderte Hark lachend. „Ich bin nur noch nicht dazu gekommen, mich bei Ihnen für das letzte Mal zu bedanken.“
Meike Bischoff lächelte, während sie eine Besteckschale mit einer Spritze und anderen Instrumenten auf die Ablagefläche stellte.
„Ich sehe keine Blumen oder Pralinen. Sie sind also hier, um was genau zu tun?“, fragte sie, während sie weiterhin damit beschäftigt war, Ordnung zu schaffen und die Spuren eines langen Arbeitstages zu beseitigen.
„Ich habe mir gedacht, dass Sie vielleicht auch noch ein Leben abseits dieser Praxis haben“, sagte Hark, der sich mit auf dem Rücken verschränkten Armen gegen einen Türpfosten gelehnt hatte. „Vielleicht lässt es Ihre Freizeit zu, mit mir auszugehen.“
„Die Antwort lautet ja“, sagte sie lächelnd. „Ich habe ein Privatleben. Eines, von dem Sie nichts wissen.“
Von nebenan war wieder das Klagen des Hundes zu hören.
„Sie haben Benny hier behalten?“, wechselte Hark das Thema.
Meike Bischoff hob fragend die Brauen. „Sie kennen das Tier?“
„Ja“, gestand Hark. „Marten Geerts ist mein Sohn.“
Die Ärztin legte ihren Kopf leicht schräg. „Ach so ist das? Dann ist Sinje Geerts …?“
„Meine Exfrau“, vollende Hark die Frage. „Sie hat nach der Scheidung wieder ihren Mädchennamen angenommen.“
„Tut mir leid für Sie“, sagte Meike knapp und drehte sich um, um das Arbeitsbesteck in eine Art Geschirrspüler zu legen.

„Wie steht es um das Tier?“, fragte Hark direkt.
Meike Bischoff brachte ihre Tätigkeit zu Ende, und als sie sich wieder ihrem Besucher zuwandte, lag auf ihrem Gesicht ein trauriger Ausdruck. „Nicht gut, fürchte ich. Der Hund hat eine schwere Vergiftung. Sein Verdauungstrakt kann die viele Schokolade nicht verarbeiten.“
„Was können Sie für ihn tun?“
Die Ärztin atmete tief durch. „Ich müsste Spezialmedikamente aus Kiel bestellen, mit denen seine Überlebenschancen geringfügig steigen. Aber es bleibt ein hohes Risiko, und zudem sind diese Sachen ziemlich kostspielig. Ich fürchte, es übersteigt den finanziellen Rahmen ihrer Exfrau.“
Hark überlegte einen kurzen Moment, dann sah er die Ärztin entschlossen an. „Besorgen Sie die Medikamente. Und schicken Sie mir die Rechnung.“
„Gut. Wie Sie wollen. Tun Sie das Ganze für Ihren Sohn? Oder für Ihr eigenes Gewissen?“
„Ist die Antwort auf diese Frage ausschlaggebend für Ihre Entscheidung, ob Sie heute mit mir ausgehen oder nicht?“, fragte Hark zurück.
„Nein, ist sie nicht. Denn ich kann so oder so nicht mit Ihnen ausgehen. Mein Privatleben, Sie verstehen?“
Hark räusperte sich. „Sorry, falls ich Ihnen mit meiner Frage zu nahe getreten bin.“
Meike Bischoff musterte ihn. Sie sah ihm direkt in die Augen. „Sind Sie nicht“, sagte sie selbstbewusst.
Die äußere Tür wurde geöffnet. Für wenige Sekunden entstand Zugluft in den Räumen, und nebenan gab Benny in seinem Käfig ein bemitleidenswertes Lebenszeichen von sich.
Schritte näherten sich langsam durch das Wartezimmer.
Hark deutete mit dem Kopf in die Richtung. „Ihr Privatleben, stimmt's?“

Meike Bischoff antwortete nicht. Sie machte sich daran, den weißen Kittel aufzuknöpfen.
Die Tür wurde geöffnet, und der Besucher betrat den Raum.
Hark riss ungläubig die Augen auf. „Hoffmann?"
Der Bauunternehmer blieb wie vom Donner gerührt auf der Schwelle stehen. „Na sowas, Herr Hagendorn. Wie kommen Sie denn hierher?"
„Ich wollte noch eben einen Patienten besuchen", log Hark und deutete zum Nebenraum hinüber. Gleichzeitig wandte er sich an Meike. „Ist es erlaubt, wenn ich mir Benny mal ansehe?"
Die Ärztin hängte ihren Kittel an einen Haken neben der Tür. „Gehen Sie ruhig rein, aber machen Sie kein Licht. Und sprechen Sie ihn am besten auch nicht an. Er braucht jetzt Ruhe. Ich habe ihm eine Spritze gegeben."
Hark nickte und begab sich nach nebenan. Es war ein einfacher, schlauchartiger Raum, auf dessen Linoleumboden mehrere Käfige und Transportboxen standen.
Nur zwei davon waren derzeit belegt. In der einen Box erkannte Hark schemenhaft das Fell einer Katze, die sich zusammengerollt hatte.
Drei Käfige weiter lag ein kleiner Hund auf der Seite, alle Viere von sich gestreckt. Das rechte Hinterbein des Terriers zuckte unaufhörlich, und von Zeit zu Zeit gab Benny einen seufzenden und auf erschreckende Weise menschlich klingenden Laut von sich.
Hark ging vor dem Käfig in die Hocke und dachte daran, dass sein Sohn an diesem bemitleidenswerten Tier hing.
Er hörte, wie Hoffmann und Meike Bischoff im Nebenraum einige Worte miteinander wechselten.
Hoffmann, dachte Hark. Der Bauunternehmer und die Tierärztin? Seltsame Zufälle gab es. Und zugleich dämliche. Hark wusste nicht warum, aber es gefiel ihm nicht, dass Hoffmann hier war. Dennoch war er sich der Tatsache

bewusst, dass es nicht an dem Bauunternehmer lag, sondern vielmehr daran, dass die junge Ärztin offenbar in festen Händen war.
Hark schüttelte den Kopf, um den Gedanken aus seinem Hirn zu verbannen. Was hatte er sich eingebildet, dass die Frau tatsächlich auf Männerfang aus gewesen war und sie sich deshalb um seine Verletzung gekümmert hatte? Mein Gott, wie naiv er manchmal dachte.
Mit einem Mal kam er sich albern und vor allem überflüssig vor. Dies hier war nicht sein Leben, er gehörte nicht hierher. Sinje, Marten, Meike, selbst Benny – das alles waren doch im Grunde fremde Lebewesen für ihn. Es war an der Zeit zu gehen.
Hark erhob sich und verließ den Raum auf leisen Sohlen.
Im Behandlungsraum versteifte sich Hoffmann, als er Hark eintreten sah, und trat einen Schritt von der Ärztin zurück, der er offenbar in der Zwischenzeit sehr nahe gekommen war.
Hark wusste, dass er störte.
„Haben Sie etwas Neues vom Kommissar gehört?“, fragte Hoffmann, anscheinend in der Absicht, die peinliche Stille zu überbrücken.
Hark erzählte ihm von dem aufgefundenen Schlüsselbund und der Aufregung der Packulats.
„Schlimme Sache“, sagte Hoffmann kopfschüttelnd.
„Die ganze Gemeinde redet schon davon“, stellte Meike Bischoff fest. „Wäre gut, wenn man den Täter bald fasst. Irgendwie macht sich gerade so eine Unruhe breit.“
Das war es, dachte Hark. Eine Unruhe. Rastlosigkeit. Es beschrieb genau das, was er selbst auch fühlte.
Die Tote hatte sein Leben verändert, und Hark hatte das Gefühl, dass dies alles erst der Anfang war.

- 13 -

DAS TELEFON KLINGELTE. Einmal. Zweimal.
Erich Kohn nahm den Hörer ab, räusperte sich. „Ja, bitte?“
„Können Sie frei sprechen?“ Die Stimme.
„Was wollen Sie von mir?“
„Vor allem will ich, dass Sie auf meine Fragen antworten, ohne selbst welche zu stellen.“
„Ich bin allein“, antwortete Kohn.
„Na also, es funktioniert doch.“ Der Mann am anderen Ende der Leitung schien zufrieden.
Kohn wiederholte seine Frage.
„Wir müssen miteinander sprechen. Aber nicht am Telefon.“
Es war genau das, womit Kohn gerechnet hatte. Dennoch wollte er dem Anrufer nicht signalisieren, dass er Angst hatte. Vor allem aber wollte er sich diese Schwäche nicht selbst eingestehen.
„Ich habe noch immer keine Ahnung, was Sie von mir wollen.“
Am anderen Ende der Leitung erklang ein böses Lachen.
„Kommen Sie schon, Sie brauchen nicht zu versuchen, irgendwelche Spielchen mit mir zu spielen. Ich habe Sie durchschaut, Kohn, und Sie wissen es.“
„Also schön, ich werde mir anhören, was Sie zu sagen haben. Was habe ich zu tun?“
„Kommen Sie morgen um dreiundzwanzig Uhr zur altbekannten Stelle. Und bringen Sie fünftausend Euro mit.“
Kohn blickte zur Wand hinüber, hinter deren Paneelen sich der eingebaute Safe befand. „Warum so viel?“
Sein Gesprächspartner gab ein unangenehmes, bellendes Lachen von sich. „Das ist gerade mal eine bessere Anzahlung, Kohn. Danach werde ich Ihnen verraten, womit ich

Sie in der Hand habe. Aber ich schätze mal, Sie wissen es längst."
„Im Ort wird viel geredet", gab Kohn vage zurück. Natürlich hatte er inzwischen erfahren, was der dicke Klinger hatte durchsickern lassen. „Ich werde da sein", fügte er nach einer Weile hinzu.
„Ist auch besser für Sie." Damit drückte der Anrufer die Aus-Taste. Kohn stand vor seinem Schreibtisch und legte den Hörer auf die Konsole zurück.
Beinahe im selben Moment hörte er Schritte auf der Treppe. Es war Angela, die sich für den Abend umgezogen hatte. Sie erschien in einem eleganten blauen Kleid, das ihre schlanke Figur zur Geltung brachte. Alles an ihr drückte die Tatsache aus, dass sie sich noch immer sehen lassen konnte.
„Nimmst du mich so mit nach Flensburg?", fragte sie. Ihr strahlendes Lächeln bröckelte nach und nach, als sie ihren Mann reglos vor dem Telefonapparat stehen sah.
„Mein Gott, Erich, ist was passiert?"
Kohn sah seine Frau ernst an. Wusste Sie es denn nicht? Hatte sie tatsächlich noch nicht erfahren, was geschehen war – mit der Toten geschehen war?
Wie um diese Frage zu beantworten, kam sie näher. Der Ausdruck in ihrem Gesicht veränderte sich. Besorgnis und Überraschung wurden zu etwas anderem. Ihr Blick wurde klar und richtete sich auf die Augen ihres Mannes.
Kohn wusste, dass er ihr jetzt nicht mehr ausweichen konnte.
„Du hast telefoniert?", fragte sie. Eigentlich war es schon keine Frage mehr, sondern eine Feststellung, die Kohn nur durch ein Nicken bestätigen konnte.
Seine Kehle war trocken.
„Wer war es?", wollte Angela wissen.
„Das spielt keine Rolle", sagte Kohn spröde. „Ich sage dir das, weil es nicht wichtig ist."

„Glaubst du?“, hakte Angela nach. Sie nahm sein Gesicht in ihre Hände, blickte ihn prüfend an, als wolle sie den Zustand seiner Pupillen untersuchen.
Er hielt inne, ließ sich ihre Behandlung gefallen. „Ich will nicht behaupten, es sei alles in Ordnung“, fuhr er fort, „aber du musst dir keine Sorgen machen. Ich habe die Dinge im Griff.“
Kohn wusste, dass er gewissermaßen eine winzige Teilschuld eingestehen musste. Alles andere hätte ihr Misstrauen nur noch mehr geschürt. Und sein Plan schien aufzugehen, denn seine Frau entspannte sich einen Deut.
Sie ließ ihre Hände sinken. „Gut. Ich werde dir glauben. Du weißt, dass du mir ohnehin nichts vormachen könntest?“
Kohn lächelte milde, gütig. Er tätschelte ihre Wange. „Wie könnte ich?“
Die Kohns lächelten sich an.
Sie ahnte, dass etwas nicht stimmte.
Und er wusste, dass er daran etwas ändern musste.
Bald schon.

- 14 -

DER KOMMENDE MORGEN brachte die lang ersehnte Besserung des Wetters mit sich. Der graue, wolkenverhangene Himmel war zunächst aufgerissen und schließlich ganz einem strahlenden Blau erlegen, das sich an der Oberfläche der Ostsee spiegelte.

Hark war bereits früh auf den Beinen, getrieben von einer inneren Unruhe, die allerdings positiven Ursprungs war. Er war auf dem Weg, seinen Sohn wiederzusehen, und er hoffte, dass er ihn an der Stelle antreffen würde, die Sinje ihm beschrieben hatte.

Nachdem er bei der Westerholzer Mühle geparkt hatte und an Sinjes Haus vorbeigegangen war (der schwarze Uraltporsche stand immer noch oder schon wieder vor dem Haus), trat Hark auf den Sandweg, der jetzt von einer Schneedecke überzogen war und der nach Osterholz hinüberführte. Hark erinnerte sich an den Feldweg, der nach links abzweigte und über den man direkt zu der Sandgrube gelangte, die an einer der steilsten Stellen der Ostseeküste lag.

Dort oben, an ihrem Rand, stand noch immer das stählerne Seezeichen, ein schneeweiß gestrichenes, dreieckiges Gebilde, von dem ein etwa fünf Meter langer Mast in die Höhe ragte. Als Krone trug er wiederum ein Dreieck, das gut sichtbar zur Seeseite ausgerichtet war.

Hark konnte das Gebilde, an dessen unterem Ende man herumklettern konnte, bereits von Weitem erkennen. Es stand unmittelbar am Rande eines dicht gewachsenen Knicks, der die natürliche Grenze zum nächstgelegenen Acker bildete.

Hark marschierte an ihm entlang, bis er zu der Sandgrube kam. Sie wurde offenbar noch immer gelegentlich von dem Betreiber des in Sichtweite liegenden Hofes genutzt. Hark ging am Rand der Grube entlang, bis das Seezeichen

vor ihm lag. An einem der drei Stahlmasten (der der Küste am nächsten lag) stand Marten, in einen Anorak gehüllt. Der Junge hielt ein Buch in der Hand und sah auf die Ostsee hinaus.
Hark näherte sich über den Schnee, der unter seinen Absätzen knirschte. Er sah, wie Marten kurz den Kopf wandte, seine Aufmerksamkeit dann jedoch gleich wieder auf das Schiff konzentrierte, das die Küste in der Fahrrinne zwischen Dänemark und Schleswig-Holstein passierte.
„He Marten", sagte Hark vorsichtig und stellte sich neben den Jungen.
Marten sah durch das Fernglas, das an einer ledernen Schnur um seinen Hals hing. Nach einigen Sekunden setzte er es ab und machte sich daran, in seinem Buch eine Eintragung vorzunehmen. Diese Tätigkeit nahm ihn offensichtlich vollkommen gefangen. Marten hatte kaum registriert, dass er nicht mehr allein hier draußen war. Dann aber klappte er seine Kladde zu und hakte den blauen Kugelschreiber gewissenhaft über den Einband, damit er nicht abhandenkommen konnte.
„Erkennst du mich noch?", fragte Hark, als der Junge seinen Blick endlich erwiderte. Hark war sich bewusst, dass es sich um eine gefährliche Frage handelte, aber der Gesichtsausdruck seines Sohnes blieb nahezu neutral. Er erinnerte sich nicht mehr an damals, wie sollte er auch?
„Du bist doch der, der sich mit Hagen angelegt hat", antwortete Marten kurz darauf.
Hark lachte und warf den Kopf in den Nacken. Er deutete auf seine Nase, die dank Meike Bischoffs Hilfe wieder weitestgehend abgeschwollen war. Lediglich ein verschorfter Kratzer erinnerte noch an die Auseinandersetzung.
„Japp, der bin ich", gab Hark zurück. „Was machst du hier draußen?"

Der Junge zuckte mit den Schultern. „Nichts Besonderes. Ich sehe mir die Schiffe an, die hier durchfahren. Aber nicht nur. Manche schreibe ich mir auf, und Mama und ich sehen dann zu Hause im Internet nach, welcher Pott das war. Den da drüben kenne ich schon.“ Marten deutete auf das Wasser. Das rotbraune, unansehnlich wirkende Schiff zog träge Richtung Osten auf die offene Ostsee hinaus.
„Was ist das für ein Kahn?“, wollte Hark wissen.
„Die Magdalena“, kam es wie aus der Pistole geschossen. „Die fährt unter litauischer Flagge und wurde 1997 in Danzig gebaut.“
Hark schürzte anerkennend die Lippen. Er klopfte auf das Gestänge des Seezeichens, an dem sie lehnten. „Und was das hier ist, weißt du sicher auch?“
Marten sah ihn mit einem *denkst-du-etwa-ich-bin-bescheuert-Blick* an. Beinahe mitleidig antwortete er: „Das ist ein Seezeichen. Solche Dinger befinden sich entweder im Wasser oder an Land, zumeist an Binnenseen oder an Küstengewässern. Sie dienen in der Seefahrt zur besseren Navigation.“
Hinter ihnen stiegen zwei Krähen laut protestierend aus dem Gehölz des Knicks auf. Vater und Sohn beobachteten die beiden Vögel für eine Weile schweigend, wie sie ihre Kreise in Höhe der ersten Sandbank über der Ostsee zogen und dann langsam wieder – in sicherer Entfernung – an Land zurückkehrten. Hark dachte für einen Moment daran, sich umzusehen, was sie aufgeschreckt haben könnte, aber er war zu sehr auf seinen Jungen fixiert, dem er nach so vielen Jahren mit einem Mal so nahe war.
Das Schiff war inzwischen beinahe außer Sichtweite. Marten ließ die Schultern hängen und zeichnete mit seinem rechten Schuh Linien in den Schnee.
„Es geht mich zwar nichts an“, sagte Hark vorsichtig, „aber du siehst heute irgendwie traurig aus. Was ist passiert?“

„Nichts“, gab Marten zurück. Seine Schuhspitze stieß noch immer in den Schnee. Dann hielt er plötzlich inne, und der Junge drehte jetzt seinen Kopf in Harks Richtung. „Mein Hund“, presste Marten kaum hörbar hervor, „er wird sterben.“
Hark wollte es das Herz zerreißen, als er den Unterton in der Stimme des Jungen wahrnahm. Rückblickend war dies der Augenblick, in dem Hark endgültig beschloss, Benny zu retten, was auch immer es kosten möge. Die Worte seines Sohnes und die tiefe Traurigkeit, die in ihnen mitgeschwungen hatte, trafen ihn tief.
Hark streckte seine rechte Hand nach dem Jungen aus. Vorsichtig legte er sie auf Martens Schulter und wartete zunächst ab, ob sie dort geduldet wurde.
„Ich habe gehört, dass ihr im Ort eine sehr gute Tierärztin habt“, sagte Hark. Er hörte Marten schniefen.
„Meike“, bestätigte der Junge. „Sie ist nett. Aber sie hat zu Mama gesagt, dass sie nicht versprechen kann, dass Benny am Leben bleibt. Die Medizin ist zu teuer.“
Sinje hatte also schon mit ihm darüber gesprochen. Und sie hatte ihm die unverblümte Wahrheit gesagt.
„Ich muss jetzt los“, sagte Marten plötzlich und tauchte in einer flinken Bewegung unter Harks Hand hinweg. Marten umklammerte seine Kladde vor der Brust und rannte durch den Schnee davon.
Hark unternahm nicht den Versuch, ihn aufzuhalten. Er musste vorsichtig vorgehen.
Wobei eigentlich, dachte er. Dabei, sich einem Jungen zu nähern, auf dessen Sorgerecht er damals verzichtet hatte? Hark biss sich auf die Unterlippe. Die fünf Jahre in England hatten ihm in gewisser Weise gut getan. Ja, er hatte wieder zu sich selbst gefunden. Aber gleichzeitig wurde ihm nun nach und nach klar, dass er die Dinge hier vernachlässigt hatte, in einer Art und Weise, die nur schwerlich wieder gutzumachen war. Es gab im Leben keinen

Reset-Knopf, den man betätigen konnte, wenn man sich restlos festgefahren hatte. Das Leben war kein System, das man durch einen Neustart wieder bereinigen konnte, jedenfalls nicht seines.
Hark sah Marten als kleinen Punkt an der Einmündung des Feldweges nach rechts davonhüpfen und verschwinden.
Der Vater stand noch eine Weile da und betrachtete die Fußspuren, die sein Sohn im Schnee hinterlassen hatte. Dann ging auch Hark. Er wusste, wohin ihn sein nächster Weg führen würde.
Doch das Seezeichen an der Küste blieb nicht verwaist. Ein neuer Besucher schälte sich aus dem Schutz des Knicks und trat durch eine Lücke, die sich in der Nähe befand. Die Gestalt in dem langen, dunklen Mantel trat an die Stelle, an der Hark noch bis gerade eben gestanden hatte. Auch sie betrachtete die Spuren, zu denen sich nun noch weitere gesellten.
Die Gestalt blickte am Seezeichen hinauf und dann auf die offene See hinaus. Anschließend löste sie ihren Blick und trat bis an den Rand der Steilküste. Dort verharrte sie, blieb stehen und genoss die wärmenden Sonnenstrahlen, die die Mittagszeit ankündigten.
Als die Gestalt die Augen wieder öffnete, hatte sie ihren Blick Richtung Osten gewandt, über die Küstenlinie laufend, bis …
Der Mensch in dem Mantel stand plötzlich stocksteif. Es wäre möglich, dachte er. Dieser eine Gedanke nur durchzog ihn und fraß sich wie ein ständig wiederkehrender Singsang in sein Hirn.
Es wäre möglich.

- 15 -

HARK BETRAT DIE Tierarztpraxis, als der letzte Gast gerade die Räumlichkeiten verließ. Es handelte sich um einen älteren Herren, der ein dankbares Lächeln aufgesetzt hatte und in seinem Arm einen kleinen, zitternden Pudel mit bandagierter Pfote hielt.
Dieses Mal setzte Hark sich in das leere Wartezimmer und verbarg sein Gesicht hinter einer Zeitschrift, die er mit desinteressiertem Blick überflog.
Eine Tür öffnete sich von Seiten der Behandlungsräume. Meike Bischoff betrat das Wartezimmer, drauf und dran, den nächsten Patienten aufzurufen.
„Sie schon wieder“, stellte sie fest. Ihre Stimme klang dabei jedoch nicht gereizt, sondern zu Harks freudiger Überraschung eher amüsiert.
„Sie sollten sich vielleicht ein Haustier zulegen, damit es etwas weniger auffällig ist.“ Meike Bischoff machte einen etwas erschöpften Eindruck auf Hark.
Sie atmete tief durch und setzte sich auf den Stuhl neben ihm.
„Viel los heute?“, fragte Hark, ohne auf ihre vorherige Bemerkung einzugehen.
Die Ärztin wiegte den Kopf hin und her. „Geht so. Ich habe nur nicht besonders gut geschlafen letzte Nacht.“
„Hören Sie, ich wollte mich bei Ihnen entschuldigen“, begann Hark, doch die junge Frau winkte sofort ab.
„Sie kommen ständig wegen so eigenartiger Sachen her“, sagte sie, „erst, um sich zu bedanken, und jetzt wollen Sie sich entschuldigen. Weswegen denn überhaupt?“
„Ich bin hier gestern einfach so reingeplatzt, habe Sie zum Essen eingeladen und das alles ohne zu wissen, dass Sie … nun ja, möglicherweise bereits an Hoffmann vergeben sind.“

Sie lächelte matt. „Wollen wir beide nicht einfach noch mal von vorn anfangen?“
Hark legte die Zeitschrift weg und breitete die Arme ein Stück weit auseinander. „Nichts dagegen.“
Sie strich sich eine Haarsträhne aus der Stirn und befestigte sie hinter ihrem rechten Ohr, was ihr für diesen Moment einen besonders anziehenden Ausdruck verlieh.
„Also schön. Ich bin Meike, und wie du vielleicht schon mitbekommen hast, stehe ich weder auf Danksagungen noch auf irgendwie ausgeartete Entschuldigungen.“
„Akzeptiert“, sagte Hark lachend.
„Ok“, sagte sie, „das ist doch schon mal ein guter Anfang. Und warum bist du wirklich hier?“
„Ich habe zwei Gründe“, antwortete er. „Der erste ist, weil ich wissen wollte, wie es Benny geht.“
Sie lächelte. „Ich habe keine Ahnung, was der zweite Grund ist, aber ich finde es schön, dass du Benny an den Anfang gesetzt hast.“ Danach wurde sie wieder ernst. „Es geht ihm nach wie vor nicht gut, und das ist noch untertrieben. Um es klar und deutlich zu sagen: Er steht auf der Kippe.“
„Und die Medikamente aus Hamburg?“
„Kiel“, gab sie zurück. „Müssten jede Minute hier eintreffen. Ich werde ihm dann sofort die erste Dosis verabreichen, an Land und dann kommt es drauf an.“
„Worauf?“
Sie sah ihn ernst an. „Ob er die nächsten vierundzwanzig Stunden übersteht.“
„Verstehe“, sagte Hark und senkte den Kopf. Seine Gedanken waren bei Marten.
„Kann ich dich was fragen?“, riss ihn die Stimme Meikes aus seinen Überlegungen.
„Natürlich.“
„Du hast deinen Sohn einige Jahre nicht gesehen, oder?“

Hark nickte. „Du hast vermutlich mit Sinje gesprochen, nehme ich an?“
Sie nickte und hob abwehrend die Hände. „Oh, ich habe sie nicht über dich ausgefragt, falls du das glaubst. Aber sie war heute früh hier, und da Benny ihr Hund ist – na gut, Martens Hund – musste ich auch die anstehende Behandlung mit ihr besprechen.“
Hark blickte auf. „Was hat sie gesagt?“
Meike zögerte einen Moment. „Sie ist einverstanden.“
„Das ist gut“, entfuhr es Hark. „Mir liegt wirklich viel daran, dass Benny wieder auf die Beine kommt.“
„Ihretwegen?“, fragte Meike geradeheraus. „Weil du beweisen willst, dass du doch ein guter Vater sein kannst?“
Hark schüttelte entschieden den Kopf. „Ich habe vorhin mit Marten gesprochen. Er leidet sehr, und ich … ich will alles daran setzen, um das abzustellen.“
Meike Bischoff schwieg für einen Moment, als müsste sie über seine Worte nachdenken. Wahrscheinlich tat sie das auch, dachte Hark.
Draußen fuhr ein Wagen vor und stoppte. Der Motor wurde abgestellt.
„Nicht noch ein Patient“, seufzte Meike. „Ich habe doch eigentlich schon Mittagspause.“
Wie sich schnell herausstellte, handelte es sich nicht um einen weiteren Tierliebhaber, sondern um jemanden, den Hark in diesen Räumen am allerwenigsten erwartet hätte.
Als die Tür sich öffnete, betraten Hauptkommissar Junge und Hauptwachtmeister Klinger das Wartezimmer.
Letzterer schnaufte und rieb sich seine vor Kälte geröteten Finger. Gott allein wusste, wo sein Vorgesetzter ihn aufgegabelt hatte.
Junge stutzte, als er Hark neben der Ärztin sitzen sah. „Gut, dass ich Sie hier treffe, Herr Hagendorn. Das nimmt mir einen Weg ab.“
Hark reagierte verblüfft. „Sie wollten mich sprechen?“

Junge nickte, wandte sich aber zunächst an Meike. „Eigentlich bin ich gekommen, um Sie etwas zu fragen, Frau Doktor Bischoff. Wollen Sie vielleicht, dass wir dazu nach nebenan gehen?“
Meike wirkte irritiert. „Nein“, sagte sie mit einem Schulterzucken, „ich denke nicht, dass das nötig sein wird. Was wollten Sie mich fragen, Herr Kommissar?“
Junge zog aus seiner Manteltasche ein Foto, das Hark inzwischen nur allzu gut kannte.
„Wir haben unsere Ermittlungen zunächst auf Osterholz beschränkt und sind nur sporadisch in den umliegenden Gemeinden unterwegs gewesen“, fuhr Junge fort. „Daher haben wir Sie noch nicht zur Identität dieser Frau befragt. Ich möchte Ihnen heute dieses Foto zeigen.“
Junge drehte die Aufnahme so, dass Meike Bischoff sie sehen konnte.
Dann passierte etwas, das Hark nur noch mehr in Erstaunen versetzte: Meike schlug sich die flache Hand vor den Mund und unterdrückte damit einen Aufschrei.
Junge nickte, zog das Foto in einer schnellen Bewegung fort und steckte es wieder in seine Tasche zurück.
„Ich habe mir gedacht, dass Sie die Frau kennen. Sie haben mit ihr zusammen studiert, nicht wahr?“
Hark sah, wie Meike sich sammeln musste, um eine Antwort zu geben. Er nutzte diese Zeitspanne, um sich in die Unterhaltung einzuschalten. „Moment mal, soll das etwa heißen, Sie wissen inzwischen, wer die Tote ist?“
Junge sah auf seine Armbanduhr. „Etwa seit zwei Stunden. Und seitdem sind wir dabei, sämtliche Verbindungen zu überprüfen, die die Tote zu jemandem aus dieser Region gehabt haben könnte.“
Hark sah fassungslos von Junge zu Klinger, der ihn aus dem Hintergrund grimmig anstarrte.
„Und wie ist das Ganze ins Rollen geraten?“, wollte Hark wissen.

Der Kommissar hob abwehrend die Hand und forderte stattdessen Meike auf zu reden.
„Ihr Name ist Isabella Ehlert", presste die Ärztin hervor. „Und es ist wahr, wir stammen beide aus Braunschweig und haben bis vor einigen Jahren zusammen an der Uni in Hamburg Medizin studiert. Wenn auch in getrennten Fächern."
„Das deckt sich mit unseren Ermittlungen", sagte Klinger und trat einen Schritt vor.
Junge schien seinen Kollegen kaum zu beachten. Er wandte sich wiederum an Meike: „Können Sie mir sagen, was Frau Ehlert hier oben gewollt hat?"
„Nein", antwortete Meike. Dann jedoch schien ihr ein Gedanke zu kommen. „Das heißt, Moment mal, es ist schon ein paar Monate her, da rief sie mich plötzlich an und sagte, sie sei auf der Suche nach einer neuen Anstellung. Sie wollte sich verändern, sagte sie. Ich glaube, sie wollte einfach nur weg aus Braunschweig, wohin sie nach ihrem Studium wieder zurückgegangen war."
„Wann fand dieses Gespräch statt?", wollte Junge wissen. „Es wäre von Vorteil, wenn Sie sich möglichst genau erinnern."
Meike schien fassungslos. Sie fuhr sich mit der rechten Hand durch ihr Haar. „Das muss im Sommer gewesen sein. Ich glaube, es war im Juli. Sie wollte von mir wissen, wo sie sich bei uns hier oben bewerben könnte. Ich schlug ihr daraufhin die Schuhmann-Klinik in Flensburg vor, weil ich wusste, dass dort Personal gesucht wurde. Aber seitdem habe ich nichts mehr von ihr gehört, und ich dachte … mein Gott, ich hätte doch niemals gedacht, dass sie es ist, die ermordet wurde."
Junge nickte ernst. „Frau Ehlert hat bis kurz vor ihrem Tod in einer WG in Braunschweig gelebt. Dann jedoch hat sie ihre Zelte abgebrochen, um nach Flensburg zu ziehen. In der Schuhmann-Klinik hat man mir bestätigt, dass sich

eine junge Ärztin mit ihrem Namen dort vorgestellt hat. Aber sie hat die Stelle nicht angetreten, deswegen nahm man an, sie hätte es sich anders überlegt."
„Aber wie sind Sie dann auf Isabella gekommen?", wollte Meike wissen. Ihre Stimme klang dünn und brüchig.
„Ihre ehemalige Mitbewohnerin hat Frau Ehlert als vermisst gemeldet, nachdem sie aus einem dreiwöchigen Urlaub zurückgekehrt war und nichts mehr von ihrer Freundin gehört hatte."
Meike nickte. Hark registrierte, wie sich ihre Augen mit Tränen zu füllen begannen.
„Isabella", flüsterte sie. „Ich kann es einfach nicht glauben."
„Wann haben Sie Frau Ehlert das letzte Mal gesehen oder mit ihr Kontakt gehabt?", fragte Klinger, der ein Notizbuch gezückt hatte, in dem er wichtigtuerisch nach einer freien Seite suchte.
Meike hob unwirsch den Kopf. „Ich sagte Ihnen doch gerade, dass ich zuletzt im Sommer mit ihr telefoniert habe. Danach habe ich sie weder gesehen, noch sonst etwas von ihr gehört." Die junge Ärztin wurde nachdenklich. „Es ist mir auch völlig unerklärlich, warum sie mir nichts davon gesagt hat, dass sie nun doch in den Norden kommt."
„Das wäre nur natürlich gewesen, richtig?", hakte Junge nach. In seiner Stimme verbarg sich ein lauernder Unterton. „Sie waren doch immerhin gut befreundet, kann man das sagen?"
Meike zögerte. „Wir haben hin und wieder telefoniert. Unsere Wege sind irgendwann in unterschiedliche Richtungen gegangen. Das ist ja durchaus normal."
„Wissen Sie, zu wem sie ansonsten noch Kontakt gehabt haben könnte?"
„Nein. Sie war immer schon eine sehr offene Person, aber ich kann Ihnen nicht sagen, wer ihr nahegestanden hat.

Denken Sie vielleicht, dass die Person sie umgebracht haben könnte?"
„Um das herauszufinden, sind wir hier", antwortete Klinger, kritzelte in seinem Büchlein herum und blickte mit ungewohntem Eifer zu seinem Vorgesetzten hinüber.
„Ihnen sagt der Name der Toten nach wie vor nichts, Herr Hagendorn?", fragte der Kommissar.
„Nein", antwortete Hark. „Tut mir leid, dass ich Ihnen da nicht weiterhelfen kann."
„Schon gut", gab Junge zurück und wandte sich gleich wieder an Meike. „Ich lasse Ihnen meine Karte hier. Falls Ihnen noch etwas einfallen sollte, rufen Sie mich bitte an."
Nur kurze Zeit später hatten die beiden Beamten die Praxis verlassen.
Sie ließen zwei Menschen zurück, die lange Zeit schweigend nebeneinander saßen und ihren eigenen Gedanken nachhingen.
„Als du sie gefunden hast", setzte Meike an, „wie hat sie da ausgesehen? Hattest du den Eindruck, dass sie … gelitten hat?"
„Nein", antwortete Hark nach einem kurzen Moment des Überlegens. „Ich kann dir nicht sagen, wie sie genau auf mich wirkte, aber ich denke nicht, dass sie große Schmerzen auszustehen hatte." Hark hatte keine Ahnung, ob das der Wahrheit entsprach. Es waren lediglich seine persönlichen Empfindungen und Eindrücke, die richtig, aber genauso gut meilenweit von der Realität entfernt sein konnten.
Mit einer gewissen Erleichterung nahm er zur Kenntnis, dass die Ärztin an seiner Seite nickte.
Sie war nicht zufrieden, das konnte sie unter diesen Umständen nicht sein, aber vielleicht hatten seine Worte ihren Schmerz erträglicher gemacht. Zumindest gab er selbst sich dieser Hoffnung hin.

„Ich weiß nicht, wie es mit dir ist“, sagte sie nach einem kurzen Moment, „aber ich kann jetzt einen starken Kaffee gebrauchen. Ach, was soll’s, ich stelle noch einen Schnaps dazu.“ Im gleichen Moment erhob sie sich und zog einen kleinen Schlüsselbund aus der Tasche ihres Kittels. Sie sah ihn an. „Du hast die Wahl: rein oder raus. Ich schließe jetzt nämlich zu, und ich weiß nicht, ob ich die Praxis heute noch mal aufmache.“

Hark blieb.

Er folgte Meike durch die Praxisräume, wo die Ärztin ihren Kittel abstreifte und achtlos über einen Stuhl warf.

Von dort gelangten sie in einen kleinen Abstellraum, der den Übergang zur Privatwohnung der Ärztin bildete.

„Die Küche ist gleich links“, sagte Meike, die plötzlich vom Flur aus in einem der anderen Räume verschwunden war.

Hark hörte sie eine Schranktür öffnen und mit Gläsern hantieren.

Er betrat die Küche und blieb vor den cremefarbenen Hängeschränken stehen. Den Mittelpunk des Raums bildete ein rustikaler Bauerntisch, auf dem noch das Frühstücksgeschirr stand. Zu Harks Erleichterung handelte es sich nur um ein einzelnes Gedeck.

„Ach Gott, das habe ich noch nicht wegzuräumen geschafft. Das Schicksal einer Frau, die sich irgendwie zu viel aufgehalst hat.“

„So?“, machte Hark. „Dann bin ich froh, dass du meine Küche noch nicht gesehen hast.“

Meike lachte über den halb garen Scherz, was Hark ein gutes Gefühl gab.

Sie stellte eine angebrochene Flasche Weinbrand und zwei kleine Gläser auf den Tisch und machte sich daran, ihre Espressomaschine einzuschalten.

Hark schenkte den Schnaps aus und setzte sich auf einen der Stühle.

Wenig später setzte Meike sich an den Eckplatz und stellte in derselben Bewegung die Kaffeetassen ab. Dann griff sie nach dem bis zum Rand gefüllten Schnapsglas und hob es in die Höhe. „Cheers“, sagte sie und gab Hark nicht die Gelegenheit zu antworten.
Als er sein Glas an die Lippen führte, hatte sie ihres schon in einem Zug geleert.
„Sorry“, sagte sie, „aber das habe ich jetzt gebraucht.“
„Ich dachte, wir wollten uns nicht ständig untereinander entschuldigen“, sagte Hark und stellte sein leeres Glas neben das ihre.
„Erwischt“, sagte sie und deutete mit dem Zeigefinger auf ihr Gegenüber. „Sag mal, kann es sein, dass du von diesem Ort nicht los kommst?“
Die Frage kam für Hark sehr überraschend, drückte sie doch genau das aus, was er insgeheim die ganze Zeit schon mit sich herumtrug, ohne sein eigentliches Problem benennen zu können. Er faltete die Hände auseinander.
„Ich schätze, damit liegst du wohl richtig“, antwortete er.
„Und du suchst nach einem Grund, hierzubleiben, richtig? Drüben in Osterholz, meine ich?“
„Schon möglich“, gab Hark ausweichend zurück.
Meike zog ihre Kaffeetasse heran und beugte sich zu Hark über den Tisch. „Dann gebe ich dir jetzt einen: Ich möchte wissen, wer das getan hat. Ich will wissen, wer Isabella umgebracht hat, und du wirst mir dabei helfen.“

- 16 -

ER SASS AM Steuer seines Wagens und hörte die Geräusche, die der langsam abkühlende Motor verursachte. Der Parkplatz lag im Dunkeln unterhalb einer defekten Laterne. Kohn hatte ihn absichtlich angesteuert, er kannte sich hier aus. Noch fünf Minuten, so lange würde er warten. Es gehörte zu Kohns Gepflogenheiten, überpünktlich zu sein, stets ein paar Minuten früher am Zielort einzutreffen.

Das Radio hatte er bereits auf der Fahrt nach Flensburg abgeschaltet. Ihm war nicht nach Musik. Ihm war nach etwas anderem. Warum ließen sie ihn nicht arbeiten, verdammt? Sahen sie nicht, was mit ihm, in ihm los war? Er musste schaffen. MUSSTE.

Er konnte keine Störungen dieser Art gebrauchen. Unterbrechungen seiner Arbeit hatten ihn schon immer nervös gemacht. Und im zweiten Schritt aggressiv. Und genau das wollte er abstellen.

Ein erneuter Blick auf die Armbanduhr, die Angela ihm zu seinem Geburtstag im letzten Jahr geschenkt hatte. Die Zeit war um.

Kohn öffnete die Wagentür. Seine Hand glitt lasch und kraftlos an dem kleinen silbernen Hebel herab. Mühsam schälte er sich aus dem Mercedes und drückte die Tür hinter sich ins Schloss.

Ein schmaler Fußweg verlief den steilen Hügel hinauf, der im weiteren Verlauf in den Museumshügel und den Burgplatz überging. Doch das war nicht Kohns Ziel. Er stellte den Kragen seines Mantels hoch und setzte den schwarzen Hut mit der breiten Krempe auf, der während der Herfahrt neben ihm auf dem Beifahrersitz gelegen hatte.

Bereits nach der Hälfte des Weges ging sein Atem stoßweise. Es war anstrengend, unter Stress zu stehen.

Kohn quälte sich weiter hinauf, bis er an die unscheinbare Abzweigung gelangte. Der eigentliche Weg lief noch ein

ganzes Stück weiter und endete oben am Museum. Zur rechten Seite befanden sich einige Meter Kopfsteinpflaster, die in dem dunklen Schlund eines Tunnels mündeten. Ein kaum beachteter Ableger der Schuhmann-Klinik.
Kohn stand breitbeinig da. Seine Hände öffneten und schlossen sich unaufhörlich. Es war die richtige Zeit, und es war der richtige Treffpunkt.
Er würde erfahren, was man von ihm wollte.
Kohn setzte sich in Bewegung. Der feine Sand unter seinen Schuhen verursachte knirschende, mahlende Geräusche auf dem Kopfsteinpflaster. Nach wenigen Metern hatte er den Eingang zum Tunnel erreicht.
In dieses Dunkel traute sich niemand, nicht einmal die Obdachlosen suchten hier Unterschlupf. Entweder hatten sie Angst vor den Ratten oder, überlegte er, vor etwas weitaus Schlimmerem. Kohn wusste, dass man sich seiner Angst stellen musste, wenn man an diesen Ort kam. Teufel, niemand wusste das so gut wie er. In diesen Tunnel einzutauchen bedeutete, die Kontrolle abzugeben. Vollkommene Finsternis, die einen umgab wie eine zweite Haut.
Kohn blinzelte, als er die Schwelle zwischen Licht und Dunkel übertrat. Irgendwo da drin würde man ihn erwarten.
Er verließ sich allein auf die Geräusche seiner Schritte. Es war nicht das erste Mal, dass Kohn diesen Weg ging. Mehrmals hatte er ihn erfolgreich beschritten, und jedes Mal hatte er sich danach besser und stärker gefühlt als jemals zuvor. Wenn es doch nur auch heute so sein könnte.
„Halt, Kohn! Bleiben Sie stehen!“
Die Stimme, die der Künstler nur allzu gut vom Telefon her kannte. Hier drinnen klang sie anders, irgendwie unnatürlich, durch die Enge des Raums verzerrt und aufgebauscht zu etwas, das ihm Kopfschmerzen bereitete.
Kohn stand still. Er hörte, wie sich irgendwo vom anderen Ende des Tunnels jemand löste und auf ihn zuging. Schrit-

te kamen näher. Die Schritte einer Person. Vertraute Schritte.

Unmittelbar vor ihm stoppte das Geräusch. Kohn nahm den Geruch von Alkohol im Atem des anderen wahr.

„Haben Sie das Geld dabei?“, fragte die Stimme.

Kohn antwortete nicht sofort, sodass sein Gegenüber die Frage wiederholen musste.

„Ich habe es dabei“, sagte Kohn schließlich. „Aber vorher will ich wissen, was Sie gegen mich in der Hand haben und was Sie als nächstes vorhaben.“

Eine Weile Stille. Kohn konnte es beinahe spüren, wie es in dem Mann arbeitete.

„Keine Sorge“, meldete sich die Stimme zurück. „Ich habe nicht vor, Sie hochgehen zu lassen. Solange Sie zahlen, versteht sich. Und ich nehme nur soviel, dass wir beide davon leben können.“

Kohn machte einen zustimmenden Laut. „Und Ihr Druckmittel? Sie haben keine Beweise.“

„Ihre Werke sind Beweis genug, Kohn. Ihre … krankhafte Veranlagung. So lange es dabei um Tote ging, war das ganze eine Sache zwischen uns beiden. Aber jetzt … sind Sie einen großen Schritt weiter gegangen. Und dann noch die Sache mit der Fingerkuppe. Ich allein kenne Ihr kleines Geheimnis. Denken Sie immer daran.“

„Ich werde nicht mein Leben lang zahlen“, sagte Kohn mit ruhiger, fester Stimme. Es waren genau die Worte, die er sich im Wagen bereits zurechtgelegt hatte.

„Wie war das?“, kam es aus dem Dunkel zurück.

„Ich werde nicht zulassen, dass Sie mich für den Rest meines Lebens erpressen, nur um Ihr eigenes ein Stück angenehmer zu machen.“

Die geballte Faust schoss ohne Vorwarnung wie aus dem Nichts hervor. Kohn spürte den Aufprall auf seinem linken Wangenknochen. Der Angreifer hatte nicht voll getroffen, dennoch wurde Kohn herumgewirbelt. Sein rechtes Knie

knickte ein, und er ging zu Boden. So entging er einem weiteren Fausthieb, den der Erpresser auf gut Glück versuchte.
Kohn spürte, wie es in seinem Schädel hämmerte. Sein Hut war ihm vom Kopf geflogen.
Er musste raus hier, und wie es schien, hatte er sogar eine reelle Chance, denn seinem Peiniger wurde nun ebenfalls die Dunkelheit zum Verhängnis. Bisher war er im Vorteil gewesen, er hatte Kohn im Halbdunkel in den Tunnel treten sehen und konnte seinen Weg verfolgen. Nun aber waren die Karten wieder gleich verteilt.
Kohn rollte sich einmal um seine eigene Achse, dann ein weiteres Mal. Er musste so schnell wie möglich aus dem Gefahrenbereich heraus.
„Zeig dich, du Schwein", rief es aus dem Dunkel.
Kohn bemühte sich, keinerlei Geräusche zu verursachen. Er stieß mit dem Rücken sanft gegen die Ziegelwand des Tunnels.
Langsam richtete er sich daran auf, Stück für Stück.
Der Erpresser rief seinen Namen, tastete in der Dunkelheit herum und verteilte wahllos Tritte und Schläge.
Kohn ordnete die Geräusche richtig ein, sie kamen bedrohlich näher. Was für ein dummer Junge, dachte er. Nicht einmal eine Taschenlampe hatte er eingesteckt.
Er tastete sich vorsichtig an der Wand entlang. Gerade so, dass er die Ziegel in seinem Rücken erahnen konnte, ohne sie zu berühren.
Er kam dem Ausgang näher. Dass es an dieser Stelle noch einmal gefährlich werden konnte, ahnte Kohn. Doch er ahnte nicht, aus welcher Richtung die Gefahr kam.
Vor ihm, kurz vor dem Ausgang, züngelte plötzlich die schwache Flamme eines Feuerzeugs. Der Erpresser stieß einen triumphierenden Schrei aus und stürmte auf Kohn zu.

Der Künstler wollte seinen Weg fortsetzen, doch der Mann mit dem Feuerzeug verhinderte es.
Sie sind zu zweit, schoss es Kohn durch den Kopf. Dann erhielt er zunächst einen derben Schlag in die Magengrube und anschließend in den Nacken. Dieses Mal hatte der andere voll getroffen.
Kohn war bereits bewusstlos, bevor sein Körper hart auf dem Kopfsteinpflaster aufschlug.

- 17 -

WANN IMMER MARTEN allein sein wollte, zog es ihn an einen bestimmten Ort, wo man ihm genau das gestattete. In dieser Hinsicht unterschied er sich nicht von den anderen Jungen in seinem Alter.

Es machte Marten nichts aus, allein zu sein. Er war es gewohnt, seitdem sein Vater abgehauen war und seine Mutter versucht hatte, sich mit Gelegenheitsarbeiten über Wasser zu halten. Nein, es machte ihm nichts aus. So auch heute nicht. Er wollte es so. Er wollte allein sein.

Nur war er es nicht.

Doch das wusste Marten nicht. Er kletterte auf das Seezeichen, was nicht einfach war, denn man gelangte auf die ersten Querstreben der Unterkonstruktion nur, wenn man einen Klimmzug beherrschte. Marten hatte nicht lange gebraucht, um eine Taktik zu entwickeln, die ihn spielerisch auf die Metallkonstruktion beförderte.

Hier oben streckte er die Nase in den Wind, blickte auf die Ostsee hinaus, stellte sich vor, wie die Menschen an Dänemarks Küste lebten. Manchmal unterhielt er sich mit einem imaginären Jungen von der anderen Seite der Ostsee, einem dänischen Jungen. Er hatte von Tag zu Tag unterschiedliche Namen, aber er war fast immer genauso alt wie Marten selbst.

Die Stimme, die er heute hörte, war allerdings real, doch auch das nahm Marten zunächst nicht wahr, denn sie schien niemandem zu gehören.

„He, Junge."

Marten hob verwirrt den Kopf und blickte sich um. Er hatte die Worte deutlich gehört, auch wenn es nicht viel mehr als ein Flüstern gewesen war.

„Hallo, du."

Wieder sah Marten sich um, sah nach unten, doch in der Mitte zwischen den drei Stützpfeilern war niemand.

Sein Blick wanderte hinüber zu dem Knick, durch den an diesem Morgen leichter Nebeldunst zog.
Etwas raschelte dort drüben. Der Wind?
„Wer ist da?“, fragte Marten, ohne die seltsame Stimme lokalisiert zu haben.
„Hab keine Angst, ich bin dein Freund.“
„Wo bist du?“ Martens Blicke irrten noch immer hin und her. Er streckte seinen Oberkörper und reckte den Kopf, um mehr von dem Knick einsehen zu können, doch die dicht gewachsenen Sträucher und Bäume erlaubten es nicht einmal jetzt im Winter, durch sie hindurchzusehen.
„Hier drüben. Du musst keine Angst haben, ich kann nicht zu dir.“
Marten runzelte die Stirn. Er wusste nicht, dass die Worte eine Lüge waren.
War da ein Schatten hinter dem Geäst? Nein.
Und doch, ihm war, als ob dort jemand stehen würde. Aber die Gestalt wirkte nicht normal, sie stand stur auf einem Fleck. Rührte sich nicht.
„Wie heißt du, Junge?“
„Mein Name ist Marten.“
„Oh, sehr gut. Und was machst du hier? Halt, lass mich raten, Du beobachtest die tollen Schiffe da draußen, habe ich recht?“
Marten nickte langsam. Er umklammerte sein Buch fester, wusste nicht, was er antworten sollte.
Das Flüstern verunsicherte ihn. Es war beinahe so, als habe der dänische Junge seinen Kopf verlassen, um hier und jetzt mit ihm zu sprechen.
Doch die Stimme gehörte keinem Jungen, das wusste Marten.
Sie klang anders, erwachsener und irgendwie unheimlich.
„Wie viele Schiffe hast du heute schon gesehen, Marten?“
Hatte der Fremde seine Position verändert? Die Stimme klang plötzlich so nah. Für einen Augenblick war Marten

sich sicher, einen Kerl mit einer hässlichen Fratze unter sich stehen zu sehen, wenn er sich nur traute, den Kopf zu senken.
Marten tat es dennoch und … es war nach wie vor niemand dort.
„Zwei“, antwortete Marten, nachdem er seine belegte Stimme freigeräuspert hatte.
„Du beobachtest viele Dinge, stimmt`s? Nicht nur Schiffe?“
Marten zögerte. Und zugleich wusste er, dass dieses Zögern dem anderen nicht verborgen geblieben war.
„Was ist? Willst du nicht antworten?“
Das Flüstern hatte plötzlich einen anderen Unterton angenommen. Es wurde zu einem Wispern, das jetzt nicht mehr nur bedrohlich, sondern zudem eindeutig böse klang.
„Manchmal“, presste Marten hervor.
„Manchmal was?“
Marten deutete auf sein Fernglas. „Ich sehe mir alles an. Die Gegend, das Wasser und … die Küste.“
„So.“
Es war dieses eine Wort, das Marten Angst machte. Es klang wissend. Strafend.
Erwachsene sprachen so, wenn sie etwas herausgefunden hatten, das besser im Verborgenen geblieben wäre.
Marten wäre es auch lieber gewesen, wenn er einige Dinge nicht gesehen hätte. Aber es hatte ihn niemand gefragt.
Man hatte ihm diese Dinge einfach so präsentiert. Schonungslos und ohne Vorwarnung.
Marten hatte das Fernglas heruntergerissen und sich die Augen zugehalten, doch da war es bereits zu spät gewesen.
Die Bilder, diese grässlichen Bilder hatten sich bereits tief in sein Inners eingebrannt.
Er hatte gesehen, was der andere mit der Frau getan hatte.
Sein Fernglas hatte es in greifbare Nähe gerückt.

Marten hatte aufgeschrien. Und für einen Moment hatte er sogar befürchtet, dass die Gestalt in dem schwarzen Mantel ihn gehört haben könnte, während sie das tat, was niemand einem anderen Menschen antun durfte.

„Erinnerst du dich an mich?“

Marten zuckte heftig zusammen, so sehr, dass er beinahe den Halt verloren hätte.

„Komm schon, Marten, hat es dir die Sprache verschlagen? Du siehst, ich tu dir nichts. Der Knick trennt uns beide, weißt du?“

„Lassen Sie mich in Ruhe!“, schrie Marten plötzlich.

Für eine Weile herrschte Stille. Der Junge glaubte, allein durch die Kraft seiner Stimme dafür gesorgt zu haben, dass der Flüsterer verstummte.

Doch diesen Gefallen tat er ihm nicht.

„Wo-ho. Aber Marten. Es ist nicht recht, so zu schreien. Schreie ich etwa?“

„Bitte lassen Sie mich in Ruhe“, antwortete Marten mit einer Stimme, die nun selbst fast ein Flüstern war. An jeder Wange rann ihm eine Träne herab. Sie tropften in den Schnee.

„Du musst keine Angst vor mir haben“, wiederholte die Stimme. „Sag mir nur eins: Du hast gesehen, wie ich mit meiner Frau von dort weggegangen bin, nicht wahr? Du hast es doch gesehen?“

„Nein.“

„Wir haben ein Spiel gespielt, weißt du? Und nachher ist sie aufgestanden, und wir sind zusammen weggefahren. Das musst du schließlich auch gesehen haben.“

„Sie war tot!“, schrie Marten, und dieses Mal überschlug sich seine Stimme und wurde zu einem gellenden Kreischen, dass das letzte Wort von den umliegenden Knicks wieder zurückwarf. Ein grauenhaftes Echo.

Marten zitterte am ganzen Leib. Sein Blick raste suchend über das Gestrüpp, die Büsche, die Zweige und Äste.

Fast wünschte er sich, der Flüsterer würde noch einmal antworten, denn nichts erschien ihm in diesem Moment so unerträglich, wie die darauf einsetzende Stille.
Kein Vogel, der krächzte, kein vergessenes Blatt, das an einem Baum raschelte.
Erneut glaubte Marten, hinter dem Knick die Umrisse einer Gestalt wahrzunehmen, doch als er blinzelte, um sicherzugehen, war der Eindruck verflogen.
Der Flüsterer war weg. Das war eine Erklärung. Marten dachte für einen Moment daran, sein Fernglas einzusetzen, aber er traute sich nicht, seinen Blick auch nur für eine Sekunde von dem sich dahinsziehenden Knick abzuwenden. Stattdessen drehte er sich um und sprang in das schneebedeckte Dreieck, das die Stützpfeiler des Seezeichens bildeten.
In ihrer Mitte stand dieses Mal jemand, der die Arme nach Marten ausstreckte.

- 18 -

HARK WARTETE, BIS es Mittag wurde und Meike Bischoff an der Tür erschien, um die Praxis bis vierzehn Uhr zu schließen.
Er schlüpfte in den Flur und hängte seine Jacke an die Garderobe. Er trat Meike gegenüber und begrüßte sie so, wie sie sich gestern am späten Abend verabschiedet hatten: er nahm sie in den Arm.
Hark spürte, wie sein Kreislauf dabei in Bewegung geriet. Er nahm ihr dezentes Parfüm wahr, und für einen ganz kurzen Moment fühlte er ein Verlangen, das er schon seit Jahren nicht mehr gespürt hatte.
„Gut, dass du da bist", begrüßte ihn die Ärztin und schenkte ihm ein kurzes Lächeln, das jedoch sofort wieder verschwand. „Oder bist du gekommen, um einen Rückzieher zu machen?"
„Einen Rückzieher wovon?", fragte Hark. „Ich weiß ja noch nicht mal, was wir hier eigentlich tun."
Er folgte ihr den bekannten Weg durch die Räume der Praxis und sah ihr dabei zu, wie sie eine Spritze präparierte.
„Die ist für Benny", sagte sie und winkte ihm, ihr nach nebenan zu folgen.
Kurz darauf fanden sie beide sich vor Bennys Käfig wieder, in dem der Mischling noch immer lag, inzwischen jedoch nicht mehr auf der Seite, sondern auf dem Bauch, den Kopf zwischen den Vorderpfoten liegend. In dieser Haltung verharrte das Tier auch, nachdem sie eingetreten waren. Lediglich die Augen beobachteten, was in dem Raum vor sich ging.
„Wie geht es ihm heute?", fragte Hark.
„Ich habe eine gute Nachricht für Marten", erwiderte Meike. „Es sieht so aus, als könnte Benny es schaffen. Er hat die erste Dosis gut vertragen. Ich werde ihm jetzt die zweite geben."

Hark trat einen Schritt zurück und beobachtete, wie die Ärztin den Käfig öffnete, dem tierischen Patienten gut zuredete und sich behutsam über ihn beugte. Hark rechnete damit, dass Benny sich wehren würde, doch er ließ die Behandlung ohne eine einzige Regung über sich ergehen. Lediglich im Blick des Hundes lag ein Ausdruck, der mehr sagte und Vertrauen widerspiegelte.
Meike zog die Spritze vorsichtig ab und streichelte Benny über den Kopf. Dann verschloss sie den Käfig, was nach Harks Empfinden nicht einmal notwendig gewesen wäre. Dieser Hund würde in nächster Zeit nirgendwohin gehen.
Meike legte die Spritze weg und zog zwei einfache Klappstühle heran. „Kaffee?", fragte sie.
Hark verneinte. Sie setzten sich.
„Was wir hier tun, willst du wissen", nahm sie das Gespräch wieder auf. „Ich habe gestern erfahren, dass man die Frau umgebracht hat, die einmal meine beste Freundin gewesen ist. Wir sind zusammen durch dick und dünn gegangen, wie es immer so schön heißt. Und irgendein Dreckskerl hat beschlossen, ihrem Leben ein Ende zu setzen." Sie schnippte mit den Fingern. „Einfach so. Und das Ganze auf eine unglaublich erniedrigende Art und Weise."
„Ich verstehe deine Gefühle", lenkte Hark ein.
Meike schüttelte den Kopf. „Komm mir nicht mit so einem Scheiß. Isabella war noch nicht dran, verstehst du das? Irgendein Schwein hat ihr Gewalt zugefügt, hat sie umgebracht. Und ich will diesem Kerl in die Augen sehen. Ich will von ihm hören, warum er das getan hat. Findest du das idiotisch?"
Hark nagte an seiner Unterlippe. „Nein, finde ich nicht. Du scheinst allerdings nicht viel Vertrauen in die Arbeit der Polizei zu haben."
Meike stieß einen verächtlichen Laut aus. „Nein. Nicht besonders. Ist nicht mal böse gemeint, aber wo sollen die

denn auch ansetzen? Jeder kann die Leiche da oben vor diesem Haus abgelegt haben. Selbst du."
„Klar", sagte Hark lächelnd. „Oder jede andere Person, die Isabella vielleicht unterwegs getroffen hat. Und der Täter müsste dabei nicht einmal ein Mann sein."
„Was denkst du über die Packulats?", fragte Meike gerade heraus.
„Die kann ich ganz schwer einordnen", antwortete Hark. „Ich habe das Gefühl, dass der Kommissar Johannes auf dem Kieker hat."
„Wegen der gefundenen Schlüssel?"
„Nicht nur. Es könnte auch mit ihm selbst zu tun haben. Johannes ist ein kräftiger Bursche."
„Vor allem ist er ein Mann", sagte Meike, während sie beobachtete, wie Benny mit einem leisen Seufzen die Augen schloss und ruhig atmete. „Einer der auf normalem Weg vermutlich keine Frau abbekommen würde."
„Genauso gut könnte sein jüngerer Bruder dahinterstecken", fuhr Hark fort. „Oder der Alte. Diese Überlegungen führen doch zu nichts."
„Würde ich nicht sagen", erwiderte Meike. Sie wandte ihren Kopf und sah Hark an. „Was denkst du, wer es gewesen sein könnte? Was ist deine Theorie? Ich meine, du musst doch eine haben?"
„Ich meine nur, dass es nichts bringt, hier ins Blaue hinein zu überlegen. Aber wenn du mich schon fragst: Mir kommt Dirk Hoffmann nicht geheuer vor."
„Warum der?"
Hark beugte seinen Oberkörper vornüber und zählte, während er weitersprach, an seiner linken Hand die einzelnen Finger ab. „Erstens war er am Tag des Mordes mit seinem Wagen unterwegs in Richtung Norden. Er hätte die Frau also ohne Weiteres irgendwo aufgabeln können, wenn wir davon ausgehen, dass sie als Tramperin unterwegs war. Zweitens: Er war auf dem direkten Weg zu dem Haus an

der Steilküste. Er hatte also einen Grund, am Tatort zu sein."

Meike verengte die Augen ein wenig, als sie über Harks Worte nachdachte. „Aber da ist doch der Stau, von dem er erzählt hat."

Hark winkte ab. „Das könnte eine bloße Behauptung von ihm gewesen sein."

„Das wird sich herausfinden lassen. Jede Wette, dass man die Staumeldungen von vor ein paar Tagen noch irgendwo online einsehen kann."

„Und was beweist das?", fragte Hark. „Gar nichts. Wir würden noch immer nicht wissen, ob Hoffmann wirklich drin gesessen hat."

„Aber Dirk ist doch kein Frauenheld", sagte Meike entschuldigend.

Hark hob die rechte Augenbraue. „Ach nein? Und was ist das dann zwischen euch beiden?"

Meike lachte und schlug Hark mit der flachen Hand auf den Oberarm. „Ist da etwa jemand eifersüchtig? Nein, Dirk ist einfach nur … ein Bekannter, mehr nicht. Wir haben uns vor einem Jahr kennengelernt. Im Sommer auf dem Waldfest in Dollerupholz. Wir hatten beide was getrunken und, naja, er hat mich nach Hause gebracht. Zu Fuß wohlgemerkt. Ich habe ihn hier übernachten lassen, damit er seinen Rausch ausschläft."

„Ah ja", machte Hark.

„Er hat auf der Couch im Wohnzimmer geschlafen", erklärte Meike, noch immer lachend und leise protestierend. „Außerdem hat er eine Freundin in Flensburg."

Das war nun wirklich eine überraschende Neuigkeit für Hark. „Woher weißt du das?"

„Das hat er mir damals erzählt. Und ich habe die beiden sogar schon mal gesehen. Ich weiß gar nicht, ob er das mitbekommen hat. Ich habe die beiden in der Marienhölzung in Flensburg beim Spazierengehen gesehen."

Hark seufzte. „Ich sage ja, diese Überlegungen führen zu überhaupt nichts. Trotzdem ist mir dieser Hoffmann irgendwie suspekt."
„Um das zu klären, komm doch einfach heute Abend vorbei", schlug Meike vor. „Dirk ist auch hier. Ich habe ihn eingeladen."
„Wie war das noch?", fragte Hark, „er ist ein guter Bekannter?"
„Na gut, ein Freund", räumte Meike ein. „Eine Art Freund. Wir beide sind so etwas wie Verbündete, weißt du? Wir kommen von außerhalb, und für solche Leute ist es sehr schwer, hier draußen Fuß zu fassen. Man wird von der eingeschworenen Dorfgemeinschaft nicht so leicht akzeptiert. Aber wem sage ich das, du stammst ja schließlich aus dieser Region."
„Das bedeutet überhaupt nichts, wenn du Mist gebaut hast und abgehauen bist", stellte Hark fest. „In so einem Fall solltest du nicht zurückkommen. Tust du es doch, passieren solche Dinge, wie sie mir passiert sind." Hark deutete auf seine Nase.
Meike schmunzelte und sah auf die Uhr, die an der Wand über der Tür hing. „Du hast recht, es bringt nichts, auf diese Art vorzugehen. Lass uns heute Abend mit Hoffmann reden, vielleicht hat er auch noch eine Idee. Oder wir überführen ihn direkt an Ort und Stelle."
Sie knuffte ihm kameradschaftlich einen Ellenbogen in seine Rippen.
„Also gut, von mir aus", lenkte Hark ein. „Es kann sicher nicht schaden. Und vielleicht haben wir beide bis heute Abend auch einen Plan, wie wir weiter vorgehen." Er wollte von seinem Stuhl aufstehen.
Sie hielt ihn am Arm fest. „Warte noch. Du hast gestern von zwei Gründen gesprochen, weswegen du hergekommen bist. Du hast mir aber nur den einen verraten. Und der war Benny."

Hark war zunächst verwirrt, dann jedoch erinnerte er sich an das Gespräch, das sie geführt hatten, kurz bevor Kommissar Junge mit seiner überraschenden Neuigkeit hereingeplatzt war.
„Ja, richtig", sagte er. „Ich habe gedacht, dass du den zweiten Grund sowieso schon erraten hast."
„Vielleicht möchte ich ihn aber aus deinem Mund hören."
„Ich bin deinetwegen gekommen", gestand Hark.
Meike Bischoff lehnte sich zu ihm herüber und sah ihm tief in die Augen.

- 19 -

ES HATTE WIEDER zu schneien begonnen, dieses Mal stärker als an den vergangenen Tagen. Die weißen Flocken wurden von einem kräftigen Wind aus Osten durcheinandergewirbelt. Er spürte die Kälte kaum, die seine Wangen und das stoppelige Kinn traf und seine Haut rötete.
Erich Kohn wartete, und er hatte viel Zeit im Gepäck, wenn es sein musste.
Irgendwann würde er kommen.
Der Platz hinter dem Knick schützte ihn zwar nicht vor dem Wind, aber vor neugierigen Blicken, und das allein zählte im Moment. Nicht gesehen werden, darauf kam es an.
Kohn bog die Zweige eines Gebüschs auseinander und blickte zu dem Hof hinüber, der in winterlicher Starre einsam dalag.
Nur der Golf mit den getönten Scheiben stand vor dem Haus. Die Motorhaube war noch warm, wie Kohn feststellte. Sie wurde scheinbar nie kalt. Für den Arbeitslosen Packulat gab es immer eine Aufgabe, immer ein Ziel.
Und da kam er auch schon, öffnete die Tür, verzog angewidert das Gesicht, als der Schnee ihm direkt um den Kopf wirbelte.
Kohn erkannte jedes Detail und fühlte sich in diesem Augenblick wie elektrisiert.
Jürgen Packulat knöpfte sich die Jacke bis zum Hals zu. Sein bleiches Gesicht wirkte weißer noch als der Schnee. Beinahe wäre er mit seinen glatten Schuhen auf der schmalen Haustreppe ausgerutscht.
Kohn beobachtete, wie der junge Mann zu seinem Auto ging und einstieg. Der Motor röhrte auf, und der Golf schlingerte mit durchdrehenden Reifen in der dicker werdenden Schneedecke davon.

Jetzt jagte der Wagen wie ein Geschoss nach vorne und im nächsten Moment vom Hofplatz.
Jürgen Packulat musste dann jedoch unweigerlich den Fuß vom Gas nehmen, da die festgefahrene Schneedecke auf der Straße noch nicht gestreut war.
Kohn kniff grimmig die Augen zusammen, als der Golf sich im Schritttempo dem Knick und somit der Stelle näherte, an der er schon seit geraumer Zeit wartete.
Als es soweit war, trat Kohn auf die Straße und fuchtelte mit beiden Armen.
Sein Plan war simpel, aber er funktionierte. Der junge Packulat musste so perplex sein, dass er abrupt auf die Bremse trat. Der Wagen rutschte etwa zwei Meter weit und kam direkt vor Kohn zum Stehen. Die Stoßstange hätte um ein Haar seine Knie berührt.
Kohn machte zwei gewaltige Schritte um die Front des Golfs herum und war im nächsten Augenblick bei der Fahrertür. Packulat musste Kohns entschlossenen Gesichtsausdruck erkannt haben, denn er versuchte noch, die Tür von innen zu verriegeln, doch er war zu langsam.
Kohn riss die Fahrertür auf und packte Jürgen Packulat am Kragen seiner Jeansjacke.
„Hey, was soll denn das? Sind Sie verrückt geworden?"
Kohn zog den vollkommen verwirrten jungen Mann mit einer einzigen Bewegung aus seinem Wagen.
„Lassen Sie mich los!", rief Jürgen mit schriller Stimme. „Was wollen Sie überhaupt von mir?"
„Versuche nicht, mich für dumm zu verkaufen", antwortete Kohn düster. „Du hättest das mit dem Feuerzeug besser gelassen. Ich habe deine Milchvisage gestern Nacht erkannt."
„Sie spinnen doch!", entfuhr es dem jungen Packulat.
Kohn schlug mit der flachen Hand zu und verpasste seinem Gegenüber eine schallende Ohrfeige.

Jürgens Kopf flog zur Seite. Der junge Mann ließ einen hellen Schrei folgen, der neben Schmerz vor allem Überraschung ausdrückte.
„Das ist für gestern“, warnte Kohn. Er packte den Jungen wieder am Kragen und drückte ihn gegen sein Fahrzeug.
Packulats Lippen bebten, während sich auf seiner linken Wange der feuerrote Abdruck von Kohns Hand abzeichnete.
„Und wenn du es noch einmal wagen solltest, auch nur in meine Nähe zu kommen, dann prügele ich dich windelweich.“
„Sie können mir gar nichts“, presste Jürgen Packulat hervor. Er zitterte am ganzen Leib.
„Da wäre ich mir an deiner Stelle nicht so sicher“, entgegnete Kohn. „Jedenfalls lasse ich mich von euch faulen Mistkerlen nicht erpressen.“
„Aber gestern …“, setzte der junge Packulat an.
„Gestern war ich nicht ich selbst“, fiel ihm Kohn ins Wort. „Ich hätte mich niemals auf dieses Spiel einlassen sollen. Aber jetzt ist Schluss damit, verstanden? Und das kannst du auch deinem Freund bestellen, dem verdammten Mistkerl.“
„Lassen Sie mich los“, flehte Jürgen und versuchte, sich abzuwenden, doch der andere hielt ihn eisern fest.
Der Ältere atmete schwer, es kostete Kraft, den Burschen so lange gegen seinen Willen festzuhalten. Doch Kohn besaß diese Kraft, er hatte sie eine ganze lange Nacht lang sammeln können und das, obwohl er so gut wie nicht geschlafen hatte. Er brachte seine Lippen dicht an Packulats Gesicht. „Sag Ziercke, dass er der nächste ist, dem ich Respekt einflößen werde.“
„N-nein“, stammelte Jürgen.
„Sag es ihm“, beharrte Kohn. Er fühlte sich plötzlich um zwanzig Jahre jünger. Er hasste im Grunde, was er hier tat,

aber gleichzeitig verschaffte es ihm eine Art tiefer Befriedigung.
„Keinen schnöden Cent bekommt ihr mehr von mir“, fügte Kohn hinzu. „Und ihr werdet auch nicht zur Polizei gehen, sonst seid ihr mit dran, dafür werde ich schon sorgen.“
„Wir haben nichts getan“, unternahm Jürgen den Versuch zu kontern.
Kohn bewegte langsam den Kopf. „Auf Erpressung steht auch Gefängnis, und wenn dein Kumpel nur ein einziges falsches Wort sagt, dann geht ihr mit, kapiert? Ob du das verstanden hast, will ich wissen. Gib mir gefälligst eine Antwort.“
„Ja, ja, ja!“ Die Worte kamen wie eine Gewehrsalve aus dem Mund des jungen Mannes.
Kohn lockerte seinen Griff.
Für einen Moment schien es, als würde Packulat an seinem Wagen heruntersacken, dann jedoch fing sich der junge Mann und starrte den Älteren aus funkelnden Augen an.
„Vergiss nicht, es Ziercke auszurichten“, sagte Kohn, drehte sich um und ging, als wäre nichts gewesen.
Jürgen Packulat sah dem Mann hinterher, sein Kinn bebte vor Wut. Er ballte die Fäuste.
In dieser Verfassung setzte er sich in den Wagen, startete den Motor und machte sich auf den Weg zu Rolf Ziercke nach Grundhof.
Und ab diesem Augenblick begannen die Ereignisse, endgültig aus dem Ruder zu laufen.

„NATÜRLICH WAR DIE Polizei auch schon bei mir“, sagte Dirk Hoffmann, als er sein Besteck endgültig auf den Teller zurücklegte und sich mit der Serviette die Mundwinkel abwischte. Als er sie auf den Tisch zurückwarf, fügte er hinzu: „Es hätte ja auch durchaus sein können, dass ich der Frau, dieser Isabella, unterwegs begegnet wäre. Soweit ich weiß, geht die Polizei davon aus, dass sie per Anhalter in den Norden gefahren ist.“ Hoffmann breitete die Hände aus. „Aber dem war nun mal nicht so. Wäre sie mit mir gefahren, wäre sie vermutlich eher an Langeweile gestorben. Oh, sorry, das war ein bisschen zu viel, oder? Entschuldigt bitte.“

Meike überging die letzte Bemerkung des Bauunternehmers. „Es hätte ja wohl so oder so nicht gepasst, weil du doch in diesem Stau warst.“

„Allerdings“, gab Hoffmann zurück und machte ein saures Gesicht. „Der hat mich volle zwei Stunden gekostet.“

„Wissen Sie eigentlich, was da passiert ist?“, wollte Hark wissen.

Hoffmann kratzte mit dem Nagel seines Zeigefingers ungeniert an einem Schneidezahn herum. „Auffahrunfall wegen Glätte. Als ich dran vorbeikam, war aber schon nichts mehr zu sehen. Die Polizei hat den Verkehr dann später durchgeleitet. Zur Schuhmann-Klinik wollte die Frau, wie ich gehört habe?“

„Sie sollte sich dort vorstellen“, bestätigte Meike. „Ich verstehe nur nicht, warum sie sich bei mir nicht vorher gemeldet hat.“

„Das kann zig Gründe haben“, sagte Hark. „Vielleicht wollte sie dich einfach mit ihrem Besuch überraschen.“

Meike schien nicht überzeugt von Harks Vorschlag. Sie erhob sich, räumte die Teller ab und kehrte nach kurzer Zeit

mit drei kleinen Schälchen zurück, in die sie selbst gemachtes Tiramisu gefüllt hatte.
„Ich habe das Gefühl, dass die Polizei mit ihren Ermittlungen in eine Sackgasse geraten ist“, sagte sie. „Sie haben nun zwar den Namen, aber damit kommen sie auch nicht weiter.“
„Ihnen fehlt die entscheidende Information, wie sie hierhergelangt ist“, ergänzte Hark. „Es wäre sicher hilfreich, wenn sich jemand meldet, der sie kurz vor ihrem Tod noch gesehen hat.“ Hoffmann kratzte sich am Kinn. „Der letzte, der sie lebend gesehen hat, war ihr Mörder.“
„Es bleibt alles vollkommen im Unklaren“, seufzte Meike, während sie lustlos in ihrem Dessert herumstocherte. „Und die Polizei tut nur Dienst nach Vorschrift. Da müssen sie sich nicht wundern, wenn man selbst anfängt, Nachforschungen anzustellen.“
Hoffmann leerte seine Schale und leckte den Löffel ab. „Du meinst, weil es jemand gewesen sein muss, der hier aus der Gegend stammt?“
„Natürlich“, bestätigte Meike. „So viele Möglichkeiten gibt es da doch nicht. Die Anzahl der infrage kommenden Personen ist doch vergleichsweise gering.“
„Aber das bringt gar nichts, wenn es kein ersichtliches Motiv gibt“, schaltete Hark sich ein. „Da ist man wieder bei der Suche nach der Nadel im Heuhaufen.“
Hoffmann nickte eifrig und wollte etwas zu dem Thema ergänzen, als es plötzlich heftig an die Tür hämmerte.
„Hey, Hagendorn“, rief jemand laut.
Hark schreckte hoch. Sie alle sahen sich an.
„Wer zum Teufel ist das?“, wollte Hoffmann wissen.
Erneutes Hämmern, dieses Mal noch energischer. „Mach die Tür auf, Hagendorn, ich weiß, dass du da drinnen bist. Hab deine Scheißkarre vor dem Haus gesehen!“
Hark stand tatsächlich vom Küchentisch auf und bewegte sich zum Durchgang in Richtung des Flurs.

„Bist du verrückt?“, rief Meike. „Das ist Hagen Wilmers, Sinjes neuer Freund. Dem willst du doch nicht aufmachen?“ Sie stand ebenfalls vom Tisch auf und drängte sich an Hark vorbei. Im nächsten Augenblick war sie bei der Haustür.
„Was wollen Sie, Hagen?“
„Hark soll rauskommen. Ich will mit ihm reden.“
„Der Typ ist doch vollkommen besoffen“, stellte Hoffmann fest, der sich im Flur hinter den beiden positioniert hatte.
„Gehen Sie nach Hause, Hagen. Und schlafen Sie Ihren Rausch aus. Morgen früh können wir reden.“
Ein dumpfer Schlag traf die Tür. Vermutlich hatte der Betrunkene dagegengetreten. „Komm raus, Hark! Du Feigling!“
Meike schreckte zusammen, als das Holz der Tür ein weiteres Mal erbebte.
„Hauen Sie ab, Hagen!“, unternahm Meike einen neuen Versuch, den ungebetenen Gast zu vertreiben.
„Ich werde mit ihm reden“, sagte Hark entschieden und drückte Meike beiseite.
„Das würde ich an Ihrer Stelle lieber lassen“, mischte sich Hoffmann von hinten ein. „Hören Sie doch, wie der drauf ist. Der ist nicht zum Reden gekommen, wenn Sie mich fragen.“
Hark drehte den Schlüssel im Schloss herum und öffnete, zunächst nur einen Spalt. In derselben Bewegung stellte er seinen rechten Fuß vor seine Seite der Tür.
„Komm raus, sofort“, grölte die Stimme von draußen. Sie klang nun gefährlich nahe. Hagen Wilmers musste sein Gesicht direkt gegen das Türblatt pressen.
„Sagen Sie mir, was Sie wollen, und dann verschwinden Sie von hier“, forderte Hark den anderen auf.
„Du wirst gefälligst die Finger von Sinje lassen, kapiert?“

Hark tauschte einen raschen Blick mit Meike Bischoff. Ihr Gesicht verriet jedoch keine Regung.
„Was meinen Sie damit? Ich habe nichts mit ihr."
Hagen stieß ein hartes, humorloses Lachen aus. „Ich merke doch, was mit ihr los ist, seitdem du wieder hier aufgetaucht bist. Sie hat sich eure alten Fotos angesehen! Sie hat …" Es folgte etwas, das wie ein wütendes Schluchzen klang, bei dem in jedem Fall eine Menge Rotz im Spiel war. „Sie hat gesagt, dass sie Marten von dir erzählen will."
„Jetzt beruhigen Sie sich erstmal", setzte Hark an, doch weiter kam er nicht. Eine Hand kam durch den Spalt der Tür geschossen und packte ihn im nächsten Moment am Kragen seines Pullovers. Der Stoff knirschte, und Hark wurde herumgerissen. Die Tür sprang auf und Hagen Wilmers stand auf der Schwelle.
„Der letzte Denkzettel hat dir wohl nicht gereicht, hä?"
„Jetzt langt es aber", rief Meike, „lassen Sie ihn sofort los!"
Hagens Blicke irrten hin und her. Er schien kaum noch jemanden wahrzunehmen. „Ich will nur mit ihm reden, klar?" Er wandte sich wieder Hark zu. „Ich weiß nicht, was du mit Sinje gemacht hast, aber sie ist nicht mehr die, die ich kennengelernt habe. Sie hat gesagt, dass sie dich vergessen hat, aber das stimmt nicht. Und Marten…"
„Was ist mit ihm?", fragte Hark, der noch immer keine Anstalten machte, sich aus seiner Lage zu befreien.
„Sinje hat ihn heute vom Seezeichen weggeholt. Er ist total verstört wegen dieser ganzen Scheiße! Sitzt in seinem Zimmer und bringt kein Wort raus. Sinje ist total verzweifelt. Sie sagt, dem Jungen fehlt sein Vater!"
Hagen hatte die letzten Worte geschrien. Er hatte sich selbst in Rage gebracht. Er holte mit der Faust aus, doch sein Schlag ging direkt gegen die Tür, an der Hark sich aus einem Reflex heraus hatte herabsinken lassen. Er sah, wie

Hagens Fingerknöchel gegen die Tür knallten und die Haut darüber aufplatzte. Blut spritzte hervor.
Hagen schrie auf und wirbelte herum. Er versuchte, nach Hark zu treten.
„Jetzt reicht es aber“, brüllte Hoffmann und drängte sich nach vorne. Er wollte Hagen packen, bekam den Mann jedoch nicht richtig zu fassen.
Hagen drehte sich um. Seine Faust traf Hoffmann mitten in die Magengegend.
Der Bauunternehmer riss die Augen auf, japste nach Luft und ging zu Boden.
Das nächste, was Hark hörte, war, wie sich jemand im engen Flur übergab. Hark sprang auf und packte Hagen bei den Schultern. In einer kraftvollen Bewegung drehte er den Eindringling herum und beförderte ihn mit einem derben Stoß nach draußen.
Hagen Wilmers stolperte über die Türschwelle und fiel die drei Stufen hinunter, die zum Haus heraufführten. Er schlug der Länge nach hin und blieb im Schnee liegen.
Drinnen stöhnte Hoffmann, der sich offenbar ein weiteres Mal übergab.
Hark spürte Meike an seiner Seite. Sie blickte auf Hagen herab, der sich in diesem Moment wieder berappelte. Er stemmte sich mühsam und stöhnend in die Höhe, wäre fast noch einmal im Schnee ausgeglitten, bevor er einigermaßen sicher stand. Er wankte hin und her, schien sich jedoch wieder zu fangen.
Er streckte den rechten Arm aus und deutete mit dem Zeigefinger auf Hark. „Wir sind noch nicht fertig miteinander. Du kriegst deine Abreibung noch, mein Freund. Und dann wirst du von hier verschwinden!“
Hagen blieb für mehrere Sekunden in dieser Pose stehen. Niemand sagte etwas. Dann endlich wandte er sich ab und torkelte davon.

„Oh Scheiße“, stöhnte Hoffmann von innen. „Was um alles in der Welt ist denn bloß in den gefahren? Ach du Schande, was für eine Sauerei.“
Hark spürte, wie Meike ihn ansah.
„Sieht tatsächlich so aus, als hättest du dir seit deiner Rückkehr nicht gerade viele Freunde gemacht.“
Nein, dachte Hark, das hatte er wirklich nicht. Und irgendwie hatte er das Gefühl, dass da noch mehr Ärger auf ihn zukam. Und der würde möglicherweise weitaus schlimmer sein.

- 21 -

ZIERCKE BEBTE VOR Wut. Und das schon seit dem Nachmittag, kurz nachdem Jürgen Packulat bei ihm gewesen war, beinahe heulend vor Angst, dieses verdammte Weichei. Es war ein Fehler gewesen, den Typen in seine Pläne einzuweihen. Aber Fehler waren wohl dazu da, begangen zu werden. Es war nicht zu ändern. Außerdem war Jürgen nicht das Problem. Das hörte auf einen anderen Namen: Erich Kohn.

Ziercke drückte seine Zigarette aus. Er dachte an den Künstler und drückte noch fester zu, so das sein Daumen und sein Zeigefinger eine kleine, weiße Schraubzwinge bildeten.

Sein Handy lag in Greifweite. Er war versucht, noch einmal auf die Taste der Wahlwiederholung zu drücken, doch er wusste, dass auch dieses Mal niemand im Hause Kohn an den Apparat gehen würde. Und das war es, was ihn noch am meisten ärgerte. Was bildete sich dieserReckskerl ein, den Kontakt abzubrechen, wenn Ziercke ihn sprechen wollte?

Der junge Arbeitslose trat gegen das alte Computergehäuse, das unter seinem Schreibtisch stand und einen blechernen Laut von sich gab.

Jeden Augenblick musste Jürgen hier sein, den Ziercke hierherbestellt hatte. Sie würden zusammen zu Kohn fahren und das direkte Gespräch mit dem Alten suchen. Zu diesem Zweck hatte Ziercke bereits einen silbernen Schlagring und ein Springmesser auf die Platte seines Schreibtischs gelegt.

Jürgen hatte sich vor diesem Einsatz drücken wollen, doch Ziercke ließ ihm keine andere Wahl. Entweder sie zogen diese Sache jetzt zusammen durch, oder Packulat war draußen. An Kohn konnten sie beide genug verdienen, wenn sie es nur geschickt anstellten.

Doch heute war einiges schiefgelaufen. Dass Kohn sich wehren könnte, das hatte Ziercke nicht eingeplant. Vielleicht war es ein Bluff des Alten, vielleicht wollte er aber auch nicht kampflos aufgeben. Letzten Endes würde er zahlen. Ihm blieb nichts anderes übrig, es sei denn, er zog es vor, für den Rest seines Lebens hinter Gitter zu wandern.

Ziercke erschauerte plötzlich, als ein Schwall kalter Luft über seinen Rücken zog. Im nächsten Moment klappte leise eine Tür im Haus.

„Komm rein“, rief er, nachdem er auf die Uhr seines Monitors gesehen hatte. „Ausnahmsweise sogar mal pünktlich. Wir haben noch ein paar Minuten Zeit.“

Er sah noch einmal nach dem Verlauf seiner Downloads, mit denen er sich gerade ein paar neue Hörspiele illegal aus dem Netz saugte. Die waren cool, um sie nebenbei zu hören.

Eine Bewegung hinter ihm.

Ziercke reagierte noch immer nicht, obwohl er es eigentlich inzwischen hätte bemerken müssen. Es war kein Wagen vor dem Haus vorgefahren, wie sonst üblich. Packulat kam auch nicht mit der gewöhnlichen Begrüßung herein und pflanzte sich ungefragt irgendwo hin.

Er runzelte die Stirn. Der Downloadvorgang lag bei achtundneunzig Prozent. Kein guter Moment, um den Blick abzuwenden. Ziercke tat es dennoch.

Das Messer traf ihn im Bereich der linken Schulter. Tief bohrte sich die Klinge in sein Fleisch, denn die maskierte Gestalt hatte den Hieb mit großer Kraft ausgeführt.

Ziercke riss ungläubig die Augen auf. Sein Bürostuhl rollte nach hinten und knallte mit der Rückenlehne gegen die Kante des Schreibtischs. Der Monitor zitterte, wackelte und blieb wie durch ein Wunder stehen. Der junge Mann fühlte den heißen Schmerz in seiner Schulter. Seine Augen

realisierten das Blut, das über die Klinge des Messers strömte. Sein Blut.
Der Angreifer riss an seiner Waffe und zog sie mit Gewalt aus der Wunde.
Das war der Augenblick, in dem Ziercke aus seiner Lethargie erwachte. Er stieß einen wütenden Schrei aus. Der Schmerz trieb ihn an den Rand der Bewusstlosigkeit, doch zugleich brachte er ihn auch dazu, aus seinem Stuhl aufzuspringen. Sein linker Arm hing nutzlos an ihm herab, er konnte ihn nicht mehr bewegen. Mit der rechten Hand griff er nach dem Springmesser auf dem Schreibtisch. Zumindest unternahm er den Versuch.
Das Messer sauste ein weiteres Mal heran und durchbohrte Zierckes rechte Hand in der Sekunde, als seine Finger das Messer umschließen wollten.
Ziercke starrte auf die Gestalt, die in einen langen dunklen Mantel gehüllt war, den Kopf verdeckt durch eine ebenfalls schwarze Skimütze.
Gefühllose Augen lagen darunter verborgen. Sie starrten ihn in einer Mischung aus Ekel und Neugier an.
Blut tropfte auf die Schreibtischplatte, als Ziercke versuchte, seine Hand zu bewegen.
Der nächste Hieb mit dem Messer schien unausweichlich. Ziercke hatte keine Chance, ihm auszuweichen. Er spürte, wie die Klinge in seine Magengegend fuhr. In diesem Augenblick war der Mörder ihm so nah wie nie zuvor. Er hörte, wie die Gestalt unter der Anstrengung ächzte.
Ziercke riss den Mund auf, wollte einen Schrei ausstoßen, doch alles, was aus seiner Kehle drang, war ein nasses Gurgeln.
Die Gestalt wich einige Schritte zurück. Dort blieb sie stehen und beobachtete, noch immer den unverhohlen neugierigen Ausdruck in ihrem Blick.
Ziercke machte einen Schritt nach vorn, der für ihn eine schier unmenschliche Kraftanstrengung bedeutete. Er

presste beide Hände auf seinen Bauch, versuchte in verkrampften Bewegungen das Messer zu umklammern und registrierte am Rande, dass Blut zwischen seine Finger hindurchsickerte.
Er röchelte, wollte noch einen Schritt tun, doch die Kräfte verließen seinen Körper nun schlagartig. Seine Beine knickten ein, und er landete unsanft auf den Knien.
Ziercke röchelte. Er spürte nicht, dass ihm etwas Warmes aus den Mundwinkeln drang und in hellroten Rinnsalen an seinem Kinn herablief.
Die Gestalt machte noch immer keine Anstalten zu verschwinden. Sie wartete ab, um sicherzugehen, dass alles so kam, wie sie es geplant hatte.
Rolf Ziercke streckte seine rechte Hand nach der Gestalt aus, die er jetzt nur noch wie durch einen Schleier hindurch als undeutlichen Schemen wahrnahm.
Dann brach sein Blick, und sein lebloser Körper kippte langsam nach vorne. Ziercke schlug auf dem Boden auf, doch da war bereits jegliches Leben aus ihm herausgeströmt.
Von der schwarzgekleideten Gestalt wich nun plötzlich die schier unerträgliche Anspannung. Der Atem ging schwer. Das war nicht eben ein Spaziergang gewesen. Sie lehnte sich gegen die Wand und machte sich daran, die schwarze Maske zu entfernen, als sie plötzlich mitten in der Bewegung erstarrte.
In dem Fenster, das zur Straße lag, war kurzzeitig ein helles Licht aufgetaucht. Das Licht von Scheinwerfern, die zu einem Wagen gehörten, der in diesem Moment vor dem Haus hielt.
Der Motor wurde abgestellt. Für ein paar Sekunden waren noch das Dröhnen und der stampfende Beat der Musikanlage zu hören, dann waren auch diese Geräusche verstummt.

Die Gestalt reagierte. Sie durchquerte mit raschen Schritten den Raum und blieb geduckt vor einem der Fenster stehen, um nach draußen zu sehen.
Dort war per Bewegungsmelder eine Lampe angegangen. In ihrem Schein stand ein VW Golf mit abgedunkelten Heckscheiben, und der Fahrer trat in diesem Augenblick auf das Haus zu.
Die Gestalt wich von den Fenstern zurück. Gleichzeitig wurde die Haustür geöffnet und kurz darauf wieder geschlossen.
Schritte.
Jemand würde in Kürze diesen Raum betreten, und die Konfrontation war unvermeidbar. Dieser Raum war kein Durchgangszimmer, es gab keinen weiteren Ausgang.
Für einen von beiden würde dieser Raum zu einer Falle werden.

- 22 -

DASS ETWAS ANDERS war als sonst, wusste Jürgen Packulat bereits, als er die Haustür hinter sich geschlossen hatte. Er konnte zu diesem Zeitpunkt noch nicht einmal sagen, was es war. Er fühlte es, spürte es, nahm etwas wahr, das sein Verstand noch nicht begriff. Eine leise Vorahnung vielleicht, die nach und nach neue Nahrung fand, wie eine kleine Flamme, die um sich griff und sich in seinem Innern zu einem Flächenbrand ausbreitete. Doch so weit war es noch nicht.

Das erste, das Jürgen wahrnahm, war die Tatsache, dass Ziercke nicht wie gewöhnlich vor seinem PC saß. Das Deckenlicht war ausgeschaltet, nur das kalte blaue Licht des Monitors erhellte den Raum flimmernd.

Dann kam etwas Neues hinzu: Ein Geruch, der hier nicht hergehörte. In Zierckes Wohnung hatte es nach Zigarettenqualm zu riechen, an den meisten Tagen sogar nach Hasch. Aber das hier war anders. Es roch metallisch, süßlich und irgendwie unangenehm.

„Rolf?“, fragte Jürgen, als er vom Flur aus ins Wohnzimmer blickte.

Er erhielt keine Antwort. Vielleicht hockte sein Kumpel auf dem Klo oder war, was selten vorkam, in der Küche verschwunden, um sich in der Mikrowelle etwas warm zu machen.

Jürgen zögerte, den Raum zu betreten, konnte sich aber selbst nicht erklären, warum. Vielleicht war es seine eigene Unsicherheit, die er zum wiederholten Mal zum Teufel wünschte. Heute war so ein Tag, an dem alles schief ging. Wenn er nur daran dachte, wie er sich heute Nachmittag vom alten Kohn hatte übertölpeln lassen. Geradezu peinlich war das gewesen. Vor allem, als er Ziercke gebeichtet hatte, was geschehen war. Es war nicht nur peinlich, sondern geradezu erniedrigend gewesen.

Jürgen hatte immer so sein wollen wie Ziercke, zu dem er aufblickte. Ziercke gehörte zu den Typen, die cool waren, die sich nichts sagen ließen, die es verdammt nochmal einfach drauf hatten.

Jürgen hingegen … er verwarf die Gedanken ärgerlich, gab sich einen Ruck und trat über die Schwelle.

Auf dem Monitor war gerade der Bildschirmschoner angesprungen, also konnte Ziercke seinen Platz noch nicht lange verlassen haben.

Wahrscheinlich war es doch eine längere Sitzung auf dem … Jürgens Fuß stieß im Halbdunkel gegen etwas Weiches. Ein Gegenstand auf dem Fußboden, seitlich vom überfüllten Schreibtisch. Er konnte nicht erkennen, was es war, nur dass es groß war, immerhin wäre er beinahe darüber gestolpert.

Jürgen bückte sich danach, griff ins Dunkel hinein und zog seine Hand rasch wieder zurück. Als er sie im Schein des flimmernden Monitors betrachtete, glänzte sie dunkel. Eine klebrige, beinahe schwarze Nässe benetzte seine Finger, und jetzt endlich konnte Jürgen Packulat den Geruch, der ihn schon beim Eintreten verwirrt hatte, zuordnen: Blut.

Das Ding am Boden, das über die Kantenlänge des Schreibtischs hinausragte, war Ziercke, und er rührte sich nicht mehr. Man brauchte in dieser Situation nicht viel Fantasie, um darauf zu kommen, dass er tot war.

Jürgen gab einen japsenden Laut von sich, der hoch und schrill klang. Eine Art hysterischer Schluckauf, gefolgt von Übelkeit und Brechreiz.

Und noch immer ahnte er nicht, dass er sich in Gefahr befand. Jürgen hatte keine Augen für die schmale Nische hinter dem Mauervorsprung des Schornsteins, in der etwas verborgen war, dem der junge Mann nicht einmal in seinen schlimmsten Alpträumen begegnen wollte.

Er hatte nur Augen für seinen toten Kumpel, zu dem er sich jetzt ein weiteres Mal hinunterbeugte.
Ziercke Gesicht war in der Dunkelheit am Boden ein milchig blasser Fleck.
Jürgen spürte erneut den Brechreiz in sich aufsteigen, als er da hockte und Zierckes Wangen tätschelte.
„Rolf", flüsterte er, „Scheiße nochmal, Rolf, wach auf! Was ist hier passiert?"
Der Kopf seines Kumpels kippte zur Seite weg. Der starre Blick Zierckes richtete sich auf die dunkle Mauernische, in der ein Schatten lauerte, wartend auf seine Gelegenheit, die jetzt unumgänglich war.
Jürgen sah ein, dass es keinen Sinn mehr hatte, auf seinen Freund einzureden. Jemand hatte ihn umgebracht, regelrecht abgeschlachtet wie ein Stück Vieh.
Und zum ersten Mal kam ihm der Gedanke, dass sich diese bestialische Tat erst vor sehr kurzer Zeit abgespielt haben könnte. Wieder kam ihm der Bildschirmschoner in den Sinn, von dem er wusste, dass Ziercke ihn auf zehn Minuten eingestellt hatte.
Unter normalen Bedingungen wäre Jürgen stolz auf seine Kombinationsgabe gewesen. Eine Sache, die er sofort Ziercke mitgeteilt hätte. Aber die Dinge hatten sich grundlegend geändert. Rolf lag tot zu seinen Füßen, und Jürgen selbst steckte knietief in echten Schwierigkeiten.
Es musste noch jemand im Haus sein. Plötzlich glaubte er, die Anwesenheit der Person zu spüren.
Langsam, unglaublich langsam erhob er sich, spreizte unwillkürlich die blutverschmierten Finger seiner rechten Hand, die er von seinem Körper weghielt.
In der nächsten Sekunde hätte sein Blick die Nische gestreift. Seine Augen, die sich inzwischen an die Dunkelheit gewöhnt hatten, hätten jenen dunklen Schatten ausgemacht, und der Rest wäre dann ohnehin klar gewesen.

Es kam jedoch anders. Ein weiterer Wagen rollte draußen auf die Zufahrt. Jürgen hörte das Motorengeräusch, das in diesem Moment verklang. Eine Autotür wurde zugeschlagen.
Schwere Schritte bewegten sich auf das Haus zu. Es war unglaublich, aber Jürgen konnte sogar den Schnee unter den Schuhen des späten Besuchers knirschen hören.
Es war Zeit zu handeln. Und zwar jetzt.
Jürgen riss sich los und stürmte aus dem Wohnzimmer. Aus den Augenwinkeln heraus glaubte er eine Bewegung hinter sich wahrzunehmen, aber das kümmerte ihn nicht mehr. Vielleicht war es nur pure Einbildung gewesen.
Er musste den Flur passieren, noch ehe der andere bei der Haustür war, um sie zu öffnen.
Jürgen huschte daran vorbei, in der Sekunde, als die Klinke von außen heruntergedrückt wurde.
Er war schnell, aber dennoch nicht schnell genug.
Hauptwachtmeister Werner Klinger erschien in dem Türspalt, und sein Blick fiel genau in Jürgens Richtung, der soeben durch die Küche jagte, um von dort in den Abstellraum zu gelangen, von dem er wusste, dass er über eine Tür nach draußen verfügte.
„Halt!“, gellte Klingers Stimme irgendwo hinter ihm. „Polizei! Bleiben Sie stehen!“
Jürgen dachte nicht daran, sich Klinger zu stellen. Er kannte den Beamten und wusste, wie schwerfällig er war.
Er riss die Tür zum Abstellraum auf, der stockdunkel vor ihm lag. Egal. Er wusste, wo sich die Tür befand, die zu seiner Rettung werden konnte.
Beinahe blind fand er die altmodische, klobige Eisenklinke, die er herunterdrückte. Er spürte die eisige Luft, die von draußen hereinströmte, als er die Tür weit aufriss und in das harte Gesicht von Hauptkommissar Axel Junge starrte.

Nahezu im gleichen Moment hörte er schwere Schritte hinter sich. Licht wurde eingeschaltet. Eine behaarte Pranke legte sich auf seine Schulter.
„Hiergeblieben, Bürschchen", sagte Klinger, der schnappend durch den offenen Mund atmete.
„Guten Abend, Herr Packulat", sagte Junge und betrat das Haus durch die Hintertür.
Eine Falle, schoss es Jürgen durch den Kopf. Das Ganze hier hatte sich irgendjemand für ihn ausgedacht. Vielleicht Kohn, vielleicht auch jemand, an den er noch gar nicht gedacht hatte.
Es konnte doch kein Zufall sein, dass die Bullen ausgerechnet jetzt hier auftauchten.
„Mensch, Jürgen, was ist denn los?", japste Klinger, „Wieso wolltest du abhauen?"
„Sehen Sie sich seine Hand an, und Sie haben einen Teil der Lösung." Der Blick des Hauptkommissars hatte sich verdüstert.
Klinger riss die Augen auf. „Ach du Sch… Mensch, Junge, was ist denn hier los? Was hast du gemacht?"
„Rolf", presste Jürgen hervor und deutete hinter sich. „Da hinten liegt Rolf Ziercke. Er ist tot."
Die beiden Beamten tauschten einen schnellen Blick miteinander. Klinger wollte sich von Jürgen abwenden, doch der packte den Polizisten plötzlich am Arm. „Warten Sie! Da drinnen ist noch jemand. Er ist noch im Haus!"
Wieder ein kurzer Blick. Dann zogen die beiden Beamten nacheinander ihre Dienstwaffen hervor und entsicherten sie.
Junge wandte sich an Jürgen. „Wo haben Sie ihn gesehen?"
„Im Wohnzimmer. Er muss noch im Wohnzimmer gewesen sein."
„In Ordnung", sagte Junge knapp. „Zeig uns den Weg."

„Nein“, protestierte Jürgen. Eine Welle des Entsetzens flutete durch seinen Körper. „Da gehe ich nicht noch mal rein.“
Junge packte ihn unsanft am Arm, während Klinger seine Pistole bereits in Anschlag brachte und sich auf den Weg durch die Küche machte.
Junge schob Jürgen vor sich her und machte schnell deutlich, dass es keinen Weg zurück nach draußen gab.
Nach und nach erhellte sich das Haus mit Licht, bis sie über den Flur zurück zum Wohnzimmereingang kamen. Auf dem Schreibtisch flimmerte noch immer der Monitor. Der Bildschirmschoner zeigte einen Totenschädel, der von einem überdimensionalen Holzhammer, der plötzlich von links ins Bild kam, zertrümmert wurde. Diese Sequenz wiederholte sich in stummer Stumpfsinnigkeit alle zehn Sekunden.
Das Deckenlicht flammte auf. Klinger hatte es eingeschaltet. Breitbeinig stand er da, während er die Sig Sauer mit beiden Händen umklammerte und den Raum systematisch mit seinem Blick absuchte.
Es war niemand hier. Die Erkenntnis, die sie alle eigentlich hätte erleichtern sollen, traf Jürgen wie ein Schlag.
Er trat nun selbst ins Zimmer, sah sich um, erkannte Ziercke in verkrümmter Haltung am Boden liegend, in einer unangenehm großen Lache aus Blut, die durch die groben Dielenbretter sickerte.
„Das kapier ich nicht“, stieß Jürgen aus, „er muss hier gewesen sein. Hier drinnen. Es … verdammt nochmal, es muss doch gerade erst passiert sein.“
„Das denke ich allerdings auch“, antwortete Junge, der sich in seinem Rücken aufhielt. Jürgen registrierte, dass der Kommissar seine Dienstwaffe schon wieder sicher verstaut hatte. Er trat einen Schritt auf den jungen Mann zu.
„Herr Packulat“, sagte er beinahe sanft, „in diesem Haus ist außer uns niemand.“

„Aber er ist hier gewesen. Ich schwöre es Ihnen! Er muss da vorne zur Tür raus sein, während wir hinten waren."
Niemand antwortete, doch Jürgen entgingen die Blicke nicht, die die beiden Beamten miteinander tauschten.
Junge beugte sich zu Ziercke herunter und versuchte, einen Puls zu fühlen. Die Bilder brannten sich in Jürgens Hirn ein, genau wie das folgende: das, in dem Junge dem Toten die Augen für immer schloss.
Der Kommissar betrachtete den Schaft des Messers, das aus Zierckes Bauch herausragte, sachlich, emotionslos, so wie es Jürgen schien.
Nach einer halben Ewigkeit erhob sich Junge, wischte sich die Hände in einem weißen Leinentaschentuch ab und wandte sich an Jürgen.
„Herr Packulat, wir werden Sie mitnehmen. Sie sind verhaftet."

- 23 -

ZUR SELBEN UHRZEIT klingelte Harks Handy.
Meike und er standen noch an der Tür, sie hatten gerade eben Hoffmann verabschiedet, der sich nach Hagens üblen Faustschlag wieder soweit erholt hatte, dass er Auto fahren konnte.
Hark fischte das Gerät aus der Jacke, die neben der Tür an der Garderobe hing. Ein Blick auf das Display und die anrufende Nummer offenbarte eine Überraschung.
Er betätigte die Taste mit dem grünen Hörer.
„Anne?"
„Hallo, kleiner Bruder", drang es an sein Ohr. „Sag mal, was ist denn da eigentlich los bei euch in Osterholz?"
Zu Harks großer Verwunderung klang die Stimme seiner Schwester vollkommen klar. Wenn sie an diesem Abend getrunken hatte, dann hatte sie inzwischen eine Taktik entwickelt, ihren Zustand glänzend zu überspielen. Aber irgendwie glaubte Hark das nicht. „Ich freue mich, deine Stimme zu hören", antwortete er, und das stimmte tatsächlich.
Hark gab Meike ein Zeichen. Sie nickte ihm zu und ging zurück in die Küche, wo sie sich daran machte, Wasser für eine Kanne Tee zu kochen.
„Was kann ich für dich tun?", fragte Hark.
„Ich habe heute Abend erst die Zeitung von gestern gelesen. Du weißt ja, ich bin da nicht immer aktuell, weil …"
„Es ist schön zu hören, dass du überhaupt dazu kommst, sie zu lesen", gab Hark zurück, der sich nicht im Mindesten für seine Worte schämte. Er hatte schon immer offen mit Anne reden können, ohne dass sie ihm jemals ernsthaft böse gewesen wäre.
„Was ist das für eine Geschichte mit der Toten an der Steilküste?", wollte Anne wissen. Ihre Stimme klang tatsäch-

lich interessiert. Seine Schwester war sie selbst, dachte Hark, und das allein war ein gutes Zeichen.
„Ich habe sie gefunden“, klärte er sie auf und ließ die meisten der Informationen, die ihm bekannt waren in einer kurzen Zusammenfassung folgen.
„Zur Schuhmann-Klinik wollte die Frau?“, fragte Anne nach, die ihrem Bruder aufmerksam zugehört hatte. „Da bin ich vor einem halben Jahr auch gewesen.“
„Der Entzug, ich weiß“, antwortete Hark.
Es wurde für einen Moment still in der Leitung.
„Hat die Polizei schon einen Anhaltspunkt?“, fragte Anne weiter, und Hark wunderte sich erneut nicht nur über ihre Wachsamkeit, sondern auch über ihr Interesse. „Ich meine, die müssen doch eine Idee haben, wer als Täter in Frage kommt, oder nicht?“
„Sie verfolgen ein paar Spuren“, berichtete Hark. „Aber soviel ich weiß, ist da noch nichts Nennenswertes rausgekommen. Naja, ich bin sicher auch nicht der Erste, dem sie was verraten würden. Machst du dir etwa Gedanken, dass unsere Eltern in die Sache verwickelt sein könnten? Also eines steht fest: Die Frau wurde nicht durch Papas Zynismus getötet. Sie ist erwürgt worden.“
Anne lachte nicht über Harks lahmen Scherz, und er selbst wünschte sich im selben Augenblick, er hätte ihn nicht gemacht. Meike befand sich im Nebenraum, und er ging davon aus, dass sie jedes Wort hören konnte.
„Es ist kein angenehmer Gedanke. Ich meine zu wissen, dass da irgendwo bei euch ein Mörder frei herumläuft.“
„Wenn er denn überhaupt noch in der Nähe ist“, gab Hark zu bedenken.
„Vielleicht ist er genauso an diesen Ort gebunden wie du, Hark.“
Er erschrak. Er lachte. Ein nervöses Lachen. „Das bin ich nicht, Anne.“

Sie antwortete nicht und allein das war schon Aussage genug.
Irgendwo im Hintergrund bei seiner Schwester quietschte etwas.
„Hör zu, ich muss Schluss machen“, sagte sie. „Vielleicht kommst du morgen oder so noch mal auf einen Sprung vorbei. Aber ruf vorher an, ja? Damit ich auch zu Hause bin.“
Damit legte sie auf.
Hark steckte sein Handy in einer mechanischen Bewegung in seine Jacke zurück und drückte die Tür zur Küche auf. Auf der Türschwelle blieb er stehen.
„Ärger?“, fragte Meike, die gerade das kochende Wasser in eine Glaskanne goss.
„Nein“, antwortete Hark. „Eher das Gegenteil. Das war meine Schwester. Sie wollte wissen, was bei uns in Osterholz los ist.“
Meike presste ihre Lippen aufeinander. „Dafür war das Gespräch aber reichlich kurz. Ich meine, du hättest locker Stoff für zwei Stunden gehabt.“
„Hör zu, was dieser Hagen heute über Sinje gesagt hat …“
Meike hob abwehrend die Hände. „Es geht hier nicht um sie oder Hagen Wilmers oder um Dirk Hoffmann oder um uns beide – in der Gerichtsmedizin in Flensburg liegt meine Freundin, und man hat sie erwürgt, während sie halbnackt ihrem Mörder gegenübergestanden hat. Darum geht es.“
Zum ersten Mal entdeckte Hark, wie nahe Meike der Tod der jungen Frau tatsächlich ging. Die blonde Frau, die sich in diesem Moment von ihm abwandte, um ihre Tränen zu verbergen, litt unter einem Verlust oder anderen Dingen, die sie ihm möglicherweise noch nicht offenbart hatte.
Vorsichtig trat er von hinten an sie heran. Er legte seine Hände auf ihre Schultern. Sanft, behutsam.

Die junge Ärztin drehte sich zu ihm um und ließ es geschehen, dass er sie umarmte.
Hark roch den Duft ihres Haars und spürte ihre weiche Haut an seiner Wange.
„Weißt du, damals in Braunschweig", begann Meike plötzlich, „da hat sich meine Familie um Isabella gekümmert, nachdem ihre Eltern gestorben waren. Sie kam damals zu uns ins Haus, und ich weiß noch, dass ich …" – Meike begann zu lachen, während ihr gleichzeitig die Tränen über das Gesicht liefen – „sie anfangs überhaupt nicht ausstehen konnte. Wir beide waren wie Feuer und Wasser, aber das hat sich irgendwann gegeben. Ich begriff, dass sie die Schwester sein konnte, die ich mir insgeheim immer gewünscht hatte. Und genau so ist es dann auch gekommen."
„Das hast du mir bisher nicht erzählt", sagte Hark, der sein Gesicht in ihrem Haar vergraben hatte.
„Wir machten die Schule zusammen und schrieben uns beide in Hamburg an der Uni ein. Und spätestens da waren wir Schwestern. Ich habe … ja, ich habe sie geliebt. Kannst du dir das vorstellen?"
„Ja", antwortete Hark. „Aber was ist passiert, dass ihr euch aus den Augen verloren habt?"
Meike wischte sich die Nässe aus dem Gesicht. Sie löste sich sanft aus seiner Umarmung, ging zum Küchentisch und schenkte den Tee in die beiden Tassen. Hark wusste, dass sie all diese Dinge tat, um Zeit zu gewinnen. Um das, was sie ihm zu sagen hatte, in Worte zu verpacken, die er verstand.
„Als wir damals zusammenwohnten, in Hamburg", begann sie, „hatten wir eine Menge Spaß. Wir waren zu dritt, genossen das Leben, so wie man es wohl nur als junger Mensch kann, wenn einem das Studium von den Eltern finanziert wird. Mein Vater zahlte für Isabella und mich. Er konnte es sich leisten, mit einer gut gehenden Firma im Rücken."

Meike gab Hark ein Zeichen, sich zu setzen. Er setzte sich auf den Platz, der ihm zugedacht war und griff nach seiner Teetasse.
„Wir haben in der Zeit eine Menge Leute kennengelernt. Irgendwann brachte Melanie, unsere Mitbewohnerin, einen Typen mit. Ingo hieß er. Ingo Albrecht. Ich habe ihn von Anfang an nicht gemocht, er hatte so eine verschlagene Art an sich. Isabella und Melanie fingen an, mit ihm auszugehen. Irgendwann war es nur noch Isabella. Sie war ständig mit diesem Kerl unterwegs und hat darüber ihr Studium vernachlässigt. Ich sah sie kaum noch. Aber wenn ich sie sah, war sie von Kopf bis Fuß neu eingekleidet, ebenso wie ihr Typ. Ich habe immer angenommen, dass er ihr all die Dinge gekauft hat, aber irgendwann fand ich heraus, dass es genau andersherum war. Sie war diejenige, die das Geld hatte. Und sie hat es meinem Vater aus dem Kreuz geleiert."
„Wie bitte?", fragte Hark nach und setzte seine Tasse ab, aus der er gerade einen Schluck genommen hatte.
„Sie hat es sehr geschickt angestellt. Hat meinem Vater vorgegaukelt, dass unsere Wohnung teurer geworden war und dass ich mich nicht traute, bei ihm um Geld zu fragen."
„Und Papa hat brav gezahlt", ergänzte Hark.
Meike nickte. „Mein Vater gehörte zu den Menschen, die denken, sie können alles mit Geld regeln. Und in seinem Leben hat es verdächtig oft funktioniert."
„Du hast Isabella darauf angesprochen, nehme ich an?", wollte Hark wissen.
„Natürlich. Ich konnte mit diesem Wissen nicht leben. Naja, es kam, wie es kommen musste: Wir gerieten über diese Sache in Streit. Sie zog endgültig aus unserer WG aus, und auch an der Uni ging sie mir aus dem Weg. Erst viel später, nach dem Studium, habe ich erfahren, dass dieser Ingo Albrecht dahinter steckte. Er hat sie abhängig ge-

macht, von sich und seiner Art. Er hat auf ihr Mitleid abgezielt, und mit dieser Masche ist er bei ihr durchgekommen. Sie war naiv, und sie hat mir am Ende sogar leidgetan."

„Am Ende?"

Meike schenkte sich Tee nach. „Als mein Vater starb, hielt mich nichts mehr in Braunschweig oder Hamburg. Ich kam her, um zur Ruhe zu kommen und ein neues Leben anzufangen. Erst vor einem Jahr hörte ich wieder von Isabella."

„Was wollte sie von dir?"

Meike umklammerte ihre Teetasse mit beiden Händen, genoss die Wärme, die sie ausstrahlte.

„Sie wollte sich bei mir entschuldigen. Und ich habe ihr verziehen. Nicht sofort, aber doch nach einigen langen Telefonaten, die wir geführt haben. Sie wollte ebenfalls weg von da unten, und sie fragte mich, ob ich etwas dagegen hätte, wenn sie nach Flensburg zieht und wir uns dort vielleicht mal wieder treffen."

„Zu diesem Treffen kam es aber nicht mehr?", vermutete Hark.

„Richtig", räumte Meike ein. „Das Letzte, was ich von ihr hörte, war, dass sie in Flensburg die neue Stelle antreten wollte. Aber auch daraus wurde nichts mehr. Und weißt du, was ich mich seitdem frage? Ich frage mich, ob sie ein Opfer ihrer eigenen Naivität geworden ist."

„Schon möglich", gab Hark zurück. „Sie kann zu jemandem ins Auto gestiegen sein, der sie später umgebracht hat, oder aber sie hatte an dem Haus an der Steilküste eine Verabredung, von der wir noch nichts wissen."

„Mit jemandem, den wir kennen?", hakte Meike nach.

„Wer wusste denn, dass sie hier hoch wollte?", überlegte Hark. „Das kann doch im Grunde nur jemand sein, der auch Kenntnis davon hatte, dass sie in der Schuhmann-Klinik eine neue Stelle antreten wollte."

„Scheiße“, entfuhr es Meike. Sie setzte ihre Teetasse ruckartig ab und starrte Hark mit aufgerissenen Augen an.
„Was hast du?“
„Der Typ, der vorhin hier war, Hagen Wilmers, der hat mal als Krankenpfleger gearbeitet. Ich weiß das von … von Sinje. Sie hat es mir irgendwann ganz beiläufig erzählt.“
„Jetzt sag bloß noch, dass er in der Klinik angestellt war?“
„Ja“, presste Meike hervor. „Nicht lange, glaube ich. Aber vielleicht lange genug, um Isabella bei ihrem ersten Besuch getroffen zu haben.“
„Dann galt sein peinlicher Auftritt heute Abend also möglicherweise gar nicht mir, sondern …“ Hark stockte. Seine Gedanken begannen, sich zu verselbstständigen.
Meike griff über den Tisch hinweg nach seiner Hand. „Hark“, sagte sie, „ich glaube, dass es im Ort jemanden gibt, der ein falsches Spiel treibt. Der Mörder ist irgendwo unter uns. Und das … macht mir Angst.“

- 24 -

„KANN ICH ETWAS zu trinken bekommen?“
Ein kleines Dienstzimmer in der Kriminaldirektion von Flensburg. Der Heizkörper verbreitete eine nahezu unangenehme Wärme, zumindest empfand Jürgen Packulat sie so.
Er hatte eine grauenvolle Nacht hinter sich, in der er im wahrsten Sinne des Wortes kein Auge zugemacht hatte. Wann immer er es versucht hatte, waren die entsetzlichen Bilder vom ermordeten Ziercke wieder lebendig geworden.
Dazu kam die ungewohnte und furchteinflößende Umgebung in der Zelle. Untersuchungshaft.
Jürgens Kehle war wie zugeschnürt, umso mehr, als er in diesem engen Raum über eine halbe Stunde lang auf das Eintreffen von Kommissar Junge und Werner Klinger gewartet hatte.
„Vielleicht eine Cola oder sowas?“, hakte Jürgen nach.
Junge legte seinen Mantel über die Lehne eines freien Stuhls und sah auf Jürgen herab, der unruhig auf seinem Platz hin und her rutschte.
„Es gibt hier nur Kaffee oder ein Glas Wasser“, sagte der Kommissar, als er sich setzte.
Der junge Mann verzog das Gesicht. „Ist mir egal“, sagte er.
Junge gab dem Beamten, der an der Tür Posten bezogen hatte, ein Zeichen. „Bringen Sie ihm beides. Und mir bitte auch einen Kaffee.“
Der Beamte nickte und verließ den Raum. Jetzt ließ sich auch Klinger auf einem Stuhl nahe der Heizung nieder.
„In Ordnung, Herr Packulat, dann fangen Sie mal an zu erzählen“, sagte Junge, der sich zurücklehnte und damit signalisierte, dass er alle Zeit der Welt habe. „Am besten

fangen Sie damit an, in welcher Beziehung Sie zu dem Ermordeten Herrn Rolf Ziercke standen."
„Wir kennen uns schon seit der Schulzeit", erwiderte Jürgen. „Rolf war zwei Klassen über mir, aber wir haben uns angefreundet und haben auch später Sachen zusammen gemacht."
„Was für Sachen?", hakte Junge nach.
Jürgen fuhr mit der flachen Hand über die Tischkante. „So Sachen eben. Rolf war halt schon älter und hatte ein Auto. Er hat mich mit zur Disco nach Tarp genommen oder wir sind Samstagabend nach Flensburg an den Hafen gefahren."
„Herr Ziercke hat in der Pathologie der Schuhmann-Klinik gearbeitet. Was wissen Sie darüber?"
„Nichts", gab Jürgen zurück. „Naja, nur dass er eben da gearbeitet hat, mehr nicht."
„Er hat mit Ihnen nie über seine Arbeit gesprochen?"
„Nein", antwortete der junge Mann, der sich mehrfach räusperte und fast flehentlich zur Tür blickte.
Sein stummes Gebet schien erhört worden zu sein, denn der Beamte erschien mit einem Plastiktablett, auf dem sich drei Tassen Kaffee und ein Glas Wasser befanden.
Jürgen griff gierig nach letzterem und nahm einen großen Schluck.
Junge ließ ihn gewähren und wartete, bis der Beamte den Raum wieder verlassen hatte.
„Entschuldigen Sie, aber das nehme ich Ihnen nicht ab, Herr Packulat", sagte er schließlich. Junge rührte in seiner Kaffeetasse herum, hielt seinen Blick jedoch starr auf sein Gegenüber gerichtet. „Ziercke hatte einen Job, der nicht alltäglich war. Er half in der Pathologie aus, wusch Leichen und machte Dinge, die eben sonst kaum jemand in seinem Alter tut. Er wird doch sicher mit Ihnen darüber gesprochen haben."

Jürgen setzte das Glas von den Lippen, das er fast gänzlich geleert hatte. „Na ja, schon. Klar hat er davon erzählt, und ich fand es ziemlich krass. Das war aber auch schon alles."
„Bist du dir da auch wirklich sicher?", fragte Klinger nach.
Jürgen sah irritiert in seine Richtung. „Warum fragen Sie mich das alles? Ich habe Rolf nicht umgebracht!"
„Kannten Sie Isabella Ehlert?", fragte Junge gerade heraus. Er hatte das Rühren eingestellt, hielt den Löffel aber noch in der Hand.
„Nein", erwiderte Jürgen. „Ich habe das erste Mal von ihr in der Zeitung gelesen. Es ist die Frau, die drüben bei uns im Wald gefunden wurde."
„Ganz recht", bemerkte Junge, legte den Löffel auf die Untertasse und trank einen Schluck Kaffee. „Wussten Sie, dass die Ermordete sich ebenfalls in der Klinik von Doktor Schuhmann beworben hatte? Sie hätte ihre Stelle zum fünfzehnten Januar antreten sollen."
„Nein, das wusste ich nicht. Woher denn auch?"
„Hätte ja sein können, dass Rolf dir etwas davon erzählt hat", schlug Klinger vor.
Jürgens Blick irrte zwischen den beiden Beamten hin und her. „Warum hätte er das tun sollen?"
Kommissar Junge beugte sich leicht vornüber. „Jetzt haben wir einen ziemlich wichtigen Punkt am Wickel. Warum hat Ziercke Ihnen gegenüber die junge Frau erwähnt? Was steckt dahinter?"
Jürgen riss die Augen auf, seine Hände, die auf der Tischplatte waren, verkrampften sich zu Fäusten. „Aber das hat er nicht! Ich wusste nichts von der Frau, bis … ach Scheiße, verdammt!"
„Er hat also doch von ihr gesprochen", stellte Junge fest. „Das dachte ich mir beinahe. Worum ging es dabei? Was genau hat er Ihnen gesagt?"
Jürgen Packulat wand sich auf seinem Platz. Er wusste, spürte, dass sich das Netz, in dem er sich befand, nun lang-

sam zuzog. Und er besaß kein Mittel, diesen Prozess aufzuhalten.
„Ich habe von ihr doch erst erfahren, als sie tot war. Ziercke machte eine Andeutung darüber, dass er sie gekannt hat. Nein, nicht direkt gekannt, aber er wusste wohl, wer sie war."
„Hat er Ihnen gesagt, wo er der Frau schon einmal begegnet ist?"
„Nein. Aber ich nahm an, dass es in der Klinik gewesen sein muss. Es war mir doch auch egal, ich habe nicht nachgefragt."
Junge schob seinen Kaffee beiseite. Er beugte sich vor und faltete seine Hände auf der Tischplatte ineinander. Als er sprach, tat er das in einem ruhigen, sachlichen Ton. „Herr Packulat, ich will offen mit Ihnen reden: Es sieht momentan nicht sehr gut für Sie aus. Wir haben Sie in der Wohnung Ihres Freundes angetroffen, nur wenige Minuten nachdem dieser durch mehrere Messerstiche getötet worden ist. Sie hatten sein Blut an den Händen, und inzwischen haben wir unter den Fingerabdrücken auf dem Messer auch die von Ihnen gefunden."
„Aber das kam doch nur dadurch, weil ich mich in der Dunkelheit zu ihm runtergebückt habe! Ich schwöre Ihnen, dass ich das Messer ansonsten nicht angerührt habe."
Jürgen atmete schneller. Auf seinen Wangen zeichneten sich rötliche Flecken ab.
„Mensch, Jürgen, es sind nur deine Abdrücke und die des Toten selbst drauf, weil er versucht hat, sich dieses verdammte Ding wieder rauszuziehen." Klinger hatte seine Hände in die Hüften gestemmt und blickte den Verdächtigen auffordernd an.
„Ich habe es nicht getan", presste Jürgen hervor. Er atmete inzwischen durch den offenen Mund, während sich auf seiner Stirn ein glänzender Schweißfilm bildete.

„Wir fanden Ihre Fingerabdrücke auch auf dem Schlüsselbund von Ihrem Bruder Johannes. Sie wissen doch, die Schlüssel, die bei der Leiche von Isabella Ehlert gefunden wurden.“
Kommissar Junge hatte auch diese Worte ruhig und mit Bedacht getroffen, aber gerade der nahezu wissenschaftliche Unterton verfehlte seine Wirkung nicht.
Jürgen schnappte nach Luft und hatte sichtlich Mühe, auf dem Stuhl sitzen zu bleiben. „Hannes hat mit der Sache nichts zu tun. Er hat die verdammten Schlüssel da verloren, weil … weil er irgendwann mal da gewesen ist. Er hat ständig mit diesen Schlüsseln rumgespielt, und natürlich hatte ich sie auch irgendwann in der Hand, wenn er sie mal wieder irgendwo vergessen hatte.“
„Herr Packulat“, sagte Junge schließlich, „wollen Sie uns dann nicht endlich die ganze Wahrheit erzählen, bevor wir Schlüsse ziehen müssen, die Ihnen noch weniger gefallen?“
Jetzt schaltete sich auch Klinger nochmals ein: „Was hast du mit Ziercke zusammen ausgeheckt? Und was hat sich gestern Abend in seinem Haus abgespielt?“
Jürgen wischte sich mit der flachen Hand über seine Lippen. „Rolf wusste, wer es gewesen ist“, sagte er schließlich. „Ich meine, er wusste, wer die Frau getötet hat.“
„Woher?“, fragte Junge schnell.
„Er hat oft mit diesem Kohn geredet.“
„Kohn?“, hakte Klinger nach. „Du meinst den Maler Erich Kohn aus Osterholz?“
„Ja“, gab Jürgen beinahe widerwillig zurück. „Der Typ ist auf Rolf zugegangen. Er wollte sich über ihn Zutritt zur Pathologie verschaffen, um da … er hat von den Toten irgendwelche Abdrücke gemacht. Von ihren Gesichtern und so.“
Junge und Klinger sahen sich an, ohne dass einer von ihnen ein Wort sprach.

„Sie wollen damit sagen, dass Herr Ziercke diesem Herrn Kohn unerlaubter Weise Zutritt zur Klinik verschafft hat?“, fasste Junge zusammen.
Jürgen bestätigte das mit einem Kopfnicken. „Anfangs waren es diese Masken. Der Kohn hat sie irgendwie noch verändert und sie dann später ausgestellt. Aber es blieb wohl nicht dabei. Einigen Toten hat er die Fingerkuppen abgetrennt.“
„Wie bitte? Was sagst du da?“ Jetzt war es der dicke Klinger, den es kaum noch auf seinem Stuhl hielt. Es fehlte nicht viel und er hätte in einer hektischen Armbewegung seine Kaffeetasse vom Tisch gefegt.
„Ich kann es nur so wiedergeben, wie Rolf es mir gesagt hat“, erklärte Jürgen. „Ich habe auch keine Ahnung, was der Typ damit gemacht hat. Ich fand es einfach nur krank und pervers. Aber nachdem Rolf hörte, was mit der Toten passiert war, dass ihr eben auch eine Fingerkuppe fehlte, da wusste er Bescheid.“
„Und ich nehme an, er wandte sich mit diesem Wissen an Kohn“, mutmaßte Kommissar Junge. „Ist das richtig?“
„Ja. Rolf sagte, er wäre schön blöd, zur Polizei zu gehen, weil der Kohn doch Geld wie Heu hat, und das … naja, er wollte es sich unter den Nagel reißen.“
„Und weil er in dieser Sache gut einen Verbündeten brauchen konnte, hat er Sie eingeweiht, entspricht das der Wahrheit?“
Jürgen nickte. Er griff nach seinem Wasserglas und stellte es gleich wieder weg, da er vergessen hatte, dass es bereits leer war.
„Sie haben also versucht, Herrn Kohn zu erpressen“, stellte Junge klar und blickte kurz zu Klinger herüber, der mehrfach den Kopf schüttelte und den jungen Verdächtigen mit offenem Mund anstarrte.

„Wie hat Herr Kohn sich verhalten, nachdem Herr Ziercke oder Sie beide mit Ihrer Forderung an ihn herangetreten sind?“
„Er hat eingewilligt“, antwortete Jürgen. „Ich meine, er hat dem Treffen zugestimmt. Und er hat sich bereit erklärt, fünftausend Euro mitzunehmen. Und da hab ich gedacht: Scheiße, der war es wirklich. Der Typ hat die Frau kaltgemacht, und jetzt hat er Schiss, dass wir ihn verpfeifen.“
„Dieses erste Treffen, von dem Sie reden, hat wann stattgefunden?“
„Vorgestern Abend.“
„Herr Kohn hat Ihnen beiden das Geld gegeben?“, bohrte Junge weiter.
„Ja“, sagte Jürgen. „Das heißt … er hatte es dabei, aber plötzlich hat er einen Rückzieher gemacht. Er wollte es uns nicht freiwillig geben.“
„Ihr habt ihn also beraubt“, folgerte Klinger, der aus dem Staunen nicht mehr herauskam. Sein aufgedunsenes Gesicht war gerötet und zeigte eine ungesunde Mischung aus Unglauben und Zorn.
„Wir haben es ihm abgenommen“, räumte Jürgen ein.
Im Anschluss erzählte er, was sich gestern tagsüber abgespielt hatte und ließ dabei auch Kohns Versprechen, mit ihnen beiden abrechnen zu wollen, nicht aus.
Jürgen sah, wie sich Kommissar Junge ein paar Stichworte auf ein weißes Blatt Papier notierte, das er anschließend umdrehte und auf dem Tisch liegen ließ.
„Erpressung, Körperverletzung und Raub“, fasste Junge zusammen.
„Aber ich erzähle Ihnen das doch nur aus dem Grund, damit Sie gegen diesen Kohn vorgehen können. Er war es. Verdammt nochmal, er muss es gewesen sein. Er ist gestern zu Rolf gefahren und hat ihn umgebracht. Dieses Schwein!“

„Herr Packulat“, fuhr Junge fort. „Denken Sie, dass sich jemand, wenn er erpresst wird und schuldig ist, so verhält, wie Sie es mir gerade geschildert haben?“
„Woher soll ich denn das wissen?“, schnappte Jürgen zurück. Allmählich veränderte sich seine Angst in Wut.
„Dann sage ich es Ihnen: Wenn Kohn tatsächlich der Mörder von Isabella Ehlert ist, wäre es da nicht wahrscheinlicher, dass er die geforderte Summe gezahlt hätte? Wieviel wollten Sie eigentlich von ihm? Ich meine, so insgesamt gesehen?“
„Keine Ahnung“, antwortete Jürgen gleichgültig. „Soweit waren wir ja noch gar nicht. Ich weiß nur, dass es Kohn war. Sie hätten den gestern sehen sollen, der war völlig durchgedreht. Er hat mich geschlagen. Und dann hat er gesagt, dass er sich Ziercke auch noch vorknöpfen will. Er hat gesagt, wenn wir ihn bei den Bullen verpfeifen, dann sind wir beide mit dran.“
„Wir werden mit Erich Kohn sprechen“, sagte Junge nach einer Weile des Schweigens. „Aber eines kann ich Ihnen schon jetzt sagen: Der Mann ist nicht der Mörder von Rolf Ziercke.“
Jürgen bäumte sich auf seinem Platz auf. „Woher wollen Sie das wissen? Sie haben ihn doch nicht mal befragt?“
„Das mussten wir auch nicht“, antwortete Klinger an Junges Stelle. „Denn als mich gestern Abend mein Kollege anrief, saß ich beim Essen im Grundhof Krug. Und zwei Tische weiter saß Erich Kohn. Mit anderen Worten: Genau zu der Zeit, als Rolf Ziercke umgebracht wurde, war ich mit Kohn zusammen. Tut mir leid, Jürgen, aber du wirst die Tat nicht auf diesen Mann abwälzen können.“

- 25 -

HARK HATTE DIE Nacht bei Meike verbracht, auf der Couch im Wohnzimmer, die alles andere als bequem gewesen war. Dennoch fühlte er sich am Morgen ausgeruht. Er beschloss, nach Flensburg zu fahren, um seine letzten Sachen aus dem Hotel in der Nähe des ZOBs zu holen. Das Auschecken war eine Sache von wenigen Minuten.

Über Nacht waren die Temperaturen erstmals in diesem noch jungen Jahr unter zehn Grad minus gefallen. Die Luft war klirrend kalt, und als Hark sich auf den Rückweg zum Parkplatz am Flensburger Mauseloch machte, rieselten feine Schneeflocken vom Himmel.

Er erreichte seinen Wagen und warf die Reisetasche in den Kofferraum. So viele Dinge gingen ihm durch den Kopf. Meikes Worte von gestern Abend zum Beispiel. In Osterholz braute sich etwas zusammen, das wurde immer deutlicher spürbar. Die Leute redeten nicht mehr nur hinter vorgehaltener Hand, sondern öffentlich. Ihre Stimmen wurden lauter. Verdachtsmomente wurden offen geäußert, und das war schon seit jeher ein ungesunder Nährboden gewesen, auf dem am Ende nur Gewalt und Chaos gediehen.

Man hatte Jürgen Packulat verhaftet. Diese Nachricht verbreitete sich wie das vielzitierte Lauffeuer. Die eigentlich überraschende Neuigkeit für Hark war jedoch der Grund. Es ging vorrangig nicht um den Mord an Isabella Ehlert, sondern um einen gewissen Rolf Ziercke, der im wenige Kilometer entfernten Grundhof brutal ermordet worden war. Zwischen den beiden Morden schien es eine unheilvolle Verbindung zu geben. Dennoch kam es Hark so vor, als würde irgendwo dazwischen noch ein wichtiges Bindeglied fehlen. Eines, das sie alle bisher übersehen hatten.

Und dann war da noch Anne. Was hatte sie gestern tatsächlich von ihm gewollt? Vieles an ihrem gestrigen Anruf er-

schien Hark heute Morgen rätselhafter denn je. Sie hatte sich bei ihm in einer Art und Weise über den Mord erkundigt, die für ihn über ein gesundes Maß an Interesse hinausging. Und eben dieser Aspekt beunruhigte Hark, beunruhigte ihn sogar so sehr, dass er kurzfristig beschloss, zu ihr zu fahren.
Er lenkte den BMW zur Westlichen Höhe hinauf. An diesem Morgen herrschte kaum Verkehr. Wer konnte, der blieb zu Hause oder war noch dabei, sein Fahrzeug von einem zentimeterdicken Eispanzer zu befreien. Einige der Autos am Straßenrand sahen tatsächlich aus, als wären sie mit Zuckerguss überzogen.
Der Winter war endgültig da, und er verwandelte selbst die Straßenzüge in Flensburg teilweise zu einem Ort der Stille.
Hark fand eine Parklücke und stieg aus. Als er die Straße überquerte, fiel ihm ein, dass er Anne hätte anrufen können. Beim letzten Mal hatte sie ihn darum gebeten. Nun, egal, wenn er ungelegen kam, würde er eben wieder gehen.
Vor der Gartenpforte blieb er abrupt stehen. Sie stand offen. Gerade so weit, dass sich ein Erwachsener durch den Spalt zwängen konnte. Hark hatte seine Schwester in den letzten Jahren wahrhaft nicht oft besucht, dennoch hatte er die Pforte immer geschlossen vorgefunden. Er erinnerte sich an das fürchterliche Quietschen, dass sie verursachte.
Er setzte seinen Weg fort und betätigte an der Haustür Annes Klingelknopf. Hark wartete, doch nichts rührte sich. Er klingelte nochmal, mehrmals.
Im Vorgarten pickten zwei Rotkehlchen nach Sonnenblumenkernen, die jemand in den Schnee gestreut hatte. Die Tierchen machten sich nichts aus Harks Anwesenheit.
Für einen Moment beobachtete er dieses friedliche Schauspiel, bis das Gefühl der Unruhe, das in ihm aufwallte, die Überhand gewann. Irgendwie konnte Hark nicht daran glauben, dass Anne nicht zu Hause war.

Kurzerhand wählte er den oberen Klingelknopf. Nur wenige Sekunden später näherten sich von der anderen Seite schlurfende Schritte.
Eine grauhaarige Frau, etwas zu grell geschminkt für ihr Alter, öffnete die Tür und sah ihn grimmig an. „Wenn Sie zu Frau Hagendorn wollen, kommen Sie besser später wieder."
„Warum das?", fragte Hark. „Ist sie nicht zu Hause?"
Die Alte, bei der es sich dem Klingelschild und Harks Wissen nach um die Vermieterin Frau Hoppe handelte, musterte ihn eingehend. Vermutlich wog sie ab, wieviel sie ihm erzählen konnte und was besser verschwiegen blieb. „Sind Sie ein Freund?"
„Ihr Bruder."
Wieder ein prüfender Blick. Dann lockerte sie ihre angespannte Haltung um einen Deut. Sie zog ihre graue Strickjacke fester zu und verschränkte ihre Arme vor der mageren Brust. „Sie ist oben, aber sie macht die Tür nicht auf. Ich habe heute Morgen schon oben bei ihr geklopft."
„Was sagen Sie da?", rief Hark. In seinem Kopf begann plötzlich eine Sirene anzuschlagen. Er schob die Alte beiseite und zwängte sich an ihr vorbei.
Im nächsten Augenblick war er bereits auf der Treppe und hastete die Stufen nach oben.
„He, na hören Sie mal! Sie können hier doch nicht einfach eindringen!"
Hark dachte insgeheim, was die Alte *ihn* konnte, hatte aber nicht die Absicht, ihr zu antworten. Er befand sich vor Annes Wohnungstür, die verschlossen war und klingelte und klopfte abwechselnd.
„Anne! Ich bin es, Hark! Bitte mach die Tür auf!"
Er klopfte weiter, hämmerte nun mit der Faust gegen die Tür.
„Sind Sie verrückt geworden? Lassen Sie das! Sie wird Ihnen nicht öffnen." Frau Hoppe war hinter ihm. Sie zupfte

empört an seinem Mantel. „Sie macht nicht auf, weil sie mal wieder voll ist. Aber wissen Sie was? Mir reicht es jetzt! Ich werde hinuntergehen und die Kündigung aufsetzen. Wer weiß, was sie mit der Wohnung gemacht hat."

„Jetzt halten Sie aber mal die Klappe, verdammt!", schrie Hark sie an. Er hatte sein rechtes Ohr gegen das Türblatt gepresst und versuchte, ein Lebenszeichen von drinnen aufzuschnappen.

Die Hoppe schnappte nach Luft. Ihr Mund stand weit offen. Dieser Zustand intensivierte sich noch, als Hark sich daran machte, die Tür einzutreten.

Bereits nach dem dritten Versuch hatte er Erfolg. Das Schloss gab mit einem trockenen Knacken nach, und die Tür knallte gegen die Innenwand des Flurs.

Die Alte schrie wie von Sinnen, doch Hark hatte die Person nun vollkommen ausgeblendet.

Anne war es, die zählte, denn insgeheim wusste Hark, dass hier etwas nicht stimmte.

Und er sollte recht behalten.

Er fand sie, auf dem Küchenboden liegend, in einer unansehnlichen Lache aus Erbrochenem.

„Anne! Mein Gott, Anne!"

Hark hatte die Worte geschrien, während er neben ihr auf den Boden sank.

Frau Hoppe mühte sich hinter ihm die Treppe hinauf, noch immer schreiend und schimpfend. Sie blieb kurzatmig in der Tür zur Küche stehen. Als sie sah, was geschehen war, gab sie endlich Ruhe, schlug sich die Hand vor den Brustkasten und stammelte unverständliches Zeug.

„Einen Arzt!", rief Hark. „Nun machen Sie schon. Rufen Sie sofort den Notarzt!"

Die Alte nickte und wandte sich ab. Endlich war sie verschwunden.

Hark kümmerte sich um seine Schwester. Er öffnete ihren Mund, um zu kontrollieren, ob sie erstickt war, ihre Zunge

zerbissen oder sonst was verschluckt hatte. Erleichtert stellte er fest, dass das nicht der Fall war.
Ihr Körper war warm, und sie atmete noch, aber das war auch schon so ziemlich alles, was mit ihr noch stimmte.
In der Wohnung stank es bestialisch nach einer Mischung aus Alkohol und Erbrochenem.
Anne war bewusstlos, vermutlich hatte sie getrunken, bis das Delirium eingetreten war. Auf dem Küchentisch befand sich eine halbvolle Flasche Wodka. Unter dem Tisch lag eine leere Flasche derselben Marke. Der Rest des Küchenfußbodens war mit Glassplittern übersät. Hark spürte nicht mal, dass ihm zwei davon gerade durch seine Hose in sein rechtes Knie drangen.
Er drehte den Körper seiner Schwester auf die Seite. Ihr Mund stand halboffen, ihr Gesicht war schlaff und ausdruckslos wie das einer Toten.
In seiner Verzweiflung sprang Hark auf, riss einen Kochtopf aus dem Küchenregal und drehte den Wasserhahn auf. Dann trat er ans Fenster hinüber und öffnete es sperrangelweit. Gierig saugte er die eiskalte Luft ein.
Hark drehte das Wasser ab und goss es Anne rigoros über den Kopf, in der Hoffnung, irgendein Lebenszeichen von ihr zu erhalten. Er hatte nicht die geringste Ahnung, ob das, was er tat, richtig war. Auf alle Fälle blieben seine Versuche wirkungslos. Anne blieb reglos in der Position liegen, in die Hark sie gebracht hatte.
Von irgendwoher im Haus näherten sich Schritte.
Frau Hoppe kam zurück. Kurzatmig und kreideweiß tauchte sie in der Türöffnung auf. Mit ihrem zerzausten Haar wirkte sie wie ein Schreckgespenst.
„Was ist?“, fuhr Hark sie an. „Haben Sie den Arzt gerufen?“
Die Hoppe nickte. „Er ist unterwegs. Sie schicken einen Wagen her. Ich habe es ihr ja immer gesagt.“

Hark wandte den Kopf in ihre Richtung. „Was haben Sie ihr gesagt?“
„Dass es mal so enden wird, wenn sie nicht aufhört, dieses harte Zeug zu trinken.“
„Raus hier“, sagte Hark ruhig.
„Wie bitte?“
„Machen Sie, dass Sie hier rauskommen, ehe ich mich vergesse! Hauen Sie ab!“
Die Alte fuhr heftig zusammen, wollte etwas erwidern, beließ es dann jedoch lediglich bei einem schnippischen Gesichtsausdruck. Sie wandte sich wortlos ab und begab sich die Treppe hinunter.
Hark rannte hinüber ins Wohnzimmer, wo er eine Wolldecke fand. Gerade wollte er den Raum wieder verlassen, als ihm etwas auffiel. Er machte Halt, ließ die Decke auf den Boden fallen und wandte sich nach links zu dem kleinen Konsolentischchen, auf dem das Festnetztelefon stand.
Erst hatte er angenommen, dass es ausgeschaltet war. Aber das war nicht der Fall. Jemand hatte den Stecker aus der Telefonbuchse gezogen und den kleinen Tisch wieder so platziert, dass es erst auf den zweiten Blick auffiel. Ein Zufall?
Nein, dachte Hark. So betrunken konnte Anne nicht sein, dass sie derartige Dinge tat. Ein Alkoholiker zerstörte vielleicht im Suff absichtlich oder versehentlich irgendwelche Dinge. Manche mochten auch randalieren oder sich weiß Gott wie verhalten, aber niemand würde ohne einen besonderen Grund den Stecker aus der Dose ziehen. Das ergab einfach keinen Sinn. Es sei denn …
Es sei denn, jemand wollte verhindern, dass sie auf diese Weise Hilfe herbeiholte, schoss es Hark durch den Kopf.
Es war nur ein kleiner Gedanke, der jedoch rasch zu etwas Gigantischem in seinem Gehirn heranwuchs.
Jemand ist hier gewesen, dachte er. Hier in der Wohnung seiner Schwester.

Als sie ihn gestern anrief, war sie vollkommen nüchtern gewesen. Sie hatte sich verdammt nochmal nicht danach angehört, dass sie sich heute besaufen würde, als ob es kein Morgen mehr gäbe.
Hark bückte sich nach der Decke und hastete in die Küche. Anne atmete flach durch den offenen Mund. Das Haar klebte ihr nass am Kopf.
Hark bückte sich und legte behutsam die Decke über sie.
„Anne, wer hat dir das angetan?“
Er erhielt keine Antwort. Natürlich nicht. Aber er musste diese Frage stellen, sich selbst stellen.
Langsam stand er auf, kehrte ins Wohnzimmer zurück und hielt Ausschau. Er wusste nicht, wonach er suchte, aber alles konnte im Moment wichtig sein.
Sein Blick wanderte über den schäbigen Schrank aus Presspappe. Auf einem Regalbrett stand ein Foto ihrer Eltern, schräg dahinter eines von Hark und davor ein kleineres von Marten. Es steckte in einem silbernen Rahmen und zeigte seinen Sohn, als er etwa acht Jahre alt gewesen sein mochte.
Anne hatte ihre Familie nicht vergessen. Anders herum wurde ein Schuh daraus.
Wer war bei ihr gewesen?
Der Gedanke drängte sich immer und immer wieder in den Vordergrund, und Hark gelangte zu der Überzeugung, dass er es hätte wissen müssen. Die Lösung schien greifbar nahe, und doch entzog sie sich ihm immer wieder.
Hark suchte die Wohnung seiner Schwester ab. Das Wohnzimmer, den Flur.
Im Bad öffnete er die Schränkchen, kramte in den Wäschekörben herum, auf der Suche nach Rasierzeug, Männer-Shampoo, Boxershorts, Hemden, nach irgendetwas, das darauf hindeutete, dass sie Herrenbesuch gehabt hatte. Nichts. Auch im Schlafzimmer gab es keine Anzeichen dafür, dass hin und wieder jemand bei ihr übernachtete.

Und doch musste es da jemanden geben. Der Telefonstecker war der Beweis dafür.
Die Alte!
Hark rannte aus der Wohnung, die Treppe hinunter. Er fand Frau Hoppe auf der Haustürschwelle, mit verkniffenem Gesicht und frierend.
„Ist heute jemand bei meiner Schwester gewesen?", fragte Hark gerade heraus.
Sie sah ihn irritiert an.
„Sie haben doch gehört, was ich gefragt habe", mahnte Hark ungeduldig. „Hat meine Schwester heute Morgen Besuch gehabt?"
„Ich weiß es nicht", kam es stockend zurück.
„Was soll das heißen?"
Die Alte verschränkte wieder die Arme und wich einen Schritt vor Hark zurück. „Ich war nicht die ganze Zeit über hier. Ich bin unten in der Stadt gewesen. Aber als ich zurückkam, da … ich weiß nicht, ob es wichtig ist, aber mir ist sofort aufgefallen, dass die Gartenpforte auf der rechten Hausseite offenstand."
Die Pforte.
Und plötzlich wusste Hark, dass er recht hatte. Verdammt, er hatte das quietschende Geräusch doch gehört. Und zwar nicht nur gestern, als sie telefoniert und Anne das Gespräch abrupt beendet hatte.
Nein.
Es war bei seinem ersten Besuch gewesen. Hier in der Küche hatte er mit ihr gesessen. Sie hatten sich unterhalten, als plötzlich das Geräusch zu ihnen heraufgedrungen war. Daraufhin hatte sie Hark mehr oder weniger deutlich gebeten zu gehen. Verdammt, sie hatte einen Liebhaber, Lebensgefährten oder was immer der Kerl für sie sein mochte.
Sie hatte dieses Detail vor ihm geheim gehalten, und jetzt würde es sie möglicherweise das Leben kosten.

Von irgendwoher näherte sich das Geräusch einer Sirene. Der Krankenwagen.
„Haben Sie die Tage zuvor jemanden gesehen, der meine Schwester besucht hat?“, fragte Hark weiter. „Einen Mann vielleicht?“
„Ich habe ihn nie gesehen“, antwortete die Alte zu Harks Überraschung. „Ich nehme aber an, dass es ein Kerl war. Hat sich mitunter abends heimlich hereingeschlichen. Ich habe es immer nur an der Pforte erkannt, wenn sie Besuch bekam.“
Hark ließ sie vor der Tür stehen und rannte die Treppe hinauf, zurück in die Wohnung.
In der Küche sank er vor Anne auf die Knie. Er streichelte ihre Wange, die ihm zugewandt war, strich ihr über das nasse Haar und nahm ihren Kopf vorsichtig auf seinen Schoß.
Sein rechtes Knie blutete und er hatte sich mit Kotze besudelt, aber all das registrierte er nur am Rande.
Er versuchte, sich die Person vorzustellen, die bei seiner Schwester gewesen war, doch vor seinem geistigen Auge tauchte nur eine verschwommene Gestalt auf, konturlos, blass und namenlos.
Vor dem Haus fuhren zwei Wagen vor. Nur wenige Sekunden später stürmten die Rettungssanitäter in die Wohnung. Sie wurden von einem Arzt begleitet, der sich Hark als Doktor Bäumer vorstellte.
Hark schilderte, wie er seine Schwester aufgefunden hatte. Während er das tat, wurde ihm klar, dass er sich die Mühe sparen konnte. Der Arzt war ein wachsamer Mann und hatte die Situation längst erfasst. Er veranlasste den Transport hinunter zum Rettungswagen.
Hark sah tatenlos zu, wie die beiden Sanitäter Annes schlaffen Körper auf die Trage hoben und sie aus der Küche hinaus in den engen Hausflur bugsierten.

Hark und Doktor Bäumer eilten hinterher, die Treppe hinunter und ins Freie.
„Sie!“, wetterte Frau Hoppe, als sie Hark erkannte. „Sie bleiben mal schön hier. Sie werden mir die Tür da oben ersetzen.“
Hark ließ die Alte stehen und begab sich an das Heck des Rettungswagens, in dem Anne gerade durch die beiden Männer in Uniform auf die Pritsche gehievt wurde.
Doktor Bäumer bereitete bereits eine Injektion vor. Als das erledigt war, wandte er sich kurz Hark zu.
„Sie sind ihr Bruder? Wollen Sie mit in die Klinik fahren?“
„Schuhmann?“, fragte Hark zurück.
„Diako“, antwortete Bäumer.
In diesem Augenblick geschah etwas. Annes Körper zuckte.
Hark sah die Bewegung ihrer Füße.
Doktor Bäumer drehte sich wieder um und beugte sich über seine Patientin.
Hark hörte, wie Anne ein Wort sagte, das er jedoch nicht verstehen konnte.
„Ist sie wach?“, fragte er und spürte, wie neue Hoffnung in ihm aufkeimte.
Der Arzt drehte sich um und schüttelte den Kopf. „Sie ist gleich wieder bewusstlos geworden. Wir müssen jetzt los. Wenn Sie mitfahren wollen, dann kommen Sie bitte.“
„Was hat sie zu Ihnen gesagt?“, wollte Hark wissen.
Doktor Bäumer setzte sich auf seinen Sitz und sah zu Hark hinüber. „Es war ein Name. Wenn ich ihn richtig verstanden habe, lautete er Marten.“
Hark starrte den Arzt an. Er trat einen Schritt zurück, vom Wagen weg. „Dann fahre ich nicht mit“, sagte er und sah zu, wie die Tür geschlossen wurde und der Rettungswagen davonfuhr.

Nein. Er würde nicht mitfahren. Hark wurde schlagartig klar, dass er an einer ganz anderen Stelle noch mehr gebraucht wurde.
Und dieses Mal betete er, dass er nicht zu spät kam.

- 26 -

ERICH KOHN STAND am Fenster und sah hinaus, wie der Schnee lautlos zu Boden ging. Die Scheibe war halb beschlagen von seinem Atem, doch das nahm er nicht wahr. Er stand da und strich in mechanischen Bewegungen über seinen schwarzen Hut, den er sich inzwischen wiedergeholt hatte. Er war vom Schmutz befreit, genau wie Kohn selbst, so dachte er jedenfalls.

Den gemeinen Erpresser und Dieb Ziercke hatte der Teufel geholt. Eigentlich hätte Kohn über diese Tatsache eine gewisse Erleichterung verspüren müssen, aber irgendwie wollte sich dieses Gefühl einfach nicht einstellen.

„Erich?“

Kohn zuckte heftig zusammen, als er die Stimme hinter sich hörte. Angela hatte sich ihm fast lautlos genähert. Sie stand schräg hinter ihm, fasste ihn sanft am Arm und schmiegte sich, nachdem er diese Berührung zugelassen hatte, an ihn.

„Es wird doch noch ein harter Winter werden“, sagte er.

„Ja“, gab sie nach einer Weile zurück. Sie schwiegen und sagten sich damit mehr als je zuvor. Was danach folgte, war nur noch Makulatur.

„Ich war es nicht“, sagte Erich. Er berührte ihre schlanken Hände, die sich vor seiner Brust umschlossen. „Die Tote beim Haus am Abgrund. Du weißt schon.“

„Ich weiß“, gab Angela zurück. „Jemand wollte, dass es so aussieht, als hättest du es getan. Das wolltest du doch sagen, Erich?“

Er sagte ihr, dass es so war. Mehr musste sie nicht wissen.

Es klopfte.

Die Kohns standen weiter eng umschlungen da, bis sich das Geräusch wiederholte und eine tiefe Stimme von draußen dumpf zu ihnen klang.

Angela löste ihre Verbindung, durchquerte das Wohnzimmer, in dem ein wohliges Feuer im offenen Kaminofen prasselte. Sie ging zur Tür und öffnete.
„Guten Tag, Frau Kohn“, sagte Hauptkommissar Junge. „Dürfen wir hereinkommen?“ Er deutete auf Werner Klinger, der frierend hinter ihm stand.
„Natürlich“, erwiderte Angela und gab den Weg frei.
Die beiden Beamten folgten ihr in den geräumigen Hausflur, der noch mit einem alten Terrazzofußboden ausgelegt war. Neben der Tür zum Wohnzimmer stand eine große, braune Bauerntruhe mit schwarzen Metallbeschlägen.
Junge nickte dankbar, knöpfte seinen weiß gepuderten Mantel auf und bewunderte dabei die Bilder, die, geschickt angeordnet und von Strahlern erhellt, nahezu überall an den Wänden hingen. Der Kommissar ließ sich Zeit, jedes Bild zu studieren. Er kniff die Augen zusammen, trat näher an die einzelnen Werke heran, dann wiederum war er um einen größeren Abstand bemüht, um den Inhalt und den Ausdruck der Bilder ganz zu erfassen. Es hatte den Anschein, als wolle er sich kein Detail entgehen lassen.
„Alles Werke Ihres Mannes? Ist er da?“, fragte Junge.
„Er ist nebenan“, sagte Angela Kohn und deutete auf den Durchgang zum Wohnzimmer. „Und ja, all diese Bilder hat mein Mann gemalt. Es sind seine Lieblingswerke, die nie oder nur sehr selten auf Ausstellungen zu sehen sind.“
„Verstehe, sehr interessant“, erwiderte Junge, lächelte die Dame des Hauses an und trat über die Schwelle in das Wohnzimmer, das nahezu gigantische Ausmaße hatte. Es erstreckte sich in dem alten Reetdachhaus über sechs oder sieben Meter in der Länge. Irgendwann musste hier eine Trennwand entfernt worden sein, überlegte der Kommissar. Auch hier setzte sich die Aneinanderreihung von Kunstwerken fort, doch niemals so, dass der Raum dadurch überladen wirkte. Malereien wechselten mit Skulp-

turen, Bildhauerarbeiten mit Fotografien, dazu Ölgemälde, Aquarelle und Kupferstiche.
In der Mitte des Raumes, an einem der Fenster, die in den großzügigen Garten zeigten, stand der Erschaffer all dieser Kunstwerke.
Erich Kohn drehte sich um, als die beiden Beamten den Raum betraten. Sein Gesicht zeigte ein mildes und zugleich hintergründiges Lächeln.
Sie reichten sich die Hände, auf beiden Seiten noch immer lächelnd.
Als Junge wieder ernst wurde, sagte er: „Ich würde mich gerne ein wenig mit Ihnen unterhalten, Herr Kohn. Aber nicht unbedingt hier. Wenn Sie gestatten, würde ich mir gerne einmal Ihr Atelier ansehen ." Kohns Mundwinkel sackten eine Spur herab. „Haben Sie einen Durchsuchungsbeschluss?"
„Nein", sagte Junge leise, als wolle er sich für dieses Versäumnis entschuldigen. „Benötige ich denn einen?"
Kohn legte seinen Hut auf die Lehne eines alten, schwarzen Ledersofas. „Ich denke nicht. Wenn Sie mir bitte folgen wollen?" Der Künstler winkte mit seiner schlaffen, rechten Hand und ging voran, wandte sich einer rohen, weiß gestrichenen Brettertür mit altmodischer Knopfklinke zu und öffnete sie.
Von dort führten zwei schlichte Steinstufen in sein Heiligtum.
Junge stieg sie bedächtig hinunter und sah sich um. Mehrere Staffeleien waren in dem luftigen und ebenfalls großzügigen Raum aufgestellt. Es roch nach Farbe und vielleicht einem Spritzer Reinigungsflüssigkeit – eine Menge an Eindrücken, die gleichzeitig auf den Besucher einwirkten.
Doch Junge wusste, weshalb er gekommen war, und er wurde schnell fündig. Zu offensichtlich hatte Kohn sie präsentiert – seine Totenmasken, die in einer geraden Linie

an den Wänden hingen, nur durchbrochen durch die beiden hölzernen Sprossenfenster.
Junge wanderte an der langen Reihe entlang, bis er vor einer Maske stehenblieb. „Es sind alles Totenmasken, richtig?“
„Richtig“, erwiderte Kohn, der in der Mitte des Raumes, unmittelbar neben der verhängten Staffelei, stehengeblieben war.
Junge deutete auf die Maske, die genau vor ihm auf Augenhöhe hing. Ein kalkweißes Gebilde, das ein wunderschönes, ausdrucksvolles Gesicht zeigte, das zu einer jungen Frau gehörte. „Wie kommen Sie an dieses Gesicht?“ Junges Zeigefinger tippte leicht auf die weiße Gipsmaske.
„Würden Sie Ihre Frage bitte präzisieren?“, gab Kohn leise zurück.
Junge wandte sich ihm zu. „Dieses Gesicht gehört zu der Toten, die Herr Hagendorn beim Haus an der Steilküste gefunden hat. Ihr Name war Isabella Ehlert.“
Für einen Moment machte sich eine unangenehme Stille im Raum breit. Als Kohn nicht antwortete, fuhr Junge fort: „Sie hatten keine Gelegenheit, von der Toten eine Maske anzufertigen, denn ihr Körper wurde nach dem Anspülen am Ostseeufer direkt an die Gerichtsmedizin überstellt. Es sei denn …“ Junge legte eine Pause ein. Er wandte sich von der Maske ab und ging auf Erich Kohn zu, bis sie sich direkt gegenüberstanden. „Es sei denn, Sie waren unmittelbar nach der Tat bei der Toten, oder Sie selbst haben sie umgebracht.“
Der Kommissar hatte bewusst leise, aber bestimmt gesprochen. Er untermalte seine Worte mit einem gefährlichen Unterton.
Werner Klinger und Angela Kohn standen schweigend hinter den beiden Männern.
Kohn sagte noch immer nichts. Es schien, als sei er gar nicht mehr in dieser Welt.

„Warum haben Sie gelogen, als ich Sie bat, die Tote auf dem Foto zu identifizieren?“
„Das ist wahr, Erich“, meldete sich nun auch Klinger zu Wort. „Wir sind von Haus zu Haus gegangen. Ihr beide gehörtet zu den Ersten, die wir gefragt haben.“
Die Blicke der Beamten richteten sich nun auch auf Angela, die aufrecht und würdevoll dastand. „Ich glaube, wir müssen es ihnen erklären, Erich.“
Kohn atmete tief ein. Er ging die wenigen Schritte bis zu der weißen Maske mit den fein geschnittenen Gesichtszügen, die an eine griechische Göttin erinnerten. Er betrachtete sie lange. Dann wandte er sich um, blickte von einer Person zur anderen.
„Ich bin bei der Schuhmann-Klinik gewesen an jenem Tag. Ich weiß nicht mehr, wann genau es war.“
„Sie sprechen vom einundzwanzigsten Dezember, kurz vor Weihnachten“, half Junge aus. „Der Tag, an dem sich Frau Ehlert bei Doktor Schuhmann vorgestellt hat.“
„Ich war dort“, wiederholte Kohn. Er sah zum Fenster herüber, und es war ihm anzusehen, dass er die Szene, die er gerade schilderte, noch einmal in Gedanken durchlebte. „Ich saß in dem kleinen Café, das sich schräg gegenüber vom Haupteingang der Klinik befindet. Ich sah sie herauskommen, die Straße überqueren. Dann öffnete sie die Tür und setzte sich an den Tisch mir gegenüber. Mir fiel sofort ihr außergewöhnliches Gesicht auf. Ein Gesicht, das man nicht alle Tage sieht, wissen Sie? Auch als Künstler nicht.“
Kohn blickte zu seiner Frau hinüber. Ein um Verständnis bittender Blick, den er vermutlich nicht einmal mehr nötig hatte. „Ich saß da und konnte den Blick nicht von ihr wenden. Vermutlich habe ich sie unverhohlen und ungeniert angestarrt. Natürlich hat sie es schon bald bemerkt. Aber dann geschah das Außergewöhnliche: Sie lächelte. Sie … sie lächelte mich an.“

Kohn drehte sich zum Kommissar um, nickte, wartete ab, ob dieser signalisieren würde, ihn verstanden zu haben. Doch Junge schwieg, ebenso wie Klinger.
Kohn holte Luft. „Wir kamen ins Gespräch. Natürlich habe ich mich für mein ungebührliches Verhalten entschuldigt. Ich setzte mich zu ihr, lud sie auf einen Kaffee ein. Wir sprachen lange miteinander, und ich erklärte ihr, wer ich bin. Und was ich tue."
„Mein Gott, Kohn", entfuhr es Klinger. Der Polizist hatte seine Mütze abgenommen und kratzte sich an der Stirn. Nach dem, was er gerade hörte, schien es ihm unangenehm, den anderen weiterhin beim Vornamen zu nennen.
„Bitte erzählen Sie weiter", forderte Junge den Künstler auf, nicht ohne seinen Kollegen mit einem mahnenden Blick zu bedenken.
„Wir tranken unseren Kaffee aus, bezahlten und verließen das Café. Ich nahm sie in meinem Wagen mit hierher. Nicht wahr, Angela, du kannst meine Aussage doch bestätigen?"
„Es ist wahr, was mein Mann sagt", erwiderte Angela Kohn. „Auch das, was er über das junge Mädchen gesagt hat. Sie war eine ganz reizende, überaus positive Person."
„Positiv?", hakte Junge nach. „Was genau meinen Sie damit?"
„Ein Mensch, wie man ihn heute nur noch ganz selten trifft", erklärte Angela. „Frisch, unverbraucht, lebensfroh und ohne jegliche negativen Schwingungen. Sie wirkte fast wie ein unschuldiges Kind, das im Körper einer attraktiven Frau steckte."
Kohns Augen weiteten sich einen Deut. „Das ist genau die Formulierung, nach der ich gesucht habe. Sie trifft das, was mich an dem Mädchen faszinierte. An ihrem Gesicht. Vor allem an ihrem Gesicht." Er sah den Kommissar nun beinahe flehend an. „Ich fragte sie, ob ich von ihrem Gesicht eine Maske anfertigen darf. Und sie war einverstan-

den. Ich machte den Gipsabdruck noch am selben Tag. Und selbst als er fertig war, blieb sie noch zum Abendessen. Wir haben uns glänzend unterhalten. Die Tatsache, dass sie auf eine sehr bezaubernde Art noch kindlich wirkte, bedeutete nicht, dass sie keinen Intellekt besaß."

„Mein Mann hat sie später am Abend zurück nach Flensburg gefahren und sie dort in den Zug gesetzt", ergänzte Angela. „Wir haben ihr das Ticket bezahlt."

„Hatten Sie beide danach noch Kontakt zu Frau Ehlert?", wollte Junge wissen.

Die Kohns sahen ihn verwundert an. „Nein, natürlich nicht", erwiderte Angela.

„Ich begreife immer noch nicht, warum ihr mich angelogen habt", fuhr Klinger dazwischen. „Warum habt ihr bei der Befragung ausgesagt, dass ihr die Tote nicht kennt?"

„Weil wir wussten, was mit ihr passiert war", presste Kohn hervor. „Und weil wir ahnten, dass man mich verdächtigen würde. Verdächtigen musste."

„Warum kamen Sie auf die Idee?", fragte Junge. Sein Ton hatte an Schärfe zugenommen.

Kohn lächelte matt. „Sie wissen es doch längst. Sie haben den jungen Packulat verhört, sicher mit allen Ihnen zur Verfügung stehenden Methoden."

„Ihnen ist hoffentlich klar, in welche Lage Sie sich damit gebracht haben?", fragte Junge. Er hielt den Blick unverwandt auf den Hausherrn gerichtet. „Also schön, Herr Kohn, wir wissen, dass Sie gewissen Neigungen unterlegen sind. Wir wissen, dass Sie mit Rolf Ziercke eine Vereinbarung hatten, nach der er Ihnen gegen Bezahlung Zutritt zur Pathologie der Schuhmann-Klinik verschaffte. Dort haben Sie sich illegalerweise an den Toten zu schaffen gemacht."

„Ich nahm die Abdrücke ihrer Gesichter", gab Kohn zu. „Nicht von allen, nur von denen, die mich inspirierten. Sie werden das nicht verstehen."

„Da haben Sie recht", räumte Junge ein, „an der Stelle hört mein Kunstverstand auf. Das Entscheidende ist aber doch wohl, dass es nicht bei diesen Masken blieb. Sie entfernten einigen Leichen die Fingerkuppen. Ist das richtig?"
Kohn antwortete nicht, sodass Junge seine Frage wiederholte.
„Erich?", flüsterte Angela.
„Ja", gestand Kohn schließlich.
„Und was, Kohn, was um alles in der Welt haben Sie damit angestellt?"
„Ich benutzte sie zum Malen", sagte Kohn mit leiser Stimme. „Zu jeder Totenmaske, die Sie hier sehen, existiert ein Gemälde. Nur dass ich dazu keinen Pinsel verwendet habe, sondern …" Kohn ließ den Satz unvollendet. Stattdessen trat er zu der Staffelei hinüber und zog in einer kraftlos wirkenden Bewegung das Leinentuch herunter.
Auf der Leinwand war ein düsteres Szenario zu erkennen. Schattengestalten, die dabei waren, einen Fluss zu überqueren, von einem Ufer zum anderen. Doch die Strömung schien sie mit sich zu reißen, sodass dem Betrachter des Werks klar wurde, dass niemand je das andere Ufer erreichen würde.
Kommissar Junge ging zu Kohn hinüber und blieb vor dem Bild stehen. Er ging so nahe heran, dass das Bild seine Schärfe, seine klaren Konturen verlor. Stattdessen wurden die einzelnen Farbtupfer erkennbar sowie das einmalige und auf den ersten Blick verwirrende Muster von feinsten Linien, die wellenförmig übereinander verliefen. Für Junge als Kripo-Mann gehörten Fingerabdrücke zum Berufsalltag, in dieser Form war er ihnen jedoch noch nicht begegnet.
Junge ertappte sich dabei, wie ihm ein Schauer des Entsetzens über den Rücken jagte. „Wessen Fingerabdruck ist das?", fragte er trocken. Er hatte Mühe, die Beherrschung nicht zu verlieren.

„Er gehört nicht zu ihr, falls Sie das annehmen sollten“, antwortete Kohn. Er deutete auf eine Maske, die rechts außen an der Wand hing. „Es war ein junger Mann. Er ist vergangenes Jahr im Flensburger Hafen ertrunken.“
„Ertrunken“, wiederholte Junge und warf einen letzten Blick auf die gequälten Seelen, die vergeblich versuchten, in eine neue, vermeintlich bessere Welt aufzubrechen.
„Menschenskind, Kohn“, meldete sich Klinger zurück, der allein vom Zuhören schneller atmete, „der Toten wurde die Kuppe des rechten Zeigefingers abgetrennt. Wo ist die geblieben?“
„Ich war es nicht“, sagte Kohn leise. Er wiederholte die Worte noch einmal. Sie wehten wie ein schwacher Lufthauch durch den Raum.
„Das kannst du uns doch nicht erzählen“, brauste Klinger auf. Er wollte noch etwas hinzufügen, doch sein Vorgesetzter mahnte ihn mit einem strengen Blick ab.
„Ich frage Sie jetzt noch einmal“, setzte Junge an, „und ich rate Ihnen gut, sich Ihre Antwort gründlich zu überlegen: Haben Sie Isabella Ehlert getötet, und haben Sie ihr die Fingerkuppe abgetrennt?“
„Nein“, antwortete Kohn. „Ich war es nicht.“
„Dann hat es wohl auch wenig Sinn, Sie nach Ihrem Alibi zu fragen, was die Tatzeit angeht?“
„Das haben Sie schon bei Ihrer ersten Befragung getan“, antwortete Angela Kohn. „Und wir bleiben dabei, dass wir beide hier zu Hause waren.“
Junge lächelte hintergründig. Zu Kohn gewandt, sagte er: „Sie können sich glücklich schätzen, dass Sie für den Mord an Rolf Ziercke ein bombensicheres Alibi haben. Das ist der einzige Grund, warum ich Sie nicht an Ort und Stelle verhafte.“
„Ich war im Gasthaus“, krächzte Kohn mit belegter Stimme. „Und danach bin ich nach Hause zu meiner Frau gefahren.“

Junge winkte ab. „Bemühen Sie sich nicht, wir finden allein hinaus. Kommen Sie, Klinger, es wird Zeit.“
Die beiden Beamten verließen das Atelier. Die Kohns warteten, bis sie die Haustür ins Schloss fallen hörten.
Keiner von ihnen sprach ein Wort, selbst dann noch nicht, als draußen vor dem Haus ein Wagen ansprang und langsam über die hart gefrorene Schneedecke davonfuhr.

- 27 -

DER HIMMEL HATTE sich bezogen. Die Temperaturen waren auf dem Durchmarsch in Richtung der Fünfzehngrad-Grenze.
Zu allem Überfluss bildete sich ein Niederschlag, der in der Luft gefror.
Hark schaltete die Scheibenwischer seines Wagens auf die höchste Intervallstufe und musste sich auf den glatten Straßen zwingen, langsamer zu fahren.
Unentwegt hatte er versucht, Sinje über ihr Handy zu erreichen, doch es sprang immer nur die Mailbox an, ohne dass sich jemand meldete.
Auf der B199 behinderten zwei liegen gebliebene Fahrzeuge den Verkehr. Es dauerte eine halbe Ewigkeit, bis Hark zusammen mit der übrigen Fahrzeugkolonne an der Unfallstelle vorbeikam. Ein grauer Polo war von der Fahrbahn abgekommen. Die junge Fahrerin stand am Straßenrand und wartete offenbar zusammen mit den Insassen eines roten Opels auf das Eintreffen des Abschleppwagens oder der Polizei.
Es ging schließlich weiter. Die Kolonne schob sich Richtung Munkbrarup, und auf Höhe der Ortschaft Ringsberg begegneten Hark doch tatsächlich die orange-blinkenden Lichter eines Räumfahrzeugs.
Es dauerte weitere zusätzliche Minuten, bis Hark endlich von der Bundesstraße abbiegen konnte, um Richtung Westerholz zu gelangen. Die Straßen waren passierbar, aber unter dem Neuschnee lauerte eine glatte Fahrbahn.
Kurz hinter Langballigau geriet Harks BMW ins Schlingern, drohte auszubrechen, doch wie durch ein Wunder fing sich der Wagen wieder, und Hark nahm gleichzeitig den Fuß vom Gas.

Mit erneut verminderter Geschwindigkeit nahm er den Haffberg und hatte nach fünf weiteren Minuten endlich sein Ziel erreicht: Sinjes Haus am Sandweg.
Hark sprang aus dem Wagen, stapfte zur Haustür und klingelte.
Nichts rührte sich, obwohl beide Autos, Sinjes Kleinwagen und der heruntergekommene Porsche von Hagen Wilmers, auf dem kleinen Parkplatz nebenan standen.
Hark versuchte es erneut, und endlich erhielt er von drinnen eine Art Lebenszeichen. Stimmen, die miteinander stritten.
Die Tür wurde aufgerissen.
Hagen Wilmers sah nach draußen. Sein Gesicht zeigte einen Ausdruck der grenzenlosen Überraschung. Offenbar hatte er mit allem und jedem gerechnet, nur nicht mit Hark.
„Du hast echt Mut, das muss man dir lassen“, stellte Hagen fest und brachte es fertig, seine Worte mit einem Lächeln zu untermalen, das allerdings zur Grimasse geriet.
„Ich habe jetzt keine Zeit für diesen Scheiß“, entgegnete Hark und trat entschlossen einen Schritt vor. „Wo ist Marten?“
Hagen schüttelte demonstrativ den Kopf. „Hast du es noch nicht begriffen? Du hast hier nichts mehr zu melden. Weder bei Sinje, noch bei Marten. Du bist raus, kapiert? Und jetzt verschwinde hier, bevor ich dir …“
Harks Kopfnuss traf Hagen Wilmers wie ein Blitz aus heiterem Himmel. Hark spürte einen heftigen Aufprall an der Stirn, der jedoch nicht weiter schmerzhaft war. Zugleich ertönte ein hässliches Knacken, und gleich darauf der überraschte, wütende Aufschrei Hagens.
Der Mann mit dem pockennarbigen Gesicht hielt sich am Türrahmen fest, während ihm das Blut aus beiden Nasenlöchern tropfte und sich mit dem Schnee vor der Haustür vermischte.

„Du Schwein", brüllte Hagen, „du hast mir die Nase gebrochen, du verdammtes Arschloch!"
Hark sah Hagens Angriff kommen. Er fing die ungelenke Armbewegung seines Gegners ab und schlug die herannahende Faust im richtigen Moment beiseite. Dann packte er Hagen am Kragen seiner Jacke und katapultierte ihn gegen den Türpfosten.
Hagen prallte hart dagegen und schrie erneut auf. Für einen Moment schien es, als würde er an der Tür herab in den frischen Schnee sinken, doch dann wurde sein Blick wieder klar, und gleich darauf ging er erneut auf Hark los.
„Halt", schrie eine Frauenstimme. Sinje.
Hark beging nicht den Fehler, in ihre Richtung zu blicken. Er durfte seinem Gegner keine Chance bieten, doch noch einen Treffer zu landen.
Sinje kam durch den Hausflur gelaufen. Sie war in einen Bademantel gehüllt und trug ein Handtuch auf dem Kopf.
„Seid ihr jetzt vollkommen durchgedreht? Was soll denn dieser Scheiß?"
„Sinje, hör mir zu", rief Hark. „Wo ist Marten? Ich muss wissen, wo er steckt."
Während Hark seinen Widersacher auf Abstand hielt, sah ihn Sinje entgeistert an. „Was soll denn das jetzt? Er ist in seinem Zimmer, wo soll er denn sonst sein?"
„Hole ihn bitte her", sagte Hark. „Sinje, bitte, es ist wichtig!"
Sie öffnete ihren Mund, um zu antworten, doch etwas hielt sie davon ab. Hark glaubte, dass es mit dem Ausdruck in seinem Gesicht zu tun hatte.
Sie wandte sich ab und verschwand wieder im Flur.
Hinter Hark riss sich Hagen plötzlich los und taumelte rückwärts aus dem Haus. Er spie einen halb geronnenen Klumpen Blut in den Schnee und stöhnte in vornübergebeugter Haltung.

Hark behielt ihn solange im Auge, bis das erneute Auftauchen Sinjes ihn ablenkte. Noch ehe sie ein Wort gesagt hatte, wusste Hark, was los war.
„Er ist nicht da. Aber … das verstehe ich nicht."
„Wann hast du ihn zuletzt gesehen?", wollte Hark wissen.
Sinje schüttelte irritiert den Kopf. „Ich begreife nicht, was das alles soll? Was ist mit Marten? Was ist hier überhaupt los?"
„Bitte, du musst dich erinnern, wann du ihn zuletzt gesehen hast. Ist er vielleicht rausgegangen, ohne dass du es bemerkt hast? Wir müssen ihn finden, es ist sehr wichtig!"
Sinje fasste sich. „Er ist nach dem Mittagessen auf sein Zimmer gegangen. Das war vor etwa einer Stunde. Er kann also noch nicht lange weg sein."
Eine Stunde.
Die Zeit reichte unter normalen Umständen, um bis nach Langballig oder eine entsprechende Strecke in die entgegengesetzte Richtung zu laufen. Und das Dümmste daran: Sie konnten die Richtung aufgrund des Schneefalls nicht einmal bestimmen.
„Wo kann er sein?", hakte Hark nach.
„Erst will ich wissen, was zur Hölle los ist!", beharrte Sinje. Sie sah Hark verständnislos und zugleich auch wütend an.
„Es besteht die Möglichkeit, dass er auf irgendeine Weise in den Mordfall verwickelt ist", antwortete Hark.
Sinje gab einen glucksend klingenden Laut von sich. Sie hatte ihre Reaktionen nicht unter Kontrolle, war überrascht, fassungslos. Ihre Gedanken hatten die Orientierung verloren.
„Das ist doch wohl ein dummer Scherz?", presste sie hervor, auch wenn sie in Harks Augen die Antwort bereits lesen musste.
„Anne ist vorhin in die Klinik eingeliefert worden", erklärte Hark und bemühte sich dabei um einen sachlichen,

ruhigen Tonfall. „Ich glaube, dass der Mörder von Isabella Ehlert bei ihr gewesen ist, um sie umzubringen. Sie war bewusstlos, aber als sie für einen ganz kurzen Moment zu sich kam, hat sie einen Namen gesagt: Marten."
Sinje ballte ihre rechte Hand zur Faust und begann, daran zu nagen. „Und du glaubst, sie wollte dich warnen?"
„Ja, das glaube ich. Anne muss etwas über den Mörder wissen. Etwas, das ihr und anscheinend auch Marten gefährlich werden kann. Ich glaube, dass beide bereits mit dem Mörder Kontakt hatten."
„Hör' nicht auf diesen Dreckskerl! Der ist doch völlig übergeschnappt!" Hagen Wilmers torkelte durch den Schnee heran. Sein Gesicht war geschwollen und seine Hand, die er vor die Nase presste, war in helles Rot getaucht. „Und was den kleinen Scheißer angeht – der wird sich schon wieder anfinden. Der turnt doch garantiert wieder auf dem Ding da draußen rum."
Sinje trat einen entschlossenen Schritt vor und versetzte Hagen eine schallende Ohrfeige.
Aus seiner Kehle drang ein überraschter Laut. Blut und Speichel flogen ihm aus dem Mund.
„Ich habe endgültig die Schnauze voll von dir", schrie Sinje ihn an. „Mach', dass du wegkommst und lass' dich hier ja nicht wieder blicken."
Hagens Gesicht war nur noch eine Fratze, blutüberströmt und mit einer feuerroten Wange. Nacheinander starrte er Sinje und Hark hasserfüllt an. „Das wird euch beiden noch leidtun." Er stand mitten im Schnee, leicht vornübergebeugt, sodass Hark befürchtete, der Mann würde im nächsten Moment lang hinschlagen. Doch das tat Hagen Wilmers nicht. Er wankte zunächst einen Schritt zurück, dann fing er sich langsam. Er spie noch einmal in den Schnee, bevor er sich umdrehte und in der weißgrauen Landschaft verschwand wie ein böser Spuk.

„Darf ich reinkommen?“, fragte Hark, ohne einen weiteren Gedanken an den Kerl zu verschwenden.
„J-ja, sicher“, antwortete Sinje und deutete auf die offene Tür. Sie betraten das Haus gemeinsam.
„Wo ist sein Zimmer?“
„Ich zeige es dir“, sagte Sinje und ging durch den Flur voran. Es war unverkennbar, welches Martens Tür war. Ein Wimpel des HSV prangte daran, darunter ein Messingschild, das besagte, dass Erwachsene nur zu bestimmten Sprechzeiten Zutritt hätten.
Unter normalen Umständen hätte Hark darüber wenigstens geschmunzelt, doch nun riss er lediglich die Tür auf und starrte sorgenvoll in ein leeres Jungenzimmer.
Sofort stachen Hark zwei Dinge ins Auge: Das Fernglas auf der Fensterbank und die auffällige grüne Schreibkladde, in die Marten seine Beobachtungen eintrug. Dass er beide Dinge hier zurückgelassen hatte, trug nicht gerade zu Harks Beruhigung bei.
„Was hast du vor?“, fragte Sinje, die ihm in das Zimmer gefolgt war. Ihre Stimme bebte vor Sorge.
„Eine Sekunde“, gab Hark zurück. Er griff nach dem Buch und schlug es auf. Es dauerte nicht lange, bis er gefunden hatte, wonach er suchte. „Hier ist es. Das ist der Tag, an dem der erste Mord passiert ist.“
Sinje trat aufgeregt an seine Seite und versuchte zu begreifen, was Hark meinte.
Er deutete auf die rechte Seite, auf der sich in Martens noch kindlicher, aber sauberer Schrift eine Eintragung befand.
„Er war um die Mittagszeit bei dem Seezeichen“, stellte Hark fest und tippte auf die Eintragung. „Er hat ein Schiff protokolliert, dass Richtung Flensburg gefahren ist. Verdammt, das ist der Kahn, den ich selbst an dem Tag gesehen habe.“

„Ich verstehe nicht, was das zu bedeuten hat“, stieß Sinje hervor. „Warum beunruhigt dich das so sehr?“
„Weil es genau die Zeit war, in der der Mord geschehen ist“, antwortete Hark. „Aber das ist leider noch nicht alles. Das Schiff ist aus östlicher Richtung gekommen. Und wenn man vom Seezeichen aus auf das Wasser sieht, noch dazu mit einem Fernglas, streift der Blick unweigerlich auch die Küstenlinie. Dort, wo das Haus an der Steilküste steht.“
Ein Ausdruck des Erkennens trat in Sinjes Gesicht. Sie öffnete den Mund, riss ihre Augen auf. „Oh, mein Gott“, flüsterte sie. „Er hat den Mord an dieser Frau mitangesehen. Ist es das, was du sagen willst?“
„Ja“, gab Hark bitter zurück. „Sieh dir nur diese besondere Eintragung an. Siehst du das? Er hat sie abgebrochen. Hier, wenn du sie mit den anderen vergleichst, dann wirst du feststellen …“
„Er hat nur die Anfangsbuchstaben des Schiffnamens aufgeschrieben“, ergänzte Sinje, „und das Herkunftsland fehlt völlig.“
„Etwas hat ihn abgelenkt“, brachte es Hark auf den Punkt. „Und das war der Mord.“
Sinje fuhr herum und packte Hark am Arm, sodass er beinah das Buch fallengelassen hätte. „Denkst du, dass er auch den Mörder gesehen hat?“
„Schlimmer noch. Ich glaube, dass er ihn erkannt hat und dass der Mörder genau das weiß.“
„Wir müssen sofort die Polizei anrufen“, schlug Sinje hastig vor. Sie machte auf dem Absatz kehrt und rannte zurück in den Flur. Sekunden später hörte Hark, wie sie den Hörer abnahm und drei Zahlen in die Tastatur des Apparats hämmerte.

- 28 -

AN DIESEM NACHMITTAG verdichteten sich die dunklen Wolken und entließen weiteren Neuschnee auf die Erde. Ein leichter Ostwind sorgte dafür, dass die Flocken nicht gerade niedergingen, sondern durcheinanderwirbelten und die Sicht dadurch noch mehr verschleierte.

Wilfried Packulat stand in seinem Kuhstall. Die Tiere glotzten ihn aus großen Augen an, doch er bemerkte sie nicht.

Der Landwirt stand mit einem Eimer am Futtergang, wie erstarrt. Erst als ein Großteil des Schrots auf den Zementboden prasselte, korrigierte Packulat seine Haltung.

Hier und da strich er einer seiner Milchkühe über den Kopf, noch immer (oder schon wieder?) gedankenverloren.

Sein jüngster Sohn saß in Untersuchungshaft und war das Gesprächsthema des ganzen Umkreises.

Packulat hätte in diesen Tagen nichts dagegen gehabt, für immer in diesem Stall zu bleiben. Die Kühe wussten nichts von dem, was da draußen vor sich ging.

Die Welt war schlecht. Das war Packulats Erkenntnis des Tages. Nicht unbedingt neu, aber zutreffend, wie er fand.

Im Durchgang wurde eine Tür geöffnet. Hastige Schritte näherten sich.

Isolde tauchte aus dem Schatten auf. Ihre Füße steckten in Gummistiefeln, auf deren Spitzen Schnee lag. „Wilfried, du musst unbedingt reinkommen!"

Packulat stierte seine Frau an, tat es seinen Tieren gleich. „Was ist?", fragte er teilnahmslos. Was konnte denn auch schon sein? Wie konnte es denn jetzt noch schlimmer kommen?

„Johannes ist verschwunden."

Die Worte erreichten Wilfried Packulats Ohr, doch sie wollten aus irgendeinem Grund nicht in sein Hirn vordringen. Himmel, er war doch so vollauf damit beschäftigt, sich Sorgen um den einen Sohn zu machen, wie um alles in der Welt sollte er es fertigbringen, auch noch den zweiten in diese gedankliche Hölle mit einzubeziehen?

„Hast du nicht gehört, Wilfried? Er ist weg!"

Packulat tat einen tiefen Seufzer. „Wo wird er denn schon sein, Isolde? Du kennst ihn doch nun schon seit siebenunddreißig Jahren. Er sagt uns nicht Bescheid, wenn er geht. Aber er kommt an jedem Abend w…"

„Dieses Mal nicht", sagte Isolde entschieden. „Er hat sein Zimmer verwüstet. All seine Sachen … zerstört. Wilfried, Johannes kommt nicht mehr zurück!" Isolde brach in Tränen aus und schlug sich die Hände vors Gesicht.

Packulat fiel der Eimer aus der Hand. Die Schrotkörner verteilten sich über das erste Drittel des Futtergangs. Die Kühe streckten ihre Hälse und versuchten, mit ihren Zungen daran zu gelangen.

Der Bauer zog den Kopf ein und verließ die Futterstelle. Langsam bewegte er sich zu seiner Frau hinüber, die sich ihre Tränen mit ihrer langen, karierten Schürze trocknete.

„Du musst raus", sagte sie leise. „Du musst ihn suchen. Bitte, Wilfried."

„Jetzt haben sie uns beide verlassen", flüsterte Packulat.

Isolde drehte sich zu ihm um, kippte beinahe vornüber und fing sich an der Brust ihres Mannes ab. „Er nimmt die ganze Schuld auf sich", flüsterte sie. „Johannes denkt, dass er verantwortlich dafür ist, dass man Jürgen eingesperrt hat. Die Schlüssel. Diese verfluchten Schlüssel!"

„Isolde", mahnte Packulat vorsichtig. „Wir wissen nicht, was passiert ist. Wir wissen nicht, wo Johannes an dem Tag gewesen ist. Und er spricht nicht darüber."

Sie löste sich von ihm und starrte ihn ungläubig an. „Du hältst unseren Sohn für einen Mörder?"

Packulat atmete schwer. „Die Polizei verdächtigt inzwischen beide, es getan zu haben. Alle hier im Dorf denken das doch. Und die Wahrscheinlichkeit, dass es tatsächlich einer von beiden war, ist ja wohl auch nicht so gering."

„Wie kannst du nur so etwas sagen? Du bist ihr Vater! Unternimm etwas für die beiden!"

Packulat machte einen verächtlichen Laut. „Ich kann nichts für sie tun. Weder für den einen noch für den anderen."

Isolde schluchzte laut auf. Sie starrte ihren Mann wütend an. „Was bist du nur für ein elender Feigling!"

Packulat erwiderte nichts. Er stand da, ein Mann wie ein Baum, die Arme schlaff herabhängend, nur noch ein Schatten seiner selbst.

Isolde trat einen entschlossenen Schritt auf ihn zu, packte ihn an beiden Armen und rüttelte an ihm.

Und tatsächlich schien Packulat ein wenig aus seiner Lethargie zu erwachen.

Isolde nutzte die Gelegenheit, um ihm in die Augen zu sehen. Gleichzeitig deutete sie auf die Tür, die vom Stall ins Freie führte. „Geh jetzt", sagte sie laut und deutlich, „geh und hole mir meine Söhne zurück!"

- 29 -

DIE OSTSEE. DER Junge war hier aufgewachsen. Sie war immer da gewesen, hatte ihm immer zugehört.
Aber jetzt? Es war alles anders. Seine Welt hatte sich verändert, hatte sich von ihm abgewendet.
Marten hatte das Gefühl, als wäre ihm an jenem Tag ein Stück Kindheit genommen worden. Er hätte es nie so ausgedrückt, aber dieses Empfinden erfüllte seine Gedanken und schuf in ihm gleichzeitig eine entsetzliche Leere.
Sogar das Wasser der Ostsee hatte sich vor ihm zurückgezogen. Sie begann zu erstarren, genau wie die Gefühle in ihm selbst. Zu Eis geworden.
Marten war einfach losgelaufen. Er wusste nicht, wie lange das her war oder wie lange er jetzt schon durch die einsame, verschneite Landschaft lief. Er hatte die Dorfstraße gemieden. Immerhin kannte er genügend Wege, die man nehmen konnte, ohne gesehen zu werden. Als Junge, der hier draußen aufwuchs, wusste man das eben.
Der Schneefall, gepaart mit dem Wind, verwischte seine Spuren immer schneller, doch auch das wusste er nicht. Was hinter ihm lag, war nicht mehr wichtig. Jedenfalls redete er sich das ein. Immer und immer wieder.
Doch er schaffte es nicht, war nicht in der Lage, die Bilder aus seinem Kopf zu verbannen.
Er hatte sie gesehen. Sie beide.
Marten zuckte zusammen, als ihn die Erinnerungen dieses Tages wieder einholten:

Sie stiegen aus dem Wagen. Eine Frau und ein Mann. Marten wusste nicht, was sie taten. Vermutlich redeten sie miteinander. Vielleicht gehörte ihnen auch das Haus an der Steilküste, auf das sie zugingen. Die Pforte war unverschlossen. Marten sah durch sein Fernglas, wie der Mann die Pforte sorgfältig wieder schloss. Sie redeten weiter

miteinander, so wie es Erwachsene eben tun, oftmals stundenlang.
Marten war hin- und hergerissen, denn zur gleichen Zeit näherte sich von der Geltinger Bucht her ein Schiff, das er noch nicht kannte. Er setzte das Fernglas ab und schlug sein Buch auf. Er verlor die beiden Erwachsenen für einen Augenblick aus den Augen. Als er das Fernglas wieder aufnahm und einen kleinen Abstecher an die Küste riskierte, waren die beiden verschwunden.
Marten zuckte mit den Schultern und beschäftigte sich stattdessen wieder mit dem Frachter, der die Küste passierte und vermutlich auf dem Weg nach Flensburg war, um …
Seine Gedanken stockten. Er hatte den Namen des Schiffes bereits entziffert und eben damit begonnen, ihn in seine Kladde einzutragen, als ihn irgendetwas dazu zwang, noch einmal zu dem Haus am Abgrund herüberzusehen.
Und da waren sie wieder. Marten stellte fest, dass er etwas verpasst hatte. Die Frau sah jetzt nicht mehr ordentlich aus. Sie hatte einen Teil ihrer Kleidung verloren und rannte vom Haus weg, auf das Grundstück hinaus. Vermutlich wollte sie die Pforte erreichen, um zurück zum Wagen zu gelangen.
Der Mann folgte ihr. Und es war offensichtlich, dass er schneller war. Viel schneller.
Im nächsten Moment hatte er sie eingeholt, hielt ihren Arm fest und riss sie herum.
Bis hierher hatte Marten das alles noch für eine Art Spiel gehalten, doch als die Frau ihren Mund weit aufriss und der Mann ihr sofort seine flache Hand darauf presste, wusste er, dass da drüben bei dem Haus etwas ganz und gar nicht in Ordnung war.
Der Mann zwang die Frau in die Knie. Sie hatte kaum noch etwas an. Sie hockte vor ihm, mitten im gelben, verdorrten Gras. Sie hatte Marten den Rücken zugekehrt. Er konnte

beinahe jedes Detail erkennen. Ihr langes Haar, das ihr in sanften Wellen über den beinahe nackten Rücken fiel. Der Träger ihres BHs. Ihre nackten Beine. Sie hockte da und starrte zu dem Mann herauf, der breitbeinig vor ihr stand. Marten konnte ihn klar erkennen, doch der Mann ahnte nichts. Zu sehr war er damit beschäftigt, die Frau anzustarren.

Sein Blick. Etwas war damit. Er war gierig und zugleich widerlich. Marten konnte erkennen, wie sich seine Lippen bewegten. Dann nestelte der Kerl an seiner Hose herum, ohne seinen Blick von der Frau zu wenden.

Marten nahm an, er würde sie ausziehen, um die Dinge zu tun, die Erwachsene manchmal taten, wenn sie annahmen, dass die Kinder schliefen.

Aber das tat der Mann nicht. Es ging ihm nicht um seine Hose. Er löste den Gürtel, bis er ihn schließlich in der Hand hielt, wie eine Peitsche.

Marten fühlte sich an einen Western erinnert, den er vor kurzem mit Hagen im Fernsehen gesehen hatte. Ja, genauso wie der fiese, bärtige Cowboy in dem Film stand der Mann dort drüben bei dem Haus. Breitbeinig und mit seiner Peitsche in der Hand. Siegessicher. Ja, das waren die Bösewichte immer.

Draußen auf der Ostsee zog der Frachter vorbei, ohne dass Marten Notiz von ihm nahm.

Er wusste, dass es nicht in Ordnung war, diese Sache dort drüben zu beobachten. Insgeheim wusste Marten zu diesem Zeitpunkt sogar, dass er sich genau dafür Ärger einhandeln würde. Er wusste nur noch nicht, wann und von wem.

Nun, er sollt in Kürze eine gewisse Vorstellung davon bekommen.

Marten konnte seinen Blick nicht abwenden. Er hatte damit angefangen, so dachte er, und nun musste er es auch zu Ende bringen. Ob der Mann diesen Gedanken auch hatte?

Als der Kerl in einer blitzschnellen Bewegung seinen Gürtel um den Hals der Frau schlang, öffnete Marten seinen Mund zu einem Schrei. Doch stattdessen drang nur ein halb erstickt klingendes Krächzen aus seiner Kehle.
Das Fernglas fiel zu Boden. Marten bemerkte es zwar, dennoch hatte er Angst, es wieder aufzuheben. Denn er wusste, wenn er das tat, würde er hindurchsehen müssen.
Marten sah es am Boden liegen. Er streckte die Hand danach aus und hob es auf. Fast hoffte er, dass das Glas zerbrochen oder wenigstens ein bisschen gesprungen wäre. Doch nichts dergleichen war passiert. Als Marten das Fernglas wieder an die Augen setzte, lag die Frau reglos am Boden, und der Mann war verschwunden. Doch nur wenig später kehrte er mit etwas zurück, dass er im Haus nebenan gefunden haben musste.
Ein großes Stück durchsichtige Folie. Vielleicht hatte er es von den Gerüsten heruntergerissen, wo das Zeug überall hing. Das ganze Haus war damit umhüllt. Der Mann breitete die Folie aus und legte die Frau darauf. Dann zog er etwas aus der Tasche, das wie eine kleine Heckenschere aussah.
Der Kerl drehte ihm den Rücken zu, sodass Marten nicht erkennen konnte, was der Mann mit der Frau tat.
Marten war dankbar dafür, denn er wusste, dass es nichts Gutes sein konnte. Nein, das konnte es nicht, denn inzwischen war er sich sicher, dass die Frau tot war.
Dann jedoch passierte etwas Merkwürdiges: Der Mann, der sich noch immer über die Frau beugte, zuckte zusammen. Nein, er schreckte regelrecht hoch, wie ein Reh, das nicht mitbekommen hatte, dass der Jäger bereits sein Gewehr angelegt hatte.
Der Mann sprang auf und lief zum Haus hinüber. Er war in Panik, lief beinahe im Zickzack. Dann verschwand er irgendwo unter der Folie beim Haus und war aus Martens

Blickfeld verschwunden. Nicht jedoch aus seinen Erinnerungen.
Marten erkannte den Grund, warum der andere weggelaufen war: Ein zweiter Mann näherte sich über den Soldatenstieg vom Strand. Er war bereits im angrenzenden Wald, als Marten ihn mit seinem Fernglas ausmachte. Der Neue näherte sich zielsicher dem Haus, umrundete es halb – und blieb stocksteif stehen. Er hatte die Frau entdeckt. Marten verfolgte noch, wie er sich über die Frau beugte, in ganz ähnlicher Haltung, wie es der andere zuvor getan hatte. Der andere, der sich noch immer im Haus aufhalten musste.
Marten hielt es nicht mehr aus. Er spürte nicht einmal, wie ihm eine Träne an der rechten Wange herunterlief. Er riss sein Fernglas herunter, das verdammte Fernglas, das ihm diese ganze Suppe erst eingebrockt hatte, und sprang vom Seezeichen herunter. Warum, verdammt noch mal, hatte er das nicht gleich getan? Jetzt war es zu spät. Die Bilder waren in ihm, und Marten wusste, dass sie es für immer sein würden, sein Leben lang. Er würde nicht davon loskommen, würde nicht vor ihnen davonlaufen können. Nie mehr. NIE mehr.

Marten schreckte hoch wie aus einem Traum. Er hatte nicht einmal bemerkt, dass er den Waldrand erreicht hatte. Der Atem gefror vor seinen Lippen, ihm war kalt, und zu allem Überfluss hatte er seine Handschuhe zu Hause vergessen.
Marten steckte die Hände in seine Jackentaschen, als er seinen Weg fortsetzte.
Er hatte Dollerupholz erreicht. Der Wald. Ein faszinierender Ort der Stille, gerade jetzt im Winter. Marten ging weiter, er wusste nicht recht, wohin, denn er hatte kein konkretes Ziel. Aber bleiben hatte er nicht können. Zu Hause war es unerträglich geworden. Irgendetwas ging gerade

mit Mama vor. Marten wusste nicht, was es war, aber er spürte die Spannungen zwischen ihr und ihrem neuen Freund Hagen. Sie sah sich in letzter Zeit oft alte Fotos an. Aus Zeiten, in denen Marten noch ein Baby war und wo jemand bei ihnen gewesen war, der …
Ein trockener Zweig knackte.
Marten sah an sich herunter und erkannte, dass er dieses Geräusch nicht verursacht hatte. Sofort blickte er sich um, blickte in alle Richtungen. Doch wohin er auch sah, es waren rings herum nur Bäume, mal durchzogen von einigen Sträuchern, die sich wild dazwischen gesät hatten.
Manchmal machte der Wald tatsächlich Geräusche, überlegte Marten. Der Wind, der durch die Kronen fuhr, fegte mitunter abgestorbene Äste oder Zweige herunter. Und Wind war immerhin inzwischen aufgekommen.
Marten versuchte, an diese Erklärung zu glauben, bis sich das knackende Geräusch wiederholte.
Er blickte in die Richtung, aus der es gekommen war, und tatsächlich nahm er jetzt einen Schatten wahr, der hinter einer der Buchen lauerte.
Für gewöhnlich waren Schatten nicht lebendig. Dieser hier war es. Er löste sich aus dem Schutz des Baumes und trat zur Seite, sodass Marten ihn sehen konnte.
Der Schatten besaß sogar eine Stimme. „Hallo Junge“, sagte er.

- 30 -

HARK HATTE DAS Haus vor fast genau einer halben Stunde verlassen. Die Zeit hatte Sinje damit verbracht, ruhelos auf und abzulaufen. Es gab für sie nichts zu tun, als zu warten. Darauf, dass entweder ihr Handy oder das blöde Festnetztelefon klingeln würde. Und natürlich auf das Eintreffen der Polizei, die es bei den Straßenverhältnissen da draußen wohl besonders schwer haben dürfte, bis hierher durchzukommen.

Dieser Job – dieses Warten – war undankbar.

Sinje hatte sich einen Kaffee machen wollen und erst nach einer ganzen Weile bemerkt, dass sie vergessen hatte, Wasser in den kleinen Tank ihrer Espressomaschine zu füllen. Das Gerät hatte rot geblinkt, und dabei hatte Sinje es belassen.

Was passierte hier? Und warum passierte es ausgerechnet ihnen?

Ihre Gedanken waren pausenlos bei ihrem Jungen. Warum war er weggelaufen? Und warum, zur Hölle, war nie jemand da, wenn man jemanden brauchte?

Zum wiederholten Mal ging sie durch den Flur, blieb an der offenen Tür zu Martens Zimmer stehen und ließ ihre Blicke über seine Sachen wandern.

Sinje trat an das Regal an der Wand heran, wo ein paar seiner Kuscheltiere drapiert waren. Sie griff nach dem Hasen mit den karierten Ohren, den Marten immer besonders gern gehabt hatte, als er noch klein war.

Hark.

Warum musste sie ausgerechnet jetzt an ihn denken? Er war damals gegangen, und sie hatte ihn zum Teufel gewünscht. Sie hatte ihm hinterhergeschrien, er solle sich nie wieder in ihr Leben und schon gar nicht in das von Marten einmischen. Daran hatte er sich auch gehalten, acht Jahre lang. Bis vor ein paar Tagen. Und seitdem stand alles Kopf.

Nicht nur ihr Gefühlsleben, nein, der ganze Ort schien aus den Fugen geraten zu sein. Ihr war in diesem Augenblick, als rasten sie alle zusammen ungebremst auf einen gigantischen Abgrund zu.
Als es an der Tür klingelte, fuhr Sinje heftig zusammen. Sie hoffte, dass es die Beamten waren, aber zugleich wusste sie, dass es nicht sein konnte.
War Hark zurück? Hatte er Marten gefunden?
Sinjes Herz schlug schneller, als sie, den Stoffhasen noch in der Hand, durch den Flur rannte, auf die Haustür zu.
Noch ehe sie geöffnet hatte, drang ein wohlbekanntes Geräusch an ihre Ohren: das Bellen eines Hundes.
„Benny!", rief Sinje und spürte, wie ihr die Tränen in die Augen schossen.
Der Mischling kam auf sie zu getappt, wedelte mit dem Schwanz und gab winselnde Laute von sich. Kaum war er im Innern, ließ er sich auf den Rücken fallen und drehte Sinje den Bauch zu.
Sinje blickte auf. „Hallo, Meike", sagte sie.
Die blonde Tierärztin erwiderte den Gruß. „Ich habe dir jemanden mitgebracht. Er ist noch nicht wieder ganz der Alte, aber er hat das Schlimmste überstanden."
„Das ist … großartig", presste Sinje hervor. Dann ging nichts mehr, und sie verfiel in einen Weinkrampf.
Benny erhob sich, hatte noch ein wenig Mühe, auf die Beine zu kommen. Dann lief er in die Küche hinüber, wo er auf seine alte Decke kroch.
„Ich habe gehört, was geschehen ist", sagte Meike möglichst einfühlsam. Sie trat in den Hausflur und schloss die Tür hinter sich, während Sinje an der Wand lehnte, die Hände vor das Gesicht geschlagen und dabei, langsam zu Boden zu gleiten.
„Hey, hey", sagte Meike energisch und fing die Frau auf. So standen sie eine Weile da, in einer seltsam verrenkten,

unangenehmen Position. Eine Umarmung, die keine richtige war.
„Er ist verschwunden“, brachte Sinje bebend hervor. „Einfach so, ohne etwas zu sagen. Hark hält es für möglich, dass er entführt worden ist.“
„Ich weiß“, antwortete Meike. „Er hat es mir am Telefon gesagt. Ich bin gleich hergekommen, als ich es hörte.“
Sinje versuchte, sich zu fassen. Sie löste sich aus dem Griff der Tierärztin.
Hark hatte sie angerufen. Warum hatte er das getan? Was hatte sie damit zu tun?
Sinje stieß einen Fluch aus. Sie verfluchte sich selbst für ihre Gedanken. Hatte sie im Moment keine anderen Sorgen?
„Ich halte es nicht aus, länger hier zu sein!“, rief sie plötzlich, während ein Schauer über ihren Körper lief und sie erzittern ließ.
Meike legte ihre rechte Hand auf Sinjes Schulter. „Das verstehe ich nur zu gut. Hast du dein Handy bei dir?“
Sinje nickte.
„Worauf warten wir dann noch?“
Die andere blickte auf, verwirrt. „Aber ich kann doch nicht einfach …“
„Doch“, bestimmte Meike. „Du kannst. Besser gesagt, wir können. Ich werde dir helfen, Marten zu suchen.“
Sinje deutete wortlos auf die Haustür. „Aber die Polizei?“
„Wird dich auf deinem Handy anrufen, wenn sie hier eintrifft. Und das kann dauern, nach dem, was im Augenblick auf den Straßen los ist. Da geht fast gar nichts mehr.“
Sinje nickte. Sie registrierte erst jetzt, dass sich der Hase noch immer in ihrer Hand befand. Behutsam setzte sie ihn auf das kleine Tischchen neben der Garderobe und schlüpfte mit fahrigen Bewegungen in ihre Winterjacke. „Ich bin soweit“, sagte sie, nachdem sie in ihre gefütterten Stiefel gestiegen war.

„In Ordnung“, sagte Meike. „Aber wir sollten vor allem einen nicht vergessen.“
Sinje blickte die Ärztin fragend an. Dann erst fiel ihr auf, dass sich Benny unbemerkt in ihre Mitte begeben hatte.
Er reckte seinen Kopf, in dem sich zwei wachsame Augen befanden. Erwartungsvoll wedelte er mit seinem Schwanz.
Sinje strich dem Tier sanft über den Kopf. „Wir müssen Marten finden, Benny. Hörst du?“
Benny winselte leise und drängte zur Tür. Es sah aus, als hätte er verstanden.

- 31 -

DER SCHATTEN WURDE zu einer Gestalt, und sie kam auf Marten zu. Langsam. Das derbe Schuhwerk knirschte unter den Schritten des Fremden im lockeren Schnee des Waldbodens.
„Hallo“, wiederholte die Gestalt, die sich nun direkt vor Marten aufbäumte, sodass ein Schatten auf ihn fiel.
Marten blinzelte und sah zu dem anderen auf, der ihn um mindestens drei Kopflängen überragte. „Hallo“, erwiderte er zaghaft.
„Ich bin Hannes“, sagte der Mann, unter dessen Strickmütze struppiges, blondes Haar hervorlugte. „Was machst du hier?“
Marten zuckte mit den Schultern. „Nichts.“
Hannes lachte und hob mit gespielter Strenge den linken Zeigefinger. „Glaub‘ ich dir nicht.“
Die beiden sahen sich für einen Moment lang schweigend an.
„Du bist abgehauen, stimmt’s?“
Marten nickte. Nicht sofort, er ließ sich Zeit damit, als wolle er noch nicht zu viel von sich verraten.
Wieder grinste Hannes. „Brauchst keine Angst vor mir zu haben. Ich verpfeife dich nicht. Bin ja selber einfach auf und davon.“
Marten horchte auf. „Machst du das oft?“
Hannes hob den Kopf und sah zu den kahlen Baumkronen hinauf, um zu überlegen. „Nicht oft, nur manchmal. Wenn ich allein sein will, komme ich gerne hierher. Hier ist nie jemand. Und es ist so ruhig.“
„Wohin willst du?“, fragte Marten nach einer Weile. Er fragte nicht, um Zeit zu gewinnen oder weil ihm die Gesprächspause dazwischen peinlich war, sondern weil ihn die Antwort des Älteren wirklich interessierte. Er war neugierig zu erfahren, was Hannes hier draußen tat. Und auf

irgendeine Weise war es zudem faszinierend, jemandem zu begegnen, der offenbar ein ähnliches Schicksal teilte. Und das alles, nachdem Marten zuvor noch gedacht hatte, er wäre vollkommen allein.

Hannes überlegte einen Moment. „Ich will zu meinem Versteck. Willst du es sehen?“ Die Augen des jungen Mannes bekamen einen erwartungsvollen Glanz, so als könne er die Antwort des Jungen gar nicht abwarten.

„Klar“, antwortete Marten.

Hannes sah sich verschwörerisch um. „Es ist aber geheim. Niemand weiß davon. Und du darfst es keinem verraten, ok?“

Marten hob den rechten Daumen in die Höhe, als Zeichen, dass er verstanden hatte.

„Komm mit“, sagte Hannes und winkte dem Jüngeren, ihm zu folgen.

Hannes stapfte an seinem neuen Begleiter vorbei, den Waldweg entlang, den die beiden ungleichen Gefährten eine Zeit lang schweigend beschritten.

Marten fühlte sich gut dabei, obgleich ihn irgendetwas störte. Er hatte das Gefühl, dass es da etwas gab, das nicht passte, ohne sagen zu können, was es war.

Der Junge blickte sich um, in die Richtung, aus der sie gekommen waren. Zwei kaum wahrnehmbare Spuren, die nebeneinander in der zarten Schneedecke verliefen. Da draußen, abseits des Waldes, tobte inzwischen der Winter, überlegte Marten. Ein Grund mehr, sich hier sicher zu fühlen, noch dazu, wo er jetzt einen Freund gefunden zu haben schien. Und doch … was war es, das ihn störte?

„Es ist nicht mehr weit“, sagte Hannes in diesem Augenblick und grinste. Seine Schritte wurden ausgreifender, sodass Marten Mühe hatte mitzuhalten.

Wenigstens war ihm jetzt nicht mehr kalt.

Hannes zupfte an seinem Jackenärmel. Sie verließen den Waldweg und liefen querfeldein mitten zwischen die dicht beieinander stehenden Bäume. Gefrorenes Herbstlaub, das sich in einer dicken Schicht unter dem Schnee befand, raschelte unter ihren Füßen. Dann und wann knackte ein dünner Zweig, als die beiden Gefährten sich ihren Weg bahnten. Sie ahnten noch nicht, dass ihnen jemand folgte, und dass auch unter seinen dicken Winterstiefeln die Zweige wie Fingerknochen knackten, fiel ihnen nicht auf.

Er war wie ein Schatten, der sich im Schutz der Bäume an ihre Fersen geheftet hatte. Seit einer halben Stunde schon folgte er ihrer Fährte wie ein Spürhund. Mindestens genauso aufgeregt war er, denn er wähnte sich kurz vor dem Erfolg. Er hatte es nur auf einen der beiden abgesehen, also musste er sich etwas einfallen lassen. Doch an Ideen zur rechten Zeit hatte es ihm noch nie gemangelt. Wenn sich eine Gelegenheit ergab, würde sich auch die Frage nach dem Wie klären. Manche Dinge ergaben sich einfach ganz von selbst. Sein einziger Feind war die Zeit. Und er spürte, dass sie knapp wurde.

Die Gefährten marschierten nebeneinander einen Hügel hinauf. Marten ertappte sich bei dem Gedanken, dass ihm diese Wege fremd waren. Johannes entführte ihn in eine Welt, die er selbst noch nie betreten hatte, die vollkommen neu für ihn war. Er kannte diesen Wald, doch war er bisher immer nur dem breiten Pfad in seiner Mitte gefolgt. Der Anstieg kostete Kraft, Marten spürte die Anstrengung in seinen Oberschenkeln, doch zugleich trieb ihn auch die Neugier voran. Er wollte wissen, was es mit dem „Versteck“ auf sich hatte.

Als sie den höchsten Punkt des nahezu baumlosen Hügels erreicht hatten, sah er es: Das Gelände fiel auf der anderen Seite steil ab und führte in eine tiefe Mulde, in der sich Wasser gesammelt hatte. Es war komplett gefroren und trug eine dünne Schneeschicht.

Am Hang des Waldhügels befand sich ein roh gezimmerter Holzverschlag, der allerdings erst auf den zweiten Blick zu erkennen war. Jemand hatte ihn mit Ästen und Laub getarnt, sodass er wie ein weiterer Auswuchs des Hügels wirkte.
„Komm mit“, rief Hannes plötzlich und begann zu laufen. Es hatte den Anschein, als könne er es nicht mehr erwarten, dem Jungen sein geheimes Reich zu zeigen.
Marten lief auch. Vor seinem Mund gefror der Atem und bildete weiße, nebelartige Wölkchen. Es gelang dem Jungen, mit seinem älteren Begleiter Schritt zu halten. Gemeinsam rannten sie den Hügel hinab und erreichten gleichzeitig den Verschlag, den Johannes mit einem kleinen goldfarbenen Vorhängeschloss gesichert hatte.
Hannes biss sich in den linken Handschuh und zog ihn mit den Zähnen herunter. Mit der freien Hand griff er in seine Jackentasche und holte einen silbernen Ring hervor, an dem mehrere Schlüssel befestigt waren. „Meinen Schlüsselbund haben sie einkassiert“, sagte Johannes und setzte einen Gesichtsausdruck auf, als wollte er sagen: *Was will man machen?*
Zielsicher griff er den passenden Schlüssel heraus und öffnete. Die Tür schwang leise knarrend auf. „Hab` ich alles selbst gebaut“, sagte Hannes und bedeutete Marten, ihm zu folgen.
Der Junge zögerte. Der Verschlag war dunkel, da kein Fenster eingebaut war. Marten konnte nicht erkennen, wie es im Innern des Verstecks aussah oder was da drinnen sonst noch auf ihn warten mochte.
Er glaubte, ein Geräusch zu hören, weit über ihnen auf dem Hügel. Er riss den Kopf hoch, in der festen Annahme, dort eine dunkel gekleidete Gestalt zu sehen, doch da oben war niemand. Vielleicht hatte er eine Krähe gehört, die sich in einer der Baumkronen niedergelassen hatte.

„Worauf wartest du?“, rief Hannes, der bereits nicht mehr zu sehen war. Er befand sich irgendwo da drinnen.
Marten gestand sich selbst ein, dass er Angst hatte. Und zum ersten Mal wurde ihm bewusst, wie weit er sich von zu Hause wegbewegt hatte.
Als Junge von zehn Jahren will man vieles, nur nicht als Feigling gelten. Denn dieser Ruf brannte sich wie mit einem glühenden Eisen in die Stirn und blieb für viele Jahre, womöglich sogar für immer, für alle dort gut lesbar stehen.
Also gab er sich einen Ruck und betrat die dunkle Höhle.
Hannes war im Innern nur als schemenhafte Gestalt zu erkennen. Dann züngelte die Flamme eines Streichholzes auf, und im nächsten Augenblick fing der Docht eines armdicken Kerzenstumpens Feuer. Aus den Schatten wurden nach und nach klare Umrisse.
Hannes hockte auf einem Strohballen und lud Marten mit einer wohlwollenden Geste ein, es ihm gleichzutun. „Mach bitte die Tür zu.“
Marten gehorchte und setzte sich neben Hannes. Er sah sich um. Der Verschlag verdiente diesen Namen eigentlich nicht. Es waren intakte, solide Bretter, die sein Gefährte da zu einem Ganzen zusammengefügt hatte. Die Ritzen und Spalten hatte er von drinnen mit Lehm verspachtelt, und als Dach dienten mehrere Platten aus Blech, die Hannes leicht schräge auf die Unterkonstruktion gesetzt hatte. Von oben hatte er das Dach mit einer Schicht Erdreich, Moos und Laub bedeckt, sodass es den Waldboden und die Beschaffenheit des angrenzenden Hügels perfekt imitierte.
„Das ist also deine Höhle?“, fragte Marten anerkennend, während sein Blick noch immer durch den Raum schweifte.
Hannes nickte eifrig. „Ich komme hierher, wenn ich allein sein will. Ich meine, *wirklich* allein. Kapierst du?“
Ja. Marten verstand, was er meinte. Es gab Momente, in denen man zu Hause im eigenen Zimmer zu ersticken

drohte. Jeder brauchte so einen Rückzugspunkt wie diesen, fernab von den Erwachsenen, jenseits aller Zwänge. Martens Platz war das Seezeichen an der Steilküste, aber nun erkannte er, dass es auch andere Möglichkeiten gab. Coole Möglichkeiten.

An der Innenseite der Bretterwand hing ein abgelaufener Kalender von einer Zeitschrift namens Playboy. Marten erkannte, dass Johannes bei April 2010 stehen geblieben war, vermutlich, weil ihm die beiden üppigen Zwillingsschwestern auf dem Foto so gut gefielen.

„Das ist noch nichts für dich", sagte Johannes, als er den Blick seines Gefährten bemerkte. Er streckte die Hand nach dem Kalender aus und legte ihn mit der bebilderten Seite auf den Boden.

Irgendwo über ihnen auf dem Hügel erhob sich eine Krähe schimpfend in die Luft. Marten fragte sich, was sie wohl aufgeschreckt haben mochte.

Auch ihr Verfolger hatte den Vogel bemerkt. Er sah das Vieh sogar, wie es protestierend davonflog, bis es glücklicherweise nicht mehr zu hören war.

Er ächzte, als er die Kuppe des Hügels erreicht hatte. Einmal war er beim Aufstieg ausgeglitten und hatte sich das Schienbein geprellt. Er hatte sich die schmutzigen Hände mit Schnee abgerieben und seinen Weg fortgesetzt. Er durfte den Anschluss an die beiden nicht verpassen. Oben angekommen, richtete er sich zu voller Größe auf. Er stand da wie ein Racheengel, die Flügel ausgebreitet und bereit, seine apokalyptische Mission zu erfüllen.

Aber wo waren die beiden? Er verengte seine Augen zu schmalen Schlitzen und suchte die Gegend mit seinen Blicken ab. Verdammt, bis eben hatte er doch noch ihre Stimmen gehört. Sie konnten nicht weit gekommen sein. Eigentlich müssten sie sogar …

In diesem Moment hatte er es erkannt und ein Gefühl der Beruhigung machte sich in ihm breit. Der größere von den beiden hatte sich hier anscheinend eine Art Feriendomizil errichtet. Seine Lippen verformten sich bei diesem Gedanken zu einem hämischen Grinsen. Er raffte sich auf, klopfte sich einen Rest Schnee von seinen Schultern und schritt den Hügel hinunter. Die Zeit war gekommen.

Marten betrachtete die zuckende Flamme der Kerze, die bizarre Muster über die Bretterwände wandern ließ. Er wusste nicht, wie lange er schon unterwegs war oder wie lange sie bereits zusammen saßen, Hannes und er. Die Zeit war hier draußen bedeutungslos.
Hannes begann, unruhig auf dem Strohballen herumzurutschen, was Marten nicht verborgen blieb. Er sah den anderen fragend an.
„Ich muss pinkeln", sagte der Ältere und stand auf. „Keine Angst, nicht hier drinnen. Der Wald ist groß genug. Dafür habe ich sogar einen Lieblingsbaum." Hannes lachte meckernd, als er aufstand. An der Tür drehte er sich noch mal zu seinem neuen Freund um. „Bin gleich zurück. Und wehe, du rührst den Kalender an!" Hannes zwinkerte dem Jungen zu, stieß die Tür mit dem Fuß auf und verschwand im Freien. Langsam schlug die Tür wieder an die Bretterwand.
Marten wartete. Ihm kamen Zweifel, ob es richtig war, was er hier tat. Zu Hause würden sie sich Sorgen machen. Na ja, vielleicht nicht unbedingt Hagen, aber Mama ganz bestimmt. Und was war, wenn es dunkel wurde? Martens Einschätzung nach konnte das nicht mehr lange dauern. Und wenn das passierte, war er auf Hannes' Hilfe angewiesen. Der Junge horchte in die Stille. Waren da draußen Schritte, oder hatte er sich das Geräusch nur eingebildet?

Wo steckte Johannes? Marten sah zur Tür hinüber, die ganz sachte vom Wind in Bewegung gehalten wurde. So lange, bis sie jemand aufzog.

Ein Luftzug löschte die Kerze. In der Türöffnung tauchte ein großer Schatten auf.

Marten wollte seinen Freund im Scherz fragen, ob der Baum die Bewässerung überlebt hatte, doch dazu kam er nicht mehr, denn der Schatten gehörte nicht Johannes.

Der Knickflüsterer hatte ihn gefunden.

- 32 -

FREI!
Was für ein unglaubliches Gefühl. Die kalte Winterluft einzusaugen, im eigenen Auto zu sitzen und die Musik voll aufzudrehen. Jürgen Packulat klatschte vor Freude in die Hände, nachdem der Motor seines VW Golfs, den seine Eltern auf den Parkplatz der Justizvollzugsanstalt in Flensburg gestellt hatten, angesprungen war.
Mit durchdrehenden Reifen fuhr er an, passierte die Schranke und war im nächsten Moment auf der Straße, die ihn hinunter in die Stadt führte.
Sie war vor Stunden das letzte Mal geräumt worden, doch das störte ihn nicht. Er fühlte sich sicher, und vor allem fühlte er sich gut.
Er bog nach rechts ab in die Rathausstraße. Das Kopfsteinpflaster war kaum noch zu spüren, denn darüber hatte sich eine feste Schneedecke gelegt. Der Wagen holperte und schlingerte bisweilen in der eingefahrenen Reifenspur.
Endlich überquerte er die ZOB-Kreuzung und hatte es plötzlich eilig, die Stadt zu verlassen. Es gab da noch eine Sache, die er erledigen musste.
Es kostete ihn über eine Stunde, nach Osterholz zu gelangen, für eine Strecke, die unter normalen Bedingungen maximal die Hälfte der Zeit beanspruchte. Er fuhr die Straße bis zum Wendeplatz der Sackgasse durch und stellte sein Auto dort in der Kurve ab. Die letzten Meter ging er zu Fuß. Das Haus der Kohns lag auf der linken Seite. Obwohl es noch mitten am Tag war, drang aus nahezu allen Fenstern Licht nach außen.
Jürgen betrat die breite Zufahrt und öffnete die Holztür, die auf die Rückseite des Hauses führte, wo sich der eigentliche Eingang befand.
Er klingelte.

Während er das tat, wurde ihm bewusst, dass er dieses Haus noch nie betreten hatte, nicht einmal während seiner Kindheit. Lediglich das hierzulande beliebte „Rummelpottlaufen“ am Silvesterabend hatte ihn überhaupt bis zu dieser Stelle geführt.
Die Tür wurde geöffnet. Angela Kohn blickte ihn mit einer Spur von Neugier an. Sie hatte ihr Haar frisch frisiert, war geschminkt und steckte in einem sportlichen Hosenanzug. Sie wirkte dadurch um einiges jünger.
„Jürgen Packulat“, sagte sie zur Begrüßung, die nicht mehr als eine Feststellung war.
„Guten Tag, Frau Kohn“, sagte Jürgen distanziert. „Darf ich reinkommen?“
Angela Kohn nickte knapp. „Natürlich. Bitte sehr.“ Sie trat zur Seite, sodass der junge Mann eintreten konnte.
Hinter ihm wurde die wuchtige Holztür wieder geschlossen.
Im Innern des Hauses war eine wohlige Wärme zu spüren, die von dem wuchtigen Kaminofen im Wohnzimmer ausging.
Ein Ort, dachte Jürgen, an dem man sich wohlfühlen konnte. Er hingegen tat es nicht, aber aus diesem Grund war er schließlich auch nicht gekommen.
„Es muss ein wichtiger Grund sein, der Sie hierher führt“, stellte Angela Kohn fest, nachdem sie ihm die Jacke abgenommen, und an die Garderobe im Flur gehängt hatte. „Aber bitte, kommen Sie doch erst mal mit rein.“
Sie führte ihn durch den Flur in das Wohnzimmer. „Möchten Sie vielleicht etwas trinken? Einen Wein, ein Bier oder ein Glas Wasser?“
Nein, das wollte Jürgen Packulat nicht.
Sie nahmen auf der breiten Ledergarnitur Platz, während im Kamin drei dicke Holzscheite knackten und knisterten. Funken stiegen aus ihnen auf und verschwanden im Schacht.

„Sie sind entlassen worden?“, fragte Angela Kohn, um das Gespräch nicht versiegen zu lassen.
„Heute Mittag“, antwortete Jürgen.
Angela Kohn sah ihm direkt in die Augen, als sie ihre nächste Frage formulierte: „Was führt Sie dann so Dringendes hierher?“
„Ich brauche Geld“, sagte Jürgen zögernd.
Wieder eine kleine Explosion der Holzscheite im Kamin. Ansonsten herrschte für einen Augenblick Stille.
Angela Kohn griff nach einer Karaffe mit Brandy, die sich auf dem kleinen Couchtisch befand und schenkte sich ein kleines Glas ein. Mit dem Hals der Karaffe deutete sie auf Jürgen. „Sie wollen wirklich nicht?“
„Nein.“
Angela Kohn stellte die Flasche behutsam auf den Glastisch zurück. Sie führte das Glas an die Lippen, mit ruhiger Hand, selbstbewusst und überlegt. Sie trank, setzte das Glas ab und sah ihren Besucher über den Rand hinweg an.
„Und was bringt Sie auf die Idee, dass Sie ausgerechnet von mir und meinem Mann etwas bekommen könnten?“
Jürgen vollführte mit den Händen eine vielsagende Geste.
Angela Kohn lächelte. „Oh, Sie denken, weil es in der Vergangenheit bei meinem Mann geklappt hat, könnten Sie auf dieser Schiene weitermachen, ja? Haben Sie das von Ihrem Freund, diesem Ziercke, gelernt?“
„Sie haben recht“, sagte Jürgen schließlich und setzte sich aufrecht. „Bei Rolf hat es funktioniert. Er hat mich eingeweiht. Ich kenne die Gründe, warum Ihr Mann in der Vergangenheit gezahlt hat.“
Angela Kohn nahm einen weiteren Schluck aus ihrem Glas und stellte es leer auf den Tisch neben die Flasche.
„Die Polizei kennt sie inzwischen auch. Mein Mann wird sich den Konsequenzen daraus stellen. Es tut mir leid, aber Sie haben Ihr Druckmittel verloren.“

Jürgen Packulat zeigte sich unbeeindruckt. „Ihr Mann ist nicht da?"
„Er ist vorhin noch einmal weggegangen."
„Das macht es einfacher", stellte Jürgen fest.
Dies war der Augenblick, in dem das erste kleine Stückchen aus Angelas Fassade der Selbstsicherheit herausbröckelte. „Wie meinen Sie das?"
„Wenn Ihr Mann nicht mehr zahlen will, dann vielleicht Sie", gab Jürgen zurück.
Angelas Gesichtsausdruck wurde entschlossener. „Ich fürchte, Sie haben mir nicht zugehört. Sie bekommen keinen Cent mehr von uns. Sie haben meinen Mann nicht länger in der Hand."
„Ihren Mann nicht, aber Sie", antwortete Jürgen.
Sie legte sich eine Hand an den oberen Brustkorb und gab ein glucksendes Geräusch von sich. „Mich?"
„Ja."
„Und darf ich fragen, was es ist? Was könnten Sie über mich wissen, dass mich veranlassen sollte, ausgerechnet Ihnen Geld zu g…"
„Ich habe Sie erkannt", sagte Jürgen entschlossen.
Dieses Mal dauerte die Gesprächspause zwischen den beiden länger an. Angela hatte den Blick abgewandt und sah in die Flammen des Kamins. Die aufrecht gestapelten Holzscheite fielen in diesem Augenblick in sich zusammen.
„Sie bluffen", unterstellte Angela, „und das auch noch auf eine ziemlich durchsichtige und dumme Weise."
Jürgen Packulat langte unter seinen Pullover und zog etwas aus dem Hosenbund, was er vor Angela Kohn auf den Tisch legte.
„Rolf hatte an dem Abend seine Webcam eingeschaltet", erklärte Jürgen. „Eine kleine Kamera, die an seinem Monitor installiert war. Sie war eingeschaltet und zeigt Sie."

Angela Kohn sah auf den silbernen DVD-Rohling herunter, der vor ihr auf der Glasplatte des Tisches lag.
„Sie haben sich die Aufnahmen angesehen?“
Ihr Besucher nickte.
„Trotzdem die Frage: Woher wollen Sie wissen, dass ich es gewesen bin? Ich meine, der Täter, wer auch immer es war, wird doch sicher eine Kopfbedeckung getragen haben.“
Jürgen spreizte Zeige- und Mittelfinger seiner rechten Hand und führte sie sich vor das Gesicht. „Ihre Augen.“
Angela löste ihren Blick von der DVD und ließ ihn ein kleines Stück hinüber zur Brandy-Flasche wandern. Dann ruckte ihr Kopf vor, als sie sich wieder ihrem Gast zuwandte.
„Sie können das Ding wieder einstecken, ich will es nicht sehen.“
„Ganz wie Sie wollen.“
Angela erhob sich langsam von ihrem Platz. Sie wanderte zum Kamin hinüber, griff nach zwei großen Holzscheiten und warf sie in den offenen Kamin. Die Flammen züngelten, leckten über das trockene Holz und setzten es nach wenigen Sekunden in Brand.
„Wieviel wollen Sie?“, sagte sie mit nahezu tonloser Stimme.
Jürgen Packulat entspannte sich ein wenig. Er bemühte sich, ein gleichgültiges Gesicht zur Schau zu stellen. „Für den Anfang vielleicht nochmal fünftausend Euro. Das ist die erste Rate. Und dann werden wir weitersehen.“
Wie aus dem Nichts schoss das Ende des schweren Schürhakens heran. Es traf genau die Stelle, an der vor einer Sekunde noch der Kopf des jungen Mannes gewesen war.
Statt ihn zu treffen, ging der Hieb ins Leere und schlug schließlich auf die Ledercouch, wo der Schürhaken einen tiefen Riss hinterließ.
Jürgen hatte die Bewegung aus dem Augenwinkel heraus wahrgenommen, und seine schnelle Reaktion rettete ihm

vermutlich das Leben. Er hatte sich nach vorn katapultiert und riss dabei den klobigen Sessel um, der mit der Rückseite auf den Dielenboden knallte.
Jürgen drehte sich um und starrte in Angela Kohns Gesicht, das nunmehr zu einer Fratze des blanken Hasses verzerrt war.
Sie würde nicht aufgeben, diese Information stand eindeutig darin zu lesen. Und Angela Kohn handelte, sie setzte dem jungen Mann nach, der nun nach einem Ausweg suchte.
Der Weg nach draußen wurde ihm durch Angela versperrt, die bereits auf ihn zukam. Aber in seinem Rücken befand sich eine weitere Tür. Jürgen wirbelte herum, und riss sie auf. Er stolperte zwei Stufen hinunter und befand sich im Atelier.
Angela Kohn jagte ihm hinterher. Noch konnte sie es schaffen. Der Kerl durfte die hintere Tür des Ateliers nicht erreichen. Und selbst wenn … gut, dass Erich sie immer verschlossen hielt.
Noch war also nicht alles verloren. Der Mann saß in der Falle, er konnte nicht heraus.
Sie jagte ihm nach, lief die Stufen hinunter. Dort stand er, in der Mitte des Raumes. Er gehörte ihr. Sie würde ihn nicht entkommen lassen.
Mit einem wütenden Schrei sprang Angela auf Jürgen Packulat zu. Dabei hielt sie den Arm mit dem Schürhaken hoch erhoben.
Da wurde sie plötzlich von hinten gepackt. Gleichzeitig wurde ihr der Schürhaken aus der Hand geschlagen. Er prallte mit einem metallisch singenden Geräusch auf dem Boden auf.
Mit weit aufgerissenen Augen starrte Angela Kohn auf die beiden Männer, die sich aus dem Schutz der großen Staffeleien gelöst hatten.

„Guten Tag, Frau Kohn", sagte Hauptkommissar Junge gefährlich leise, während Werner Klinger noch immer den Arm der Frau festhielt. Erst auf ein Zeichen seines Vorgesetzten hin, ließ er sie los.
„Was … wie sind Sie hier hereingekommen?", schrie Angela, die sich beiläufig das schmerzende rechte Handgelenk rieb.
„Die Tür war offen", sagte Junge und deutete mit dem Daumen nach hinten.
Jürgen Packulat atmete schwer. Er stand keuchend hinter den anderen und lehnte sich gegen die Fensterbank. Auf seiner Stirn stand Schweiß.
„Sie haben das glänzend gemacht, Herr Packulat", sagte Junge und legte dem Mann eine Hand auf die Schulter.
Jürgen nickte nur, ihm stand das Entsetzen ins Gesicht geschrieben.
„Was hat das alles zu bedeuten?", rief Angela, noch immer mit schriller Stimme.
Der Kommissar trat auf sie zu und blickte sie ernst an. „Ich konnte mir einfach nicht helfen. Ich gelangte zu der Überzeugung, dass ich mit diesem jungen Mann da den falschen Fisch an der Angel hatte. Ich hielt ihn nicht für den Täter, obwohl einiges gegen ihn sprach. So gelangte ich zu dem Entschluss, ihn wieder auf freien Fuß zu setzen, nicht ohne jedoch vorher noch ein eindringliches Gespräch mit ihm geführt zu haben."
„Ein Gespräch? Worüber?"
„Darüber, wie sich die Dinge ansonsten noch abgespielt haben könnten, und wer, außer Ihrem Mann selbstverständlich, noch einen Grund gehabt haben könnte, Rolf Ziercke umzubringen."
„Und da kamen Sie ausgerechnet auf mich?"
Der Kommissar nickte. „Ihr Mann machte vor kurzem eine Bemerkung, die mich aufhorchen ließ. Es ging darum, dass er ein felsenfestes Alibi für den Mordabend hatte. Er

befand sich sogar in der Gesellschaft meines Kollegen im Gasthaus. Aber danach sagte er etwas, das mich nachdenklich gemacht hat. Er sagte, er wäre im Anschluss zu seiner Frau gefahren."

Angela Kohn sah ihn fragen an. „Na und?"

Junge lächelte milde. „Er sagte nicht *ich fuhr nach Hause*, sondern er gebrauchte die Formulierung *ich fuhr zu meiner Frau*. Das ist für mich ein Unterschied. Und so kam ich auf den Gedanken, dass er es nur aus einem einzigen Grund bewusst so formuliert hatte: nämlich dem, um Ihnen ein Alibi zu geben."

„Erich wusste, dass du nicht zu Hause warst. Und er ahnte, wo du an dem Abend gewesen bist", ergänzte Klinger, der noch immer dicht hinter ihr stand.

„Sie hatten das Gefühl, die Dinge in die Hand nehmen zu müssen", fuhr Junge fort. „Weil Sie wussten, dass Ihr Mann dazu zu weich war. Er hätte gezahlt, sein Leben lang. Und damit hätte er nicht nur seine eigene, sondern auch Ihre gemeinsame Zukunft in Gefahr gebracht. Alles, was Sie sich über die Jahre aufgebaut hatten, wäre durch die Erpresser zunichte gemacht worden."

„Ich habe ihre Anrufe vom oberen Apparat mitverfolgt", sagte Angela Kohn leise. „Ich habe gehört, wie der Kerl mit meinem Mann gesprochen hat. Mit welchem Ton und welcher Verachtung." Sie drehte sich zu Junge um und sah ihm direkt ins Gesicht. „Das hat mein Mann nicht verdient. Er ist ein Künstler, ein … bedeutender Mann. Aber das hat hier draußen ja noch nie jemanden interessiert. Ich … konnte es nicht ertragen, wie sie mit ihm umgingen. Und ich wollte nicht, *durfte* nicht zulassen, dass sie auch nur einen Cent von uns bekamen."

„Sie wussten, mit wem sich Ihr Mann traf?", hakte Junge nach. „Und Sie wussten auch von den heimlichen Treffen in der Pathologie der Schuhmann-Klinik, nehme ich an?"

Sie nickte und verschränkte ihre Arme vor der Brust. Sie zitterte leicht, als ob sie fror oder sich einfach in diesen vier Wänden, der Wirkungsstätte ihres Mannes, nicht mehr wohlfühlte. „Erich hat mit mir darüber gesprochen. Ich kannte seinen Zwang, aber ich lernte auch, damit umzugehen und schließlich damit zu leben. Es ist seine Form von Kunstverständnis, die sehr speziell ist. Aber er hat niemandem damit geschadet. Im Gegenteil, er hat diesen jungen Schmarotzern auch noch Geld dafür gegeben, damit sie ihr Leben weiterhin verschwenden konnten, statt etwas Vernünftiges damit anzufangen."

„Und als Ihr Mann von Ihnen niedergeschlagen wurde, fassten Sie den Entschluss, den Hauptübeltäter – Rolf Ziercke – umzubringen."

„Ja", sagte Angela Kohn leise. „Mein Mann und ich haben vielleicht nur noch ein oder zwei gemeinsame Jahre. Ich habe ihm verheimlicht, dass ich … krank bin. Ich wollte diese Zeit mit ihm genießen, aber ich hätte es nicht gekonnt, wenn …"

Sie brach ab, drehte sich weg und kämpfte gegen ihre Tränen an. Erfolgreich. Als sich Angela Kohn wieder zum Kommissar umdrehte, war sie wieder ganz die Alte. „Ich nehme wohl an, dass Sie mich jetzt festnehmen werden?"

„Ja", gab Junge knapp zurück.

Angela Kohn nickte und blickte sich noch einmal um, als wolle sie Abschied nehmen. Und so wie die Dinge lagen, war es nichts anderes als ein Lebewohl auf immer. Sie würde dieses Haus nicht mehr wiedersehen.

Werner Klinger nahm die Frau sanft am Arm. „Angela, wo ist dein Mann jetzt?"

„Ich weiß es nicht", presste sie hervor, und das war alles, was sie den Beamten sagte. Ihr Blick wanderte zur Hintertür hinüber und zu dem Garderobenhaken, wo Erich seinen Mantel und seinen Hut hinhängte.

Die Stelle war leer.

- 33 -

SUCHENDE – TEIL 1

Angela Kohn wurde aus dem Haus geführt. Werner Klinger fiel die Aufgabe zu, sie nach Flensburg zu fahren, da die übrigen Einsatzwagen noch immer nicht eingetroffen waren. Junge war über Funk vom Verschwinden des jungen Marten unterrichtet worden. Er fühlte, dass der Fall nun noch einmal eine entscheidende Wendung nahm. Etwas war hier im Gange. Der Ort war aufgewacht, und das, obwohl ein außenstehender Betrachter meinen konnte, er würde in einem tiefen Schlummer stecken, wohlverwahrt unter einer Schicht aus Eis und Schnee. Junge wusste, dass dem nicht so war. Es gab noch immer eine entscheidende Frage zu klären: Wer war verantwortlich für den Tod von Isabella Ehlert, der jungen Ärztin?

Junge trat vor das Haus und band seinen Schal fester, sodass der Wind nicht an seine Haut dringen konnte. Die Suche nach dem Kind würde durch den Schneefall bedeutend erschwert werden. Und dann war da noch ein Mörder, der sicherlich nicht tatenlos zusehen würde, wie sich die Dinge verselbstständigten. Und dieser Punkt machte dem Kommissar am meisten Sorgen.

Suchende – Teil 2

Der Winter griff weiter um sich. Der Himmel hatte sich zugezogen, und der Schneefall schien noch weiter zuzunehmen. Er erschwerte nicht nur das Vorankommen abseits der Straßen und Wege, sondern auch die Sicht.

Sinje und Meike waren auf dem Weg zum Seezeichen, dem Ort, an dem Marten zumeist zu finden war, wenn er für sich sein wollte.

Benny lief voran, ohne Leine. Selbst er hatte Mühe, sich einen Weg durch die Schneeverwehungen zu bahnen, die ihnen unterwegs begegneten. Ob das Tier ahnte, worum es ging?

Meike hatte immer wieder den Eindruck, denn der Mischling wirkte nicht nur aufgeregt, sondern auf eine seltsame Weise auch hochkonzentriert, so als würde er tatsächlich nach Spuren suchen.

Die drei erreichten die Abzweigung und bogen nach links ab. Der Knick, der zu ihrer Linken verlief, schützte sie vor dem schneidenden Wind.

Sie kamen besser voran. Doch es machte auch hier keinen Sinn, nach Fußspuren Ausschau zu halten – es gab einfach keine. Der starke Schneefall hätte sie innerhalb von wenigen Minuten unkenntlich gemacht.

Dennoch trieb es Benny weiter voran. Der Hund winselte hin und wieder, weil es selbst ihm zu langsam voranging.

Als das Seezeichen am Rand der Steilküste in Sicht kam, gab es für den Mischling kein Halten mehr. Er preschte voran und lief den beiden Frauen davon.

In Sinje keimte neue Hoffnung auf. Und gleichzeitig beschlich sie ein banger Gedanke, den sie nicht zu Ende bringen wollte.

Sie fürchtete sich davor, das Seezeichen zu erreichen, hatte panische Angst vor dem, was sie dort möglicherweise finden würden.

Die beiden Frauen stapften nebeneinander her durch den Schnee. Irgendwo weit vor ihnen hatte Benny die Steilküste erreicht. Der Mischling begann zu bellen und abwechselnd zu winseln.

Plötzlich brach Sinje in Tränen aus. „Ich weiß nicht, ob ich weitergehen kann. Ich könnte es nicht ertragen, wenn Marten dort liegt und …“

Meike berührte sie sanft an der Schulter.

Beide Frauen waren inzwischen in Schnee eingehüllt und äußerlich kaum noch zu unterscheiden.

„Ich könnte Hark nie wieder unter die Augen treten“, fuhr Sinje heulend fort. „Ich hätte besser auf Marten aufpassen müssen. Aber er hat sich einfach rausgeschlichen!“
„Niemand macht dir einen Vorwurf, Sinje. Und auch Hark würde das niemals tun.“
Sinje hob den Kopf und sah die Tierärztin an. „Woher willst du das wissen? Kennst du Hark inzwischen schon so gut, ja?“
Meike zog ihre Hand zurück, die sie der anderen auf den Arm hatte legen wollen. „Entschuldigung“, sagte sie, „ich wollte nicht …“
Sinje schüttelte den Kopf. „Schon gut. Es tut mir leid. Ich habe kein Recht, so zu reden.“
Für die Dauer weniger Sekunden standen die beiden ungleichen Frauen sich gegenüber und sahen sich an, ohne dass eine von ihnen noch etwas sagte.
„Wir müssen nach Marten sehen“, sagte Sinje schließlich und stapfte weiter. Näher an das Seezeichen heran, von wo noch immer Bennys Bellen zu ihnen herüberdrang.
Meike hatte sie nach wenigen Schritten eingeholt. Sie passierten die Sandgrube, blickten hinab auf den etwa drei Meter in der Tiefe liegenden Grund, fanden jedoch nichts, was ihre Aufmerksamkeit erregt hätte.
Also weiter.
Bis zum Seezeichen waren es jetzt nur noch wenige Meter. Der Wind schlug ihnen hier oben am Rand der Steilküste mitten ins Gesicht und raubte ihnen den Atem.
Dann endlich hatten sie ihr Ziel erreicht.
Sie fanden … nichts!
Das Seezeichen lag verlassen vor ihnen, und es gab keinerlei Hinweise, dass sich vor kurzem jemand hier aufgehalten hätte.
Einzig Benny war weitergelaufen. Er stand mit den Vorderpfoten direkt am höchsten Rand der Küste und bellte

die tief unter ihnen liegende Ostsee an. Selbst sie schien den Atem anzuhalten und war erstarrt.
„Er ist nicht hier“, stellte Sinje resignierend fest. Sie blickte zu Benny hinüber, da sie sich selbst nicht so nahe an den Rand der Steilküste traute.
„Wir werden weitersuchen“, rief Meike gegen den böigen Wind an. Sie rief nach Benny, doch der Mischling reagierte nicht. Viel zu sehr war er damit beschäftigt, mit seinen Vorderpfoten im Schnee zu scharren und zu winseln.
Meike berührte Sinje am Arm und deutete auf das Tier. „Es sieht so aus, als würde er nach einem Weg da hinunter suchen.“
Sinje erwiderte den Blick der Ärztin. Dann riss sie sich los und rannte zu Benny hinüber.
Meike folgte in geringem Abstand.
Die drei Suchenden blieben nebeneinander am Rand stehen und sahen in die Tiefe.
Die Ostsee lag dort unten in ihrem eisigen Bett, aber von Osten her näherte sich über den Strand ein Schatten durch die weiße Wand aus Schnee.
Ein einsamer Wanderer, der etwas geschultert hatte, was ihm zur Last geworden war.
Ein böser Wanderer, der sich ganz kurz vor seinem Ziel befand.
„Marten“, flüsterte Sinje. „Oh, mein Gott.“ Sie drohte vornüberzufallen. Meike packte sie im letzten Moment am Arm. Die beiden Frauen starrten in die Tiefe, auf den in so gottverdammter Ferne erscheinenden Strand.
Was immer dort in Kürze geschah – sie würden die Ereignisse von hier oben nicht mehr beeinflussen können.

Suchende – Teil 3

Der schwergewichtige Mann zog sich seine Kopfbedeckung tiefer in die Stirn. Er blinzelte gegen den herabfallenden Schnee, in der Hoffnung, bessere Sicht zu erhalten.

Von irgendwoher glaubte er, das Geräusch einer Polizei- oder Feuerwehrsirene zu hören. Er bäumte sich gegen den unangenehmen Wind und hielt Ausschau nach dem Blaulicht, doch es war nichts zu sehen.
Der Schnee trieb quer über die Felder, sammelte sich in Mulden, Ackerfurchen und an den Knicks.
Wilfried Packulat hatte dafür keine Augen. Er hatte etwas zu erledigen, das keinen Aufschub duldete, und er wusste, dass er nicht wieder nach Hause kommen durfte, bevor er keine Ergebnisse vorweisen konnte.
Packulat dachte an seine beiden Söhne. In welche Situation hatten sie ihn gebracht? Er setzte einen Fuß vor den anderen, ächzte, mühte sich voranzukommen. Der Landwirt war sich nicht sicher, ob seine Familie je wieder vollzählig am Tisch vereint sein würde. Seine Hände ballten sich zu Fäusten.
Er stapfte weiter in der Gewissheit, dass ab dem heutigen Tag nichts mehr so sein würde wie zuvor.

Suchende – Teil 4

Was zur Hölle tat er hier?
Hätte er nicht längst fort sein sollen? Im Grunde gab es nichts, was ihn hier noch hielt. Bis auf diese eine Sache, die es noch zu erledigen gab. Er musste mit Hark Hagendorn reden. Und mit Meike. Besser noch mit beiden zusammen.
Verdammt nochmal, sie war eine faszinierende Frau. Eine, wie es sie nicht alle Tage gab. Und hier draußen schon gleich gar nicht. Hatte er sich in die Tierärztin verliebt?
Er wusste es nicht, jedenfalls nicht mit letzter Bestimmtheit. Es war manchmal so schwierig, seinen Gefühlen zu vertrauen.
Aber konnte er es so einfach zulassen, dass Hagendorn kam und sie ihm vor der Nase wegschnappte?

Sie mussten reden. Vielleicht waren die beiden auch nur Freunde. Obwohl, irgendwie hatte es neulich beim Abendessen anders für ihn ausgesehen. Sie hatten diese Blicke untereinander ausgetauscht, die mehr verraten als tausend Worte. Diese Blicke waren es gewesen, die Dirk Hoffmann einen Stich versetzt hatten. Also machte er sich doch etwas aus dieser Frau. Immerhin eine Erkenntnis, dachte er, während er weiter durch den immer höher werdenden Schnee stapfte, der seine Schritte wie Watte abfederte.
Eine schöne Zeit hatte er sich ausgesucht. Hoffmann spie in den Schnee und ging weiter.

Suchende – Teil 5
Kohn wäre beinahe auf der vereisten Fläche, die vor ihm lag, ausgeglitten. Im letzten Moment gelang es ihm, das Gewicht zu verlagern und einen Sturz zu verhindern.
Für einen Augenblick blieb er stehen. Er spürte die Last, die auf ihm lag.
Doch er durfte sich keine Pause gönnen. Wahrscheinlich würden sie bereits nach ihm suchen. Vorhin, erst vor zwei oder drei Minuten, war das Geräusch einer Sirene an sein Ohr gedrungen. Weit, sehr weit entfernt zwar, aber immerhin gegen den heulenden Wind schwach wahrnehmbar.
Sollten sie. Er würde nicht mehr lange brauchen. Nur noch wenige Meter vielleicht, dann würde er sein Ziel erreichen.
Von dort aus gab es kein Zurück mehr.
Hinter ihm lag der Strand. Das Bellen eines Hundes drang an seine Ohren. Fast hätte Kohn sich nach der Steilküste umgedreht. Aber wozu sollte das gut sein? Er würde nur wertvolle Zeit verlieren. Und so viel war zumindest sicher: Ein Hund würde ihn nicht von seinem Plan abbringen.
Erich Kohn atmete tief durch und setzte seinen Weg fort. Dort drüben wurde das gefrorene, verschorfte Eis brüchig,

er konnte bereits die hellweißen Linien erkennen – die Bruchstellen.
Kohn ächzte. Es war ein Laut der Erleichterung.
Er hatte es gleich geschafft.

Suchende – Teil 6

Ein Name, der all sein Denken und Handeln ausfüllte: Marten!
Hark hatte das Fernglas mitgenommen, aber der erste Gedanke, der ihm durch den Kopf schoss, als er vor die Tür trat, war, dass er es nicht würde einsetzen können.
Der Schnee fiel inzwischen so dicht, dass man kaum noch die Hand vor Augen sehen konnte. Er hatte sich das Utensil um den Hals gehängt und war losgestapft.
Das war jetzt vor fast einer Stunde gewesen. Hark hatte nicht gezählt, wie oft er seitdem den Namen seines Jungen gebrüllt hatte, im Wettkampf gegen den Wind, der am Saum seines Mantels zerrte.
Dieser Tag würde Hark auf ewig in Erinnerung bleiben, ganz egal, was jetzt noch folgte.
Er hatte die Siedlung längst hinter sich gelassen, war über die freien Felder gestapft und hatte sich noch nie in seinem Leben so einsam und so verflucht hilflos gefühlt.
Er wischte sich den schmelzenden Schnee aus dem Gesicht, da ihm das Wasser die Sicht zusätzlich verschleierte.
Alles war still. Auf den schmalen Landstraßen, die sich in der Ferne durch die Hügel schlängelten, war niemand unterwegs.
Jeder, der konnte, blieb bei dieser Witterung zu Hause und vermied es tunlichst, in sein Auto zu steigen.
Erinnerungen an die Schneekatastrophe des Winters von 1978 auf 1979 wurden wach. Hark blinzelte sie weg.
Noch einmal rief er nach Marten, doch der Name verhallte ungehört über den Feldern, die sich im Osten bis zum Waldrand erstreckten.

Hark registrierte beiläufig, dass er in etwa zehn bis fünfzehn Minuten das Haus an der Steilküste erreichen würde, wenn er den eingeschlagenen Weg beibehielt.
Dort, wo alles begonnen hatte.
Es hatte keinen Sinn mehr, weiterzusuchen. Was wusste er immerhin von Marten? Nichts. Am Seezeichen war er zuerst gewesen, und dann hatte ihn sein väterlicher Instinkt auch bereits verlassen. Was für ein Armutszeugnis.
Er wollte sich abwenden, als er aus den Augenwinkeln heraus eine Bewegung wahrnahm.
Dort drüben am Waldrand. Ein Schatten, der zwischen die Bäume hindurchhuschte. *Marten?*
Hark setzte sich wieder in Bewegung. Er war sich sicher, dass er sich nicht getäuscht hatte. Und er hatte auch kein Reh gesehen.
„Hallo?", brüllte er. Der Wald gab ein unheimliches Echo zurück.
Der andere lief weiter, tauchte tiefer in den Wald ein, sodass Hark ihn nicht mehr richtig erkennen konnte.
Er beschleunigte seine Schritte, was auf dem weichen Untergrund nicht einfach war. Hark rief noch einmal. Wenn der andere ihn gehört hatte, so zeigte er keine Reaktion.
Hark begann zu laufen. Sein Atem ging keuchend, während er weiter auf den Buchenwald zuhielt.
Er kniff seine Augen zusammen, versuchte, den anderen nicht zu verlieren.
„Hey, bleib stehen!"
Es war nicht Marten. Diese Erkenntnis traf Hark von einer Sekunde auf die andere, als er die massige Gestalt zwischen den Bäumen verschwinden sah. Enttäuschung und auch Wut machten sich in ihm breit. Und dennoch wollte er nicht aufgeben. Er war nicht den ganzen Weg bis hierher gegangen, um den Flüchtenden davonkommen zu lassen.

Es musste einen Grund geben, warum der Unbekannte vor ihm davonlief. Und möglicherweise hatte es etwas mit den Geschehnissen hier draußen zu tun.
Hark holte auf. Er tauchte in den Wald ein. Der Untergrund veränderte sich beinahe schlagartig, wurde weicher. Seine Schritte wurden von einer dicken Laubschicht abgefedert. Der andere floh vor ihm, das wurde inzwischen deutlich. Hark setzte alles daran, die Distanz zu verringern, die ihn jetzt noch von der Gestalt trennte.
„Bleiben Sie stehen!“, rief er noch einmal, wenngleich er auch wusste, dass es keinen Sinn hatte.
Mit einem Mal war die Gestalt von der Bildfläche verschwunden. Hark rannte weiter und stoppte abrupt an der Stelle, wo er sie aus den Augen verloren hatte.
Dann hörte er das Geräusch: ein aufgeregtes Atmen. Der andere musste ganz in der Nähe sein.
Und schließlich entdeckte Hark den getarnten Verschlag, der am Fuß eines Hügels lag. Mein Gott, wie hatte er das nur übersehen können? Und was zum Teufel tat der Flüchtende da drinnen? War es eine Falle?
Hark ging vorsichtig auf den Verschlag zu. Unterwegs hob er ein armdickes Astende auf, mit dem er sich notfalls verteidigen konnte. Er riss die Tür auf und starrte in das dahinterliegende Dunkel.
Die schattenhafte Gestalt krümmte sich und riss zugleich beide Arme schützend in die Höhe. Ein angstvolles Wimmern wurde laut, als Hark die Hütte mit dem zum Schlag erhobenen Ast betrat.
„Neiiiiiin, bitte nicht! Tun Sie mir nichts!“
„Johannes?“ Hark ließ seinen Arm sinken.
Der Angesprochene zuckte zusammen. Dann jedoch gab er nach und nach seine abwehrende Haltung auf. Er blinzelte zwischen den Fingern seiner erhobenen linken Hand hindurch.
„Was willst du von mir?“

„Ich bin Hark. Warum bist du vor mir weggelaufen?"
Johannes ließ erleichtert die Luft aus seinen Lungen entweichen. „Ich hab gedacht, du bist der andere."
„Der andere?", fragte Hark alarmiert. Wen meinst du damit?"
Johannes kroch ein wenig näher, ein Stück weiter in Richtung des Eingangs. „Der, der hier gewesen ist und … ihn mitgenommen hat."
Hark trat einen Schritt vor, packte Johannes bei den Armen und zog den kreischenden Mann aus der Höhle heraus. „Johannes, was ist passiert? Wer ist bei dir gewesen?"
„Der Junge", keuchte Johannes. „Ich … habe ihm das Versteck gezeigt. Er … er wollte abhauen, genau wie ich. Aber plötzlich war er nicht mehr da."
„Welcher Junge?", wollte Hark wissen. Seine Stimme überschlug sich beinahe.
„Marten."
Hark kam sich vor wie in einem bösen Traum. Johannes gab eine ungefähre Beschreibung ab, von der Hark nur die ersten Worte zu hören brauchte, um zu wissen, dass es sich um seinen Jungen handelte. Die restlichen Erklärungsversuche drangen wie aus einem kilometerweit entfernten Ort an seine Ohren. Er unterbrach den zurückgebliebenen jungen Mann: „Wo ist Marten jetzt? Versuche, dich zu erinnern. Was genau ist hier passiert?"
Johannes sagte es ihm. „Ich kam zurück zum Versteck, und plötzlich war er nicht mehr da. Erst dachte ich, er wäre abgehauen, aber ich glaube, das stimmt nicht. Ich habe nämlich etwas gefunden." Johannes ging ein paar Schritte in die entgegengesetzte Richtung, fast bis zum Rand des Hügels. „Hier. Das hier. Man kann sie noch erkennen, wenn man ganz genau hinsieht."
Hark folgte Johannes und starrte auf die Stelle im Schnee, auf die sein Finger deutete.
Fußspuren.

Durch den Schutz der Baumkronen und der Büsche ringsum waren sie noch nicht von Wind und Schnee unkenntlich gemacht worden.
Hark starrte auf die Fußabdrücke, die zum Hügel hinauf verliefen. Er war kein Fährtenleser, aber so viel erkannte Hark auch, dass es sich dabei um tiefe Abdrücke handelte. Vielleicht war es ein schwerer Mann gewesen. Oder er hatte diese Abdrücke hinterlassen, weil er etwas (oder jemanden) getragen hatte. *Marten.*
Hark blickte zum Hügel hinauf. Immerhin hatte er jetzt eine Spur. Und die Gewissheit, dem Mörder und seinem Geheimnis noch nie zuvor so nahe gewesen zu sein.

- 34 -

ER STEMMTE SICH gegen den Wind, der hier draußen noch kräftiger blies. Er fegte über das Eis, das wie Kristall klirrte, wenn sich kleinere Partikel mit dahintreibendem Schnee vermischten und über die Oberfläche scharrten.

Der Mann ächzte unter seiner Last, die er nun geschultert hatte. Auf dem Weg hierher, unten am Strand, hatte er ein funktionstüchtiges Ruderboot gefunden, von dem ihm ein Teil wie gerufen kam. Diesen Gegenstand führte er mit sich, benötigte dazu die freie linke Hand.

Der Knickflüsterer hatte sich den breitkrempigen schwarzen Hut tief ins Gesicht gezogen, damit seine Augen von dem treibenden Schnee verschont wurden.

Irgendwo hoch über ihm, am Rand der Steilküste, wollte eine verdammte Töle nicht damit aufhören, wie von Sinnen zu kläffen. Hätte er nur noch eine Hand frei gehabt, und wäre das Tier in der Nähe gewesen, hätte er dafür gesorgt, dass es ein für alle Mal verstummt wäre.

Bald würde es vorbei sein.

Vorsichtig wagte er sich weiter hinaus. Bei jedem Schritt prüfte er, ob ihn das Eis trug. Es musste immerhin alles passen, wenn sein Plan aufgehen sollte. Alles musste stimmig sein.

Der Junge auf seinen Schultern begann, sich zu bewegen. Zunächst noch kaum wahrnehmbar, lediglich ein erstes Zucken der Beine. Er erwachte langsam aus seiner Bewusstlosigkeit, in die er den Burschen mit Hilfe von etwas Chloroform versetzt hatte. Auch das passte perfekt. Der Junge durfte nur nicht zu früh wach werden. Und falls doch – nun ja, dann müssten sie beide eben auch mit dieser Situation leben. Diese Phase würde ja nicht lange dauern.

Dennoch musste er sich beeilen. Der Hund machte ihn beinahe wahnsinnig.

Der Knickflüsterer trat mit großen, gewagten Schritten über das Eis. Das Schneetreiben ließ zu, dass er von hier aus die offene Ostsee erkannte. Das graue, wogende Wasser. Er näherte sich dem Rand des Eises. Endlich.
Mit einem tiefen Ächzen legte er den Jungen etwa zwei Meter vom Wasser entfernt ab. Das Eis war an dieser Stelle nicht besonders dick und mehr als einmal hatte es unter ihrem Gewicht bereits gefährlich geknackt. Wenige Zentimeter unter ihnen hatten sich zickzackförmige Risse gebildet.
Der Mann drückte sein Kreuz durch. Dann packte er das Ruder des Ruderbootes fester und begann damit, eine Eisscholle loszuschlagen, mit der er den Jungen hinaus auf die offene See befördern würde.

- 35 -

HARK RANNTE UM ein Leben, für das er verantwortlich war.
Die Fußspur, der er folgte, führte über den Hügel und von dort aus weiter durch den Wald. Nicht immer war sie klar erkennbar und mehr als einmal glaubte Hark, er hätte sie aus den Augen verloren. Doch dann traf er wieder auf die schweren, tiefen Abdrücke im Schnee, die von derben Winterstiefeln hinterlassen worden waren. Jeder weitere Abdruck wirkte auf Hark wie ein höhnischer Gruß von jemandem, der ihm zu weit voraus war. Viel zu weit, als dass er ihn hätte einholen können.
Der Pfad verlief mitten durch den Wald und näherte sich langsam der Steilküste.
Die Sicht wurde zunehmend schlechter, da es zu dunkeln begann, und außerhalb des Waldes tobte noch immer der Wind, der noch mehr Schnee mit sich brachte.
Hark rannte weiter. Er kam an eine Weggabelung und verbrachte wertvolle Sekunden damit, nach den Fußspuren zu suchen.
Der Kerl hatte den Weg zur Küste eingeschlagen. Irgendwie bedeutete es für Hark keine Überraschung.
Und tatsächlich kam schon ein paar Minuten später das Haus am Abgrund in Sicht, zu dessen Geschichte Hauptkommissar Junge Hark einiges hätte berichten können. Aber das alles zählte jetzt nicht.
Hark lief auf das Haus zu. Er spürte, wie sein Herz in seinem Brustkasten hämmerte und der Rest seines Körpers ihn nach und nach daran zu erinnern begann, dass er kein Hochleistungssportler war.
Die kleine Pforte vor dem Haus schlug im Wind hin und her. Hark trat sie mit dem Fuß auf und erkannte die Spuren auch hier. Sie waren nur noch als vage Schemen erkenn-

bar, da der Wind bereits damit begonnen hatte, sie mit Schnee aufzufüllen.
Hatte der große Unbekannte sich etwa im Haus versteckt? Hark glaubte für einen Moment fest daran. Hier hatte der Mörder immerhin auch sein anderes Opfer umgebracht.
Doch dann erkannte er, dass die Spur weiterführte, auf die Treppe zu, die bis an den Strand hinunterreichte.
Was zum Teufel hatte der Kerl vor? Wo wollte er hin? Da unten gab es nichts als Schnee, Sand … und Eis.
Ein Gedanke, eine Vorstellung, nahm in seinem Innern Gestalt an, verfestigte sich und wurde zu einem Alptraum.
Er rannte quer über das Grundstück, tauchte wieder in den Wald ein, bis er den Soldatenstieg erreicht hatte.
An eisigen Tagen wie diesen waren die Männer seinerzeit über die zugefrorene Ostsee bis hinüber nach Dänemark marschiert. Fast war es Hark, als könne er ihre Stimmen hören, während er die in die Küste gehauenen Stufen hinunterrannte.
Das letzte und gleichzeitig auch steilste Stück des Abstiegs bildete eine Stahltreppe, deren Stufen komplett vereist waren. Um ein Haar wäre Hark ausgeglitten und in die Tiefe gestürzt. Im letzten Augenblick konnte er sich am Geländer festhalten, an dem er sich nun vorsichtig hinunterhangelte.
Zwei Minuten später spürte er wieder festen Boden unter den Füßen. Doch mit der zurückgewonnenen Sicherheit folgte auch die Ernüchterung: Er hatte die Spur des Entführers verloren.
Hark war sich sicher, dass der Mann ebenfalls die Treppe genommen hatte. Doch ob der Kerl danach rechts oder links herum weitergegangen war, konnte er nicht mehr erkennen. Der Wind hatte die möglichen Spuren sofort vernichtet.

Hark blieb eine Chance, die bei fünfzig Prozent lag. Die Richtung, die er jetzt wählte, konnte über Leben und Tod entscheiden.
Aus der Ferne hörte er einen Hund bellen. Das Geräusch kam aus Nordwesten und wurde vom Wind herangetragen. Hark dachte für den Bruchteil einer Sekunde an Benny, aber das konnte wohl kaum möglich sein. Dennoch schlug er die Richtung ein, aus der er das Geräusch vermutete. Vielleicht hatte das Tier etwas gewittert. Hark klammerte sich an diese vage Möglichkeit.
Er begann wieder zu laufen. Schon nach kurzer Zeit passierte er ein Ruderboot, das ein Fischer auf den Sand gezogen hatte. Beiläufig registrierte Hark, dass dem Gefährt ein Ruder fehlte.
Weiter.
Der Strand zog sich endlos dahin, ohne dass er auch nur das Geringste erkennen konnte. Hätte er doch in die andere Richtung gehen sollen? Hark fluchte. Hätte er nur nicht darauf bestanden, dass Johannes nach Hause gehen sollte. Vielleicht wäre er ihm jetzt eine große Hilfe gewesen.
Es nützte nichts. Zum Umkehren war es zu spät, viel zu spät.
Schnee und Eis hatten aus seinem Haar, seinen Brauen eine kristallene, hart gefrorene Masse gemacht, als er weiterrannte.
Der Strand war steinig, und tatsächlich schlug Hark plötzlich lang hin, als etwas unter ihm nachgab und er dadurch den Halt verlor.
Hark schrie auf, mehr aus Wut als vor Schmerzen. Sofort richtete er sich wieder auf. Als er es tat, hörte er es.
In das schier unermüdliche Gebell des Hundes hatten sich andere Stimmen gemischt. Mindestens zwei Frauen schrien etwas, das Hark nicht verstehen konnte. Er war zu weit von ihnen entfernt. Dennoch schlug in seinem Innern plötzlich eine dunkle Saite an. Hark ahnte mit einem Mal,

dass er ganz kurz davor war, eine wichtige Entdeckung zu machen. Er schirmte seine Augen mit der rechten Hand ab und blickte suchend zum Rand der Steilküste hinauf. Und tatsächlich erkannte er dort oben, wo sich auch der Hund befinden musste (Hark war sich inzwischen sicher, dass es sich dabei nur um Benny handeln konnte), die Umrisse zweier Menschen. Sie gestikulierten wild mit den Armen und deuteten Harks Meinung nach auf die offene Ostsee hinaus.

Er wandte den Blick, und endlich machte er dort draußen einen dunklen Punkt aus, der sich auf dem Eis bewegte. Ein weiterer Umriss, eine schattenhafte Gestalt, die dabei war, wie ein Berserker auf das Eis einzuschlagen.

Hark wusste endlich, wohin er zu gehen hatte. Er rannte los, ohne zu überlegen. Und je näher er kam, desto sicherer wurde er, dass er sich endlich auf der richtigen Spur befand.

Er erreichte das milchige, verschorfte Eis, das in seiner Bewegung erstarrt war. Es war rau, porös und nur selten glatt wie gefrorenes Süßwasser.

Hark war egal, ob das Eis ihn tragen würde. Der Mörder war diesen Weg gegangen, also würde es ihn auch aushalten.

Der Mann hatte ihn noch nicht bemerkt. Er hatte Hark den Rücken zugekehrt und setzte in diesem Moment einen länglichen Gegenstand ein (Hark sollte kurz darauf das fehlende Ruder erkennen), um das Eis zu spalten, abzutrennen, um … *Um was zu tun*?, schoss es Hark durch den Kopf.

Da erkannte er, dass der Kerl nicht allein war. Schräg hinter ihm, dem offenen Wasser näher als der Entführer, lag jemand.

Es war Marten. Hark wusste es, während er über das Eis heranjagte.

Der Entführer stand breitbeinig über ihm, das Ruder in der Hand, während der Wind am Saum seines langen Mantels zerrte. Zudem hatte der Kerl das Kunststück fertig gebracht, den schwarzen Hut so stramm über seinen Kopf zu ziehen, dass er nicht weggeweht wurde.

„Kohn“, schrie Hark aus Leibeskräften, „lassen Sie meinen Sohn in Ruhe! Hören Sie sofort auf damit!“

Der Schwarzgekleidete richtete sich auf. Er musste Hark gehört haben. Ein kurzer Blick über die Schulter verschaffte ihm offenbar Gewissheit.

Was war mit Marten? War er noch am Leben?

Hark versuchte verzweifelt, durch den treibenden Schnee eine Bewegung auf dem Eis zu erkennen, doch der Entführer versperrte ihm die Sicht. Und zudem machte er sich wieder an seine Arbeit, deren Sinn Hark erst jetzt erkannte: Der Mörder versuchte, eine Eisscholle abzuspalten und das berstende Knacken des Eises verriet Hark, dass der Mann sein Ziel soeben erreicht hatte.

Hark blieb keine andere Wahl. Er rannte los, rannte wie ein Berserker über das Eis, um zu verhindern, was unvermeidlich schien.

Nach wenigen Metern hatte er die Stelle erreicht, an dem der Entführer eben noch auf das Eis eingeschlagen hatte. An der Stelle gluckste nun bereits das Wasser der Ostsee über den Rand des Eises und machte es zu einer lebensgefährlichen Rutschfläche.

Im Wasser befanden sich gleich mehrere, etwa zwei bis drei Quadratmeter große Eisschollen, die von der Bewegung des Wassers auf die offene See getrieben wurden.

Auf einer davon befand sich der Schwarzgekleidete mit Marten, der noch immer reglos zu seinen Füßen lag.

Harks Blick fiel auf die nächstgelegene Eisscholle. Er hatte keine andere Wahl.

Er sprang.

- 36 -

HARK HÖRTE, WIE jemand seinen Namen rief, genau in dem Moment, in dem er auf der Eisscholle aufkam. Er war irritiert, denn außer ihm, dem anderen Kerl auf dem Eis und Marten, war doch niemand hier unten.

Hark erkannte, dass er sich getäuscht hatte. Eine Gestalt lief schreiend und winkend am Strand entlang und bewegte sich im nächsten Augenblick auf das Eis hinaus.

Hark hatte zunächst Mühe, auf seiner kleinen schwimmenden Insel die Balance zu halten. Als er sein Gewicht verlagert hatte und die Scholle langsam aufhörte, wie ein Korken im Wasser auf und ab zu tanzen, richtete Hark seinen Blick auf die Gestalt, die ohne jegliche Vorsicht herangerannt kam.

Es war Johannes, und er schleppte einen langen Ast mit sich herum, den der junge Mann allem Anschein nach aus dem herabgerutschten Baumbestand gezogen hatte.

Hark glaubte beinahe zu träumen, als er erkannte, was der andere vorhatte.

Doch konnte er sein Ziel überhaupt noch erreichen?

Die Scholle, auf der Hark sich befand, trieb mit einer beängstigenden Geschwindigkeit vom festen Eis ab und hinaus auf die Ostsee.

Johannes, der offensichtlich Harks sämtliche Warnungen in den Wind geschlagen hatte, preschte heran und glitt aus. Er schlitterte auf den Rand der Eisfläche zu, und Hark sah, wie Johannes rechtes Bein in das Wasser tauchte. Im letzten Moment fing sich der junge Mann jedoch ab und verhinderte, dass der Rest folgte.

Johannes richtete sich wieder auf und nahm Blickkontakt zu Hark auf. Er hielt den Ast in die Höhe und winkte mit dem anderen Arm. „Fangen Sie“, schrie Johannes und stemmte den Ast mit enormen Kräften von sich.

Hark keuchte vor Schreck. Das konnte nicht gut gehen. Doch der Ast landete mit einem hellen, hölzernen Geräusch auf der Scholle, die daraufhin zwar abermals kurz ins Schlingern geriet, doch Hark bekam sie schnell wieder unter Kontrolle.
Er hatte keine Zeit, sich mit Johannes zu befassen, auch wenn er ihm gerne für seinen Einsatz gedankt hätte. Vielleicht, dachte Hark, würde er irgendwann Gelegenheit dazu haben.
Er griff nach dem etwa drei Meter langen Ast, der ihn an die Stangen erinnerte, die sie als Kinder benutzt hatten und die an derselben Stelle wuchsen, woher auch dieses Stück stammte. Er packte ihn, noch ehe er herunterrollen konnte und auf ewig verloren war.
Hark tauchte das Ende ins Wasser und stellte fest, dass er damit schon keinen Grund mehr erreichte. Diese Feststellung versetzte ihm einen Schrecken, denn er hatte vergessen, wie tief das Wasser an dieser Stelle bereits war. Sie hatten die erste Sandbank schon hinter sich gelassen und für einen Augenblick befürchtete Hark, dass Johannes‘ Aktion vollkommen sinnlos gewesen war.
Ein Blick zur anderen Scholle verriet Hark, dass der Entführer dabei war, seinen Vorsprung auszubauen. Er ruderte auf die offene See hinaus, und es gelang ihm sogar, sich weiter von Hark abzusetzen.
Er wollte Marten ersäufen, das war Hark längst klar geworden. Zumindest war es der Plan des Mörders gewesen, als er noch mit dem Jungen allein gewesen war. Jetzt, so schien es, war der Kerl gezwungen, das eigene Leben zu riskieren.
Was würde er nun tun, da er wusste, dass ihm ein Verfolger auf den Fersen war?
Hark ließ sich auf die Knie fallen und tauchte die Stange abermals ins Wasser. Dieses Mal spürte er einen Wider-

stand und stieß sich in Richtung des Kerls im schwarzen Mantel ab.
Es kostete Hark eine immense Kraft, die Scholle in die entsprechende Richtung zu bewegen, doch es funktionierte tatsächlich.
Er wusste, dass ihm nicht viel Zeit bleiben würde. Je weiter er hinaustrieb, desto nutzloser würde sein improvisiertes Ruder werden. Seine einzige Chance war die zweite Sandbank, auf die sie beide zu drifteten. Das Wasser wurde dort seichter. Dort würde er den langen Ast ein letztes Mal einsetzen können, bevor das Wasser richtig tief wurde und sie sich der noch freien Fahrrinne näherten, von wo ab alles verloren wäre.
Hark hatte keine Ahnung, ob der Entführer all das wusste, und es war ihm auch egal. Er zog den Ast aus dem eiskalten Wasser, nur um ihn gleich darauf wieder einzutauchen und der Scholle die gewünschte Fahrtrichtung zu geben.
Hark holte auf. Zunächst nur unmerklich, doch mit jedem weiteren Abstoßen driftete seine Eisfläche weiter auf die des Mörders zu.
Was hatte Kohn veranlasst, seinen Sohn zu entführen? Was mochte in dem kranken Hirn des Künstlers vorgehen?
Hark starrte verbissen zu ihm hinüber, wie er versuchte, das Ruder wieder und wieder einzutauchen, um sich von Hark abzusetzen. Noch trennte sie beide eine Distanz von etwa fünf Metern.
Hark überlegte, sich ins Wasser zu stürzen, um den Mistkerl auf diese Weise einzuholen, doch er war alles andere als ein geübter Schwimmer, und bei diesen Temperaturen würden seine ohnehin überanstrengten Muskeln vermutlich sofort verkrampfen. Nein, ihm blieb keine andere Wahl, als es auf diese Weise zu versuchen.
Hark sah, wie sich auf der Eisscholle drüben etwas rührte. Marten kam zu sich. Gott sei Dank. Aber zugleich fingen

in Harks Kopf auch sämtliche Alarmsirenen an zu schrillen. Hoffentlich tat Marten jetzt nichts Unüberlegtes.
Er kann nicht schwimmen, schoss es Hark mit einem Mal durch den Kopf. Er erinnerte sich plötzlich an eines der wenigen Telefonate, die er mit Sinje während der Zeit ihrer Trennung geführt hatte. Wie lange war das jetzt her? Zwei Jahre oder drei? Natürlich konnte er es seitdem erlernt haben, aber irgendetwas sagte Hark, dass es nicht so war.
Er kniete sich tiefer und ächzte vor Anstrengung, als er den Ast ein weiteres Mal ins Wasser tauchte. Dazu musste er versuchen, weiterhin die Balance zu halten, damit es ihn nicht von der Eisfläche fegte. Ein falscher Schritt, verdammt noch mal, eine falsche Bewegung, und alles konnte verloren sein.
Die Scholle trieb weiter nordwärts und befand sich in einem Sog, der sie jetzt schneller driften ließ. Hark holte den Ast ein und setzte seine Arbeit fort. Er musste diesen Schwung jetzt ausnutzen.
Seine Finger waren rot gefroren und er verlor nach und nach das Gefühl daraus, doch er durfte jetzt nicht aufgeben.
Nicht einmal Benny tat das, der noch immer irgendwo da oben am Rand der Steilküste saß und verzweifelt versuchte, einen Weg hinunter zu finden. Es gab keinen, das wusste Hark. Nicht dort oben, nicht an dieser Stelle.
Die Distanz zu dem Mörder verringerte sich zusehends, was diesem allerdings auch nicht verborgen blieb. Er kniete mal auf der einen, mal auf der anderen Seite seiner Eisinsel, um ihr die gewünschte Richtung auf die See hinaus zu geben.
Hark registrierte durchaus, dass es dem anderen nur mit großer Mühe gelang.
Noch ein- bis zweimal abstoßen, dann würden die Eisschollen kollidieren, und vermutlich würde das parallel mit dem Erreichen der zweiten Sandbank geschehen, wenn

alles planmäßig verlief, sofern man hier draußen überhaupt davon sprechen konnte.
Aber das tat es nicht.
Marten kam zu sich, bewegte sich jetzt nicht nur, sondern versuchte aufzustehen.
Hark registrierte die Bemühungen seines Sohnes zunächst nur am Rande, dann jedoch sah er genauer hin.
Marten stand auf, unsicher, mit rudernden Armen.
Hark öffnete den Mund, um ihm eine Warnung zuzurufen, doch es hätte keinen Sinn gehabt. Marten würde ihn nicht hören.
Der Mann im schwarzen Mantel fuhr auf der Stelle herum, an der er gestanden hatte. Die Eisscholle geriet ins Wanken und beide Passagiere hatten sichtlich Mühe, die Balance zu halten.
Der Mörder nutzte das Ruder, das er nun mit beiden Händen fest umklammerte. Es gelang ihm so, nicht der Länge nach hinzuschlagen.
Marten hatte dieses Glück nicht. Er rutschte aus, vermutlich, weil das Wasser auf seiner Seite über den Rand des Eises geschwappt war.
Hark beobachtete die Szene und stieß einen langgezogenen Schrei aus, als er sah, dass Marten hintenüber kippte.
Doch im selben Moment stieg das hintere Ende der Scholle in die Höhe und fing den Jungen auf, der nun, durch das entstandene Gefälle, direkt auf den Mann mit dem Ruder zu rutschte.
Der Kerl fing Marten mit seinem rechten Fuß auf. Die Eisscholle wankte hin und her wie ein Betrunkener und ließ seinen Kapitän einen bizarren Tanz aufführen.
Erst allmählich kam die kleine schwimmende Insel wieder zur Ruhe.
Noch immer schneite es unentwegt. Lediglich der Wind hatte endlich nachgelassen. Bei stärkerem Wellengang hätte es die beiden ungleichen Passagiere längst vom Eis ge-

fegt, ebenso wie Hark, der sich wieder daran machte, seine Scholle auf die andere zuzubewegen.
Ein kräftiger Stoß noch, dann trieb er genau auf die beiden anderen zu. Hark hoffte, dass der Aufprall nicht zu heftig werden würde. Wenn die Schollen brachen, waren sie alle verloren, denn vermutlich würde es keiner von ihnen lebend bis an die Küste schaffen.
Harks Scholle dockte an.
Gleichzeitig fuhr der Mann mit dem Hut herum. Er hielt das Ruder noch immer fest in den Händen und erhob es zum Schlag.
„Aufhören, Kohn! Sind Sie verrückt geworden?"
Hark schrie dem Kerl die Worte entgegen, doch als er aufblickte und das erste Mal in das Gesicht unter dem schwarzen Hut sah, erkannte er, dass er einen Fehler gemacht hatte.

- 37 -

„HOFFMANN!“
Wie ein Blitz durchzuckte Hark diese Erkenntnis. Er hatte von Anfang an recht gehabt mit seinem Verdacht! Hoffmann, der aus irgendeinem Grund den verfluchten Stau umgangen hatte. Hoffmann, der die junge Frau irgendwo aufgegabelt hatte, um sie hier draußen umzubringen. Hoffmann, der Mörder, der vermutlich auch mit Harks Schwester ein Verhältnis gehabt und sie nun vielleicht sogar ebenfalls auf dem Gewissen hatte.
Dirk Hoffmann.
Das Ruderblatt sauste wie aus dem Nichts heran und traf Hark am Kopf.
Blut. Mit einem Mal war überall Blut. Es lief aus einer Platzwunde an Harks Stirn in seine Augen.
Hark taumelte zurück, nahm durch einen roten Schleier wahr, wie Hoffmann leicht gebeugt auf seiner Scholle stand, abwartend, lauernd und bereit, den zweiten Schlag zu führen.
Harks Ruderstange war ihm aus der Hand geglitten. Sie lag mitten auf dem Eis, das unter seinen Füßen gefährlich schlingerte. Als Hark einen weiteren Schritt zurück machte, um sein Gewicht abzufangen, ging ein Knirschen durch den Untergrund. Irgendwo gab es ein hässliches Knacken und für eine Sekunde befürchtete Hark, dass die Scholle unter ihm in zwei Teile brechen würde. Doch noch hielt sie seinem Gewicht stand.
Ein weiterer Schlag mit dem Ruder verfehlte ihn um einige Zentimeter. Die Scholle war durch den Wellengang einen guten Meter abgetrieben.
Hark wischte sich mit der Hand die Augen frei. Als er sie herunternahm, war sie hellrot getränkt.

Seltsamerweise spürte Hark kaum einen Schmerz, außer einem gewissen Dröhnen in seinem Kopf, dass sich jedoch ertragen ließ.
Er sah, wie Marten hinter Hoffmann stand, die Augen weit aufgerissen und zudem frierend und vor Angst erstarrt.
Hoffmann schien ihn nicht wahrzunehmen, wenngleich sich Hark darüber keinerlei Illusionen hingab. Der Bauunternehmer wusste, dass der Junge sein letzter Trumpf war.
„Geben Sie auf!“, brüllte Hark zu ihm hinüber. „Es hat keinen Sinn mehr, Hoffmann. Da drüben am Strand ist Johannes und oben an der Küste sind zwei weitere Personen, die sie erkannt haben. Kommen Sie endlich zur Vernunft!“
Hark hatte nicht mit einer Antwort gerechnet, doch als Hoffmann zu ihm herüber rief, klangen seine Worte sogar erstaunlich klar.
„Denkst du etwa, dass mir jetzt noch eine andere Wahl bleibt, als weiterzumachen? Warum hast du dich eingemischt, du Scheißkerl? Was jetzt passiert, hast du dir selbst zuzuschreiben!“
Hark verfolgte mit Entsetzen, was der Bauunternehmer vorhatte: Hoffmann drehte sich vorsichtig um und richtete sein Ruder neu aus, dieses Mal jedoch gegen Marten.
Der Junge wich vor dem Mann zurück, doch er hatte keine Chance, ihm zu entkommen. Nicht unter diesen Bedingungen.
Dies war der Moment, in dem Hark alles auf eine Karte setzte.
Er sprang, in der Absicht, auf die andere Eisscholle zu gelangen, doch sein Plan schlug fehl.
Mehrere Dinge passierten in dieser Sekunde gleichzeitig. Hoffmann holte mit dem Ruder aus und schlug es nach Marten, der versuchte, unter dem Angriff wegzutauchen.
Hark spürte, dass er sich nicht kräftig genug vom Eis abgestoßen hatte. Er verfehlte Hoffmanns Scholle und klatschte mit seinem Körper ins Wasser. Lediglich mit den Hän-

den schaffte er es noch, sich am Rand des Eises festzukrallen. Und genau diese Bewegung war es, die die Scholle abermals ins Wanken brachte, sodass Hoffmanns Schlag nach dem Jungen ins Leere ging.
Hark schrie auf, als das eisige Wasser ihn umfing. Er hatte genau diese Situation schon einmal erlebt, als er selbst noch ein Junge gewesen war. Dieses Mal jedoch ging es um Marten, und er wusste, dass er jetzt keine Zeit mehr verlieren durfte.
Er zog sich hinauf. Direkt neben seinem Kopf schlug das Ruderblatt hart in das Eis. Hark hörte es knirschen. Sein Gesicht wurde von kalten Splittern übersät.
Hoffmann war ausgeglitten, weswegen auch dieser Schlag daneben ging. Noch eine Möglichkeit durfte Hark seinem Gegner nicht lassen.
Er brachte seine Ellenbogen auf der Eisfläche auf und hievte seinen Körper unter einer gewaltigen Kraftanstrengung aus dem Wasser, während Hoffmann zu einem weiteren Schlag mit dem Ruder ausholte.
Marten war es, der dem Mörder in den Arm fiel. Er konnte den erneuten Angriff auf Hark zwar nicht verhindern, dennoch gab er dem Hieb eine geringfügig andere Richtung.
Das Ruderblatt traf Harks Schulter und ließ seinen Körper herumwirbeln. Hark wurde beinahe über die gesamte Länge der Eisscholle geschleudert, die wie durch ein Wunder intakt blieb.
„Ich bringe euch beide um, du Mistkerl!“, schrie Hoffmann wie von Sinnen. Inzwischen war ihm der Hut, der aus dem Besitz von Kohn stammen musste, vom Kopf geflogen. Er trieb in der Ostsee, nicht weit vom Ort des Geschehens entfernt.
Hoffmanns blondes Haar war gefroren, sein Gesicht gerötet, und in seinen Augen lag ein gefährlicher Wahn, der Hark verriet, dass der Mann den Verstand verloren hatte.

Nichts und niemand würde diesen Mann daran hindern, seinen geisteskranken Plan in die Tat umzusetzen, der offensichtlich darin bestand, die letzten Mitwisser ein für alle Mal zu beseitigen.
Hoffmann schrie auf, bekam Marten, der es gewagt hatte, ihn zu stören, beim Arm zu fassen und riss den Jungen herum.
Marten wurde auf den Rand des Eises zugeschleudert und wäre über den Rand katapultiert worden, wenn Hark nicht im letzten Moment eingegriffen hätte. Er machte einen Satz nach vorne. Seine tauben und vor Kälte zu einer Klaue erstarrten Finger fanden Halt in etwas, das die Seitentasche von Martens Anorak hätte sein können. Stoff knirschte verdächtig, doch es gelang Hark, seinen Jungen vor dem Sturz ins Wasser zu retten.
Marten weinte. Er starrte mit weit aufgerissenen Augen vom wahnsinnigen Hoffmann zu dem Mann, der mit verzerrtem, blutenden Gesicht vor ihm stand.
„Stell dich hinter mich", zischte Hark ihm zu. „Aber ganz vorsichtig, hörst du?"
Hark wusste nicht, ob Marten ihn verstanden hatte. Er half mit sanften Bewegungen nach und drückte den Jungen in seinen Rücken.
Hoffmann drehte sich am anderen Ende der Scholle um und bewegte sich in Richtung der Mitte, was das Eis unter ihnen mit einem erneuten Knirschen quittierte.
Der Bauunternehmer hob sein rechtes Bein zu einem weiteren Schritt in die Richtung seiner Opfer, spürte dann aber, dass sich das Gewicht zu stark in eine Richtung verlagerte.
Dafür schien ihm eine andere Idee gekommen zu sein. Er fasste das Ruder mit beiden Händen am hinteren Ende und stieß es ruckartig nach vorn.
Hark wurde an der Brust getroffen und nach hinten gedrückt.

Die Scholle schlingerte bedrohlich, drohte für eine Sekunde ganz zu kippen und fing sich anschließend wieder.
Hark hatte blitzschnell hinter sich gegriffen, um Marten ein weiteres Mal festzuhalten. Er spürte, wie der Junge sich verzweifelt in seinem nassen Mantel festklammerte. Dieser Wahnsinn musste endlich ein Ende haben.
Am Rande nahm Hark wahr, dass sich am Ufer inzwischen mehrere Menschen versammelt hatten. Auch Bennys Gebell hatte sich verlagert. Zu Harks Erschrecken stellte er fest, wie weit sie sich tatsächlich bereits von der Uferlinie entfernt hatten. Sie trieben geradewegs auf die Fahrrinne zu, der tiefsten Stelle in diesem Teil der Ostsee.
Hoffmann schrie etwas, das Hark nicht verstand. Der Knickflüsterer stieß erneut nach seinem Gegner. Doch dieses Mal bekam Hark das Ruder zu fassen. Seine aufgeplatzten Finger umklammerten es und ließen es nicht mehr los, so sehr Hoffmann am anderen Ende auch daran zerrte. Das Ruder wurde ihnen beiden aus der Hand geprellt und landete mit einem Platschen im Wasser.
Hoffmann schrie abermals auf und stürmte heran.
Hark zog Marten zu Boden und stemmte sich in derselben Bewegung wieder in die Höhe. Seine rechte Faust klatschte Hoffmann ins Gesicht.
Der Bauunternehmer wurde nach hinten geschleudert, verlor den Boden unter den Füßen und knallte mit dem Rücken auf die Eisfläche.
Dieses Mal knirschte die Scholle nicht nur – sie brach. Und zwar genau an der Stelle, an der Hoffmann lag. Die Fläche war in der Mitte durchgebrochen und teilte sich in zwei Hälften, die von nun an in verschiedene Richtungen davonzutreiben begannen.
Hark und Marten wurden ebenfalls von den Füßen gerissen, doch gelang es Hark, ihr Gewicht auszubalancieren. Seine Füße tauchten einmal mehr in das kalte Wasser, dann endlich hatte sich ihr Teilstück wieder gefangen.

Hoffmann schrie. Er war noch halb benommen, als er sich in die Höhe stemmte. Der Bauunternehmer langte nach Hark und bekam dessen rechten Fuß zu fassen.
Hark riss sich mit letzter Kraft los und trat nach hinten aus. Er spürte, wie er Hoffmann traf, der daraufhin zurückgestoßen wurde.
Sein Gegner schlitterte der Länge nach über das Eis. Die Fläche bekam dadurch auf der linken Seite Übergewicht und kippte.
Hark hörte ein dumpfes, platschendes Geräusch, und als die Eisfläche sich wieder einpegelte, war der Knickflüsterer von ihr verschwunden.
Dann wurde es dunkel um ihn.

KEINE ZWEI KILOMETER entfernt und nur durch eine kleine Landzunge und den herabfallenden Schnee getrennt, war ein Mann auf das Eis hinausgetreten.
Sein nachlässig gebundener Schal flatterte im leichten Wind. In seiner Gestalt und in seiner Kleidung glich er dem Knickflüsterer Dirk Hoffmann, nur mit dem Unterschied, dass er nicht vorgab, jemand anderer zu sein.
Erich Kohn ahnte nicht, was sich ganz in seiner Nähe abspielte. Er hatte alle Geräusche ausgeblendet, befand sich in seiner eigenen Welt, die düster und bizarr war. Der Künstler hatte mit ihr abgeschlossen.
Er ahnte, was Angela getan hatte, und er ahnte auch, warum. Sie beide hatten keine Chance mehr. Es war an der Zeit, dieser Qual ein Ende zu setzen.
Ein paar wenige Schritte trennten ihn noch von seiner selbst gewählten Erlösung. Es war kein leichter Gang gewesen, die scheinbar unendlich vielen Meter bis hierher. Doch als er am Strand angelangt war, hatte sich die seelische Last, die er mit sich herumtrug, aufgelöst. Sie war von einem Moment auf den anderen verschwunden, als hätte der Wind sie erfasst und fortgetragen.
Kohn brachte seinen dunklen Hut in einen perfekten Sitz und trat an den Rand des Eises heran. Er starrte in das glucksende Wasser, ohne es wirklich wahrzunehmen. Kohn war im wahrsten Sinne des Wortes gedanklich bereits einen Schritt weiter.
Erlösung.
Kein innerer Drang mehr, keine seelischen Qualen, etwas tun zu müssen, was nicht sein durfte.
Kohn hörte nicht das Schiff der Seenotretter, die sich vom Hafen in Langballigau aus auf den Weg gemacht hatten, um mitten auf der Ostsee eine dramatische Rettungsaktion durchzuführen. Das Tuckern der Motoren und die Rufe der

Männer waren bis hierhin zu hören, doch Kohn starrte einfach geradeaus. Für einen Augenblick stand er einfach stumm da. Dann atmete er tief durch, setzte sein rechtes Bein vor und trat ins Leere.
In dieser Sekunde packte ihn eine kräftige Hand von hinten und zerrte den irritiert blinzelnden Künstler von der Eiskante weg.
Hauptkommissar Axel Junge war entschlossen, dem unheilvollen Treiben in Osterholz ein Ende zu setzen. Während die endlich eingetroffenen Beamten dabei waren, den Einsatz auf dem Wasser zu koordinieren und zu unterstützen, war er selbst unruhig am Strand auf und ab gelaufen. Junge hatte gewusst, dass es an diesem Tag noch mehr Menschen gab, die in der Einsamkeit der verschneiten Landschaft unterwegs waren. Einen hatte er gefunden: Kohn.
Der Künstler machte keine Anstalten, sich zu wehren. Er sah den Kripo-Mann an, als wäre er gerade aus einer tiefen Trance erwacht, was der Wahrheit ja sogar gefährlich nahe kam.
„Tun Sie das nicht, Kohn“, sagte Junge. Noch immer hielt er den anderen am Arm. „Ihre Frau hat gestanden. Sie machen es dadurch nicht besser.“
Kohn antwortete nicht. Sein Blick signalisierte jedoch, dass er die Worte des Kommissars verstanden hatte.
Der Künstler blickte auf die verschneite Ostsee hinaus, die zu seinem kalten Grab hätte werden sollen. Als er sich von ihr abwandte, lag in Kohns Gesicht ein Ausdruck von Wehmut. Er hatte das Gefühl, eine Chance verpasst zu haben.
Noch immer schweigend, ließ er sich von Junge auf den Strand zurückführen, in sich die Gewissheit tragend, dass sein Weg hier zu Ende war.

- 39 -

WELLEN.

Hark nahm ein Rauschen wahr, das aus weiter Ferne zu ihm zu dringen schien. Er fühlte sich schwerelos, als ob nicht nur sein Körper, sondern auch sein Geist in einer anderen Dimension unterwegs war, in der es kein Oben und kein Unten gab. Kein Richtig und auch kein Falsch.

Er hatte keine Ahnung, wo er war, und in seinem jetzigen Zustand war er nicht einmal mehr in der Lage, Anstalten zu machen, es in Erfahrung zu bringen.

Er durchlebte einen ständig wiederkehrenden Prozess des Tauchens, ohne jemals wirklich an die Oberfläche zu gelangen.

Dann, irgendwann, ohne sagen zu können, wie viel Zeit vergangen war, begannen die Schleier, sich zu lichten.

Geräusche drangen an seine Ohren. Dumpf, irgendwie gurgelnd, ständig an Wasser erinnernd. Seine Augenlider flatterten, und Hark tauchte das erste Mal auf. Er war umgeben von Licht, das ihn blendete. Dahinter bewegte sich ein Schatten. Der Umriss einer menschlichen Gestalt in einem blauen Kittel.

Intensivstation.

Hark nahm einen bleichen Fleck wahr, der sein Blickfeld einnahm. Jemand beugte sich über ihn. Eine Frau, eine Krankenschwester vielleicht.

Jemand sagte etwas, doch alles, was Hark hörte, war wiederum das dumpfe Gurgeln. Er versuchte, einen Gedanken zu fassen, zu registrieren, was um ihn herum geschah. Doch während er dies tat, entglitt ihm die Realität erneut, und er sank zurück in das unbekannte Nirgendwo, das ihn ausfüllte.

„Herr Hagendorn?“

Wieviel Zeit war vergangen, seit seinem letzten Besuch an der Oberfläche? Da war eine Stimme, die zu ihm sprach. Jemand berührte ihn sanft an der linken Schulter.
„Sind Sie wach?“
Hark wollte antworten, dass alles bestens sei. Natürlich, warum denn auch nicht? Doch es kam nur ein unverständlicher Laut über seine Lippen. Seine Kehle fühlte sich trocken an, obwohl er doch so viel Wasser geschluckt haben musste. Sie brannte, lechzte nach Feuchtigkeit.
„Herr Hagendorn?“ Die Berührung an seiner Schulter intensivierte sich, wurde unangenehmer.
Sie verursachte Schmerzen.
Jemand rüttelte ihn wach. Hark öffnete die Augen. Alles war verschwommen. Irgendwo neben seinem Bett piepste ein Apparat, zunächst noch in einem tiefen, leiernden Ton, dann passte auch er sich der Realität an.
Sein Sehvermögen brauchte für diesen Prozess länger. Die wässrigen Umrisse klärten sich erst ganz allmählich, und aus der teigartigen Masse vor seinen Augen wurde nach und nach ein Gesicht. Eines, das er kannte.
Hoffmanns Gesicht!
Hark wollte sich aufbäumen, doch im selben Moment hatte Hoffmann ihn an der Kehle gepackt und drückte ihn in das Kissen zurück. „Es ist noch nicht zu Ende, du Schwein!“, flüsterte der Bauunternehmer. Sein Gesicht war zu einer Fratze des Hasses verzerrt.
Hark hörte, wie die Zähne seines Peinigers so stark aufeinander gepresst wurden, dass sie knirschende Geräusche von sich gaben.
Er bekam keine Luft mehr. Der Apparat neben ihm schien immer lauter, immer dringlicher zu piepen.
Hark versuchte, seine Arme zu heben, doch irgendwie gelang es Hoffmann, diesen kraftlosen Versuch bereits im Keim zu ersticken. So wie er sein Opfer ersticken wollte.

Hark öffnete den Mund, wollte schreien. Nichts passierte. Da war dieser unmenschliche Druck auf seinem Kehlkopf, der jeden Laut unmöglich machte.
Er hörte das Blut hinter seinen Schläfen rauschen. Sein Herzschlag führte einen unregelmäßigen Trommelwirbel auf.
Hoffmann triumphierte. Sein Gesicht verzog sich zu einer höhnischen Visage, als er sich am Ziel wähnte. Er beugte sich tief über den wehrlosen Patienten und machte sich daran, ihm den Rest zu geben.

Mit einem gellenden Schrei durchbrach Hark die Oberfläche und bäumte sich in seinem Krankenhausbett auf. Er schnappte gierig nach Luft und schlug im gleichen Moment um sich. Er versuchte, Hoffmann zu fassen. Nur, dass der nicht da war. Er war überhaupt nicht da gewesen, weil man seinen vollkommen unterkühlten Körper aus der Ostsee gezogen hatte, was Hark aber erst später erfahren sollte.
Ein Mann in weißem Kittel rauschte auf den angstvollen Ruf einer Krankenschwester heran. Er stürmte in den abgetrennten Raum und starrte Hark an, dem die Schweißperlen auf der Stirn standen.
„Sie haben halluziniert, Herr Hagendorn", sagte der Mann in Weiß. Er setzte sich ungefragt auf die Bettkante und leuchtete mit einem grellen Licht in Harks Pupillen. „Wie fühlen Sie sich? Haben Sie Schmerzen?"
Hark wusste nicht, auf welche der albernen Fragen er zuerst antworten sollte. „Durst", war alles, was er hervorbringen konnte.
Der Arzt gab der Schwester ein Zeichen, die daraufhin eine Mineralwasserflasche aufschraubte und etwas von dem Inhalt in ein bereitstehendes Glas gab. Sie reichte es dem Arzt, der wiederum hielt es Hark hin. „Ganz vorsichtig. Und nur einen kleinen Schluck."

Hark riss dem Mann das Glas aus der Hand. Die Hälfte des Wassers verschüttete er auf seiner Bettdecke, den Rest schluckte er in einem Zug gierig herunter.
„Was ist mit Marten?“, fragte er sofort. „Wo ist mein Sohn?“ Hark wollte aus dem Bett aufspringen, doch der Arzt, ein kräftiger Mann von etwa vierzig Jahren, drückte ihn sanft wieder in seine Kissen zurück.
„Ihrem Sohn geht es gut. Er ist hier. Sie können ihn sehen, wenn Sie wollen. Aber erst, wenn es Ihnen besser geht.“
Hark warf einen flüchtigen Blick auf die Kanüle in seiner linken Hand. „Was ist denn überhaupt passiert?“
Der Arzt tauschte einen kurzen Blick mit der Schwester. „Man hat Sie und Ihren Sohn aus der halb zugefrorenen Ostsee geborgen, gerade noch rechtzeitig. Ihrem Sohn ging es relativ schnell wieder besser, aber Sie haben zudem eine schwere Kopfverletzung davongetragen. Wie fühlen Sie sich jetzt?“
Hark verzog seine spröden Lippen zu einem qualvollen Lächeln.
„Ich sehe schon“, antwortete der Arzt mit einem Augenzwinkern. „Wir werden Sie gleich auf Ihr Zimmer verlegen. Aber da ist zuvor noch jemand, der Sie gerne sprechen würde. Aber nur, wenn Sie sich gut genug fühlen.“
Hark hob seinen rechten Arm, der eine Tonne zu wiegen schien und streckte seinen Daumen nach oben.
Der Mann in Weiß nickte, dann war er verschwunden.
Zwei Minuten später tauchte eine Gestalt zwischen den mobilen Trennwänden auf. Kommissar Junge nickte ihm zu, zog sich einen Stuhl heran und setzte sich. „Guten Morgen, Herr Hagendorn. Der Doktor sagte mir, dass Sie ansprechbar sind.“
Hark räusperte sich und deutete auf die Flasche neben seinem Bett.
Junge verstand. Er beugte sich vornüber und füllte das Glas bis zum Rand.

Hark ergriff es dankbar und trank gierig, bis es leer war. „Besser“, sagte er, als er es absetzte. „Was kann ich für Sie tun, Herr Kommissar?“

Der Anflug eines Lächelns huschte über Junges Gesicht. „Ich glaube, Sie bleiben besser erstmal, wo Sie sind. Ich bin im Grunde nur hier, um Ihnen zu danken.“ „Mir?“, fragte Hark, „wofür denn?“

Junge lehnte sich auf dem Stuhl zurück und schlug das rechte Bein über das linke. Dabei betrachtete er sein Hosenbein und fegte eine kaum sichtbare Staubfluse fort. „Sie haben im Alleingang Hoffmann überführt und nebenbei noch Ihren Sohn gerettet. Das verdient schon einen gewissen Respekt, denken Sie nicht?“

„Was ist mit dem Kerl? Hat er es überlebt?“, fragte Hark, ohne auf die letzten Worte des Kripo-Manns einzugehen.

„Er liegt drüben in der Schuhmann-Klinik“, erklärte Junge. „Unter Bewachung natürlich. Sein Zustand ist noch nicht stabil genug, um ihn überführen zu können. Ein Taucher der DGzRS hat ihn aus der Ostsee gefischt. Hoffmann musste wiederbelebt werden.“

Hark gab einen zustimmenden Laut von sich. „Wie hat er es angestellt? Wie ist es überhaupt dazu gekommen?“ „Nach allem, was wir wissen, hat er Isabella Ehlert auf der A7 aufgegabelt. Rasthof Hüttener Berge, um genau zu sein. Die Frau war als Anhalterin unterwegs.“ „Also doch“, presste Hark hervor. „Ich habe es immer vermutet. Er hat sie mitgenommen, richtig?“

„Ja“, gab Junge zurück. „Aber er ist bereits in Owschlag runtergefahren und hat die Landstraßen genommen. So umging er den Stau, der wegen der Vollsperrung zwischen Schuby und Tarp entstanden ist. Ihnen hat er erzählt, dass er mittendrin war.“

„Oh Gott“, entfuhr es Hark. „Ich habe zu der Zeit mit ihm telefoniert. Er hat mich angelogen. Während ich mit ihm sprach, war er vermutlich gerade dabei, die Leiche zu beseitigen."

„Der Schatten hinter der Bauplane war Hoffmann", stellte Junge sachlich fest. „Er ist Hals über Kopf mit seinem Wagen abgehauen, nachdem er Sie gesehen hat. Nachdem Sie weg waren, ist er zurückgekommen, um die Leiche zu beseitigen. Eine Kurzschlussreaktion, wie ich annehme. Er wollte nicht, dass die Frau dort gefunden wird."

„Aber ich hatte sie doch bereits gesehen", gab Hark zu bedenken.

„Vielleicht hoffte er darauf, dass man Ihnen keinen Glauben schenken würde."

„Und das mit der Fingerkuppe?", fragte Hark. „Was hatte das zu bedeuten?"

„Er wollte Kohn damit belasten. Das ist eindeutig. Nach der Tat, die er offenbar im Affekt begangen hat, fing sein Gehirn an, fieberhaft zu arbeiten. Daraus resultierten einige Kurzschlusshandlungen so wie das Wegschaffen der Leiche. Aber er hatte auch lichte Momente, so wie diese krankhafte Idee mit der Fingerkuppe."

„Dann muss er Kohns Geheimnis gekannt haben", stellte Hark fest. Er selbst hatte erst am Tag von Martens Entführung über den allgemeinen Dorftratsch davon erfahren.

„Hoffmann ist Bauunternehmer", gab Junge zu bedenken. „Er hat hier in der Gegend eine Menge Häuser gebaut. Wir haben inzwischen seine Hamburger Wohnung durchsucht und dort ein ganzes Archiv mit Zweitschlüsseln entdeckt, die zu diesen Häusern und Wohnungen gehören."

„Er hat darin herumgeschnüffelt?", hakte Hark nach.

Junge faltete die Hände auseinander. „Davon ist auszugehen. Sein Plan war, Kohn die Tat in die Schuhe zu schieben, und eine Zeit lang sah es für den Mann ja auch ziemlich düster aus." Junge ließ einen kurzen Bericht über die anderen Ereignisse folgen, die sich abseits von Harks Umfeld abgespielt hatten.

„Angela Kohn", wiederholte Hark die Worte des Kommissars. „Unfassbar, was sich hier draußen abgespielt hat."
Junge nickte dem Patienten zu, klopfte ihm auf die Schulter und erhob sich von dem Besucherstuhl. „Ich werde noch einmal vorbeischauen, wenn Sie vernehmungsfähig sind. Keine Angst, wir nehmen nur Ihre Aussagen zu Protokoll. Aber das hat durchaus noch ein bis zwei Tage Zeit."
„Ich werde nicht weglaufen", sagte Hark und hob vorsichtig die rechte Hand zum Abschied.
Kommissar Junge verschwand genauso unauffällig wie er gekommen war.
Hark dachte über seine letzten Worte nach. Nein, weglaufen würde er nicht. Darin war er die letzten Jahre groß gewesen, und es hatte ihm nicht gut getan.
Er schloss die Augen und war im selben Moment eingeschlafen.

Dieses Mal kamen die Träume nicht zurück. Hark schlief lange, und als er erwachte, war es später Nachmittag und die Sonne ging bereits unter.
Man hatte ihn in ein Einzelzimmer gebracht. Hark blinzelte und erkannte ein Eichhörnchen in dem Wipfel des hohen Baumes vor seinem Fenster.
Er fühlte sich inzwischen besser, aber es fehlte ihm nach wie vor die Kraft, um aufzustehen. Erst jetzt registrierte er, dass er noch immer einen dicken Verband um den Kopf trug.
Nur wenige Minuten später klopfte es an der Tür. Hark versuchte, sich im Bett aufzurichten.
Die Tür öffnete sich, und eine Frau betrat das Zimmer. Sie schloss die Tür leise hinter sich und blieb beinahe ehrfürchtig vor seinem Bett stehen.
„Anne!", rief Hark überrascht, während er sich mit der rechten Hand ein Kissen in den Rücken stopfte.

Seine Schwester kam näher, ließ die beiden Besucherstühle aus und setzte sich direkt zu ihm auf die Bettkante. Ihr Blick war klar, wenngleich er auch eine deutliche Spur von Angst und Sorge zeigte. Zudem konnte er nicht darüber hinwegtäuschen, dass sie die letzten beiden Nächte vermutlich wenig bis gar nicht geschlafen hatte.
„Wie geht es dir, kleiner Bruder?“ Sie nahm seine Hand und tätschelte sie kurz. Dabei lächelte sie müde und matt.
„Ich lebe“, antwortete Hark. „Aber was ist mit dir? Als ich dich das letzte Mal sah …“
„Ich weiß“, antwortete sie. „Zumindest hat man mir davon erzählt. Was soll ich sagen? Die alte Hoppe hat mir die Wohnung gekündigt. Sie will, dass ich zum nächsten Ersten bereits raus bin.“
„Na und?“, gab Hark zurück, „wir werden was Neues für dich finden, wo ist das Problem. Erzähl mir lieber, was passiert ist. Was war zwischen dir und Hoffmann?“
„Nichts“, antwortete Anne schnell. Dann wurde ihr aber offenbar bewusst, dass ihre Antwort so nicht ganz stimmte und dass Hark es auch nicht dabei belassen würde. Sie seufzte tief, bevor sie zu erzählen begann. „Ich habe ihn am Strand in Osterholz getroffen. Ich bin im Sommer manchmal da unten, weißt du? Mama und Papa wissen nichts davon. Ich ging spazieren und traf ihn eines Abends in der Nähe des Soldatenstiegs. Er saß da unten auf der Treppe und hat geraucht.“
„Wusstest du, dass er das Haus da oben umbaut?“, fragte Hark.
Anne schüttelte den Kopf. „In dem Moment noch nicht. Aber er hat mir ganz stolz davon berichtet. Ich muss dir etwas erzählen, damit du verstehen kannst, was passiert ist. Dirk Hoffmann ist ein sehr verzweifelter Mann. Er hat ein sehr gespaltenes Verhältnis zu Frauen. Woher das stammt – keine Ahnung. Er hat mal etwas angedeutet. Ein Erlebnis, das in seiner Schulzeit stattgefunden hat. Aber

als ich nachfragte, hat er abgeblockt und das Thei. wechselt."
„Was es auch war, es muss ihn sehr verstört haben", mut maßte Hark.
„Hat er dir erzählt, dass er sich in das Haus an der Steilküste verliebt hat?"
„Nein", erwiderte Hark überrascht.
„Ich traf ihn am nächsten Abend wieder unten beim Strand, und da hat er mir das Haus gezeigt. Er besaß einen Schlüssel dafür. Er hatte Pläne, weißt du? Und ich war der einzige Mensch, dem er sie verraten hat." „Aber das Haus gehörte ihm doch gar nicht", gab Hark zu bedenken.
„Nein. Aber er hatte die Absicht, es dieser Frau Kielmann, die mal drin gewohnt hat, abzukaufen. Dirk hatte bereits Pläne entworfen, das Haus umzubauen und zu erweitern. Er wollte hierher ziehen, um zur Ruhe zu kommen und vielleicht auch mit seinen Problemen fertig zu werden. Wir haben an diesen Sommerabenden viel und lange über Probleme gesprochen."
„Hattet ihr ein Verhältnis miteinander?", wollte Hark wissen.
Anne sah ihn ernst an. „Wir haben ein einziges Mal miteinander geschlafen, und das war … nun ja, nicht gerade eine Offenbarung. Aber was er bei mir suchte, war kein Sex, kein schnelles Abenteuer. Ich glaube, er war verzweifelt auf der Suche nach Liebe, Geborgenheit und jemandem, der ihm zuhört. Und wenn ich eines gelernt habe, dann das." Hark schwieg für einen Moment. „Du redest beinahe so, als wäre er schon gestorben."
„Aber das ist er doch auch", sagte Anne leise. „Dirk Hoffmann ist in der Ostsee ertrunken, Hark. Das, was man jetzt einsperren wird, ist nur noch eine leere Hülle. Ein namenloser Schatten."
„Klingt so, als würdest du ihn verteidigen. Als hättest du immer noch etwas für ihn übrig."

Feststellung unbeantwortet. „Ich habe ihn
vie er wirklich ist. Wie er manchmal sein
ich erst später erfahren. Beinahe zu spät."
'lensburg besucht, richtig?", fragte Hark

„Ja. Er hat mitbekommen, wie es um mich stand. Eines Tages war ich nicht mehr in der Lage, nach Osterholz rauszufahren. Ich … hatte getrunken. Er fragte, wo ich wohne, und ich sagte es ihm. Eine halbe Stunde später klingelte es an der Tür."

„Hat er dich oft besucht?"

„Manchmal", sagte Anne ausweichend. „Immer wenn er es nicht mehr aushielt. Immer wenn er jemanden zum Reden brauchte. Er hatte sich in Meike Bischoff verliebt, die Tierärztin."

Hark blickte auf. „Erzähl mir davon." Sie zuckte die Schultern. „Da gibt es nicht viel zu sagen. Er war auf der Suche, Hark. Er suchte nach Liebe und hoffte, sie in der Tierärztin zu finden. Aber seine Gefühle wurden nicht erwidert. Ich glaube, dass ihm das sehr zu schaffen gemacht hat."

„Was hat er denn erwartet?", fragte Hark höhnisch zurück.

„Er nahm sich vor, um diese Frau zu kämpfen. Er nutzte jede Gelegenheit dazu, bis zu dem Tag, als er diese junge Anhalterin traf."

„Er hat dir von ihr erzählt?"

Anne nickte. „Zuerst habe ich nicht verstanden, was passiert war. Er war am Abend bei mir, aber er hat mir nicht die volle Wahrheit erzählt, verstehst du?"

„Ich verstehe nur, dass Hoffmann ein gefährlicher Irrer ist", erwiderte Hark.

Anne sah ihn ernst an. „Natürlich siehst du es so. Und natürlich muss man es wohl auch so sehen. Er rief mich an jenem Abend nicht an. Er kam direkt vorbei. Als ich unten die Pforte gehen hörte, wusste ich, dass er es war."

„Was wollte er von dir?"

„Reden. Er wollte sich seine Schuld von der Seele reden. Eine Beichte ablegen. Aber das habe ich erst viel später begriffen. Ich ließ ihn herein, und er kam rauf zu mir in meine Wohnung. Wir saßen in der Küche. Ich war zu betrunken, um alle Anzeichen zu erkennen. Seine innere Unruhe zum Beispiel oder die Tatsache, dass seine Kleidung nass und schmutzig war."
„Was habt ihr an dem Abend miteinander gesprochen?", wollte Hark wissen.
„Er erzählte mir von der jungen Anhalterin. Und dass er sich in sie verliebt hat, noch ehe sie eine halbe Stunde gefahren waren. Sie wollte rauf nach Flensburg, und er nahm sie mit. Unterwegs kamen die beiden ins Gespräch und waren sich anscheinend sympathisch. Sie muss einen großen Eindruck auf ihn gemacht haben. Irgendwann fragte er sie, ob sie Lust hätte, einen Abstecher an die Ostsee zu machen. Und sie war einverstanden."
Hark überlegte. Es passte zu dem Bild, das Meike von ihrer ehemaligen Freundin gezeichnet hatte.
„Er hat ihr das Haus gezeigt", fuhr sie fort. „Sein Haus. Und er erzählte ihr von den Plänen, die er damit hatte. Das ist der Grund, warum die beiden dort waren."
„Aber was ist dann passiert? Er hat sie umgebracht, verdammt noch mal!"
Anne sah eine Weile nachdenklich zum Fenster herüber. „Ich weiß nicht genau, wie es sich abgespielt hat. Jedenfalls wusste ich es bis neulich nicht. Erst bei seinem letzten Besuch hat er mir sein Herz ausgeschüttet."
„Mir kommen gleich die Tränen."
Anne verzog die Mundwinkel. „Er hat sie geküsst. Und sie erwiderte seine Zärtlichkeiten. Bis zu einem gewissen Punkt. Dann sind die Dinge außer Kontrolle geraten. Sie hat sich losgerissen und ist aus dem Haus gelaufen. Sie hat geschrien und damit gedroht, ihn anzuzeigen. Dirk sah

plötzlich die Gefahr, dass all seine Träume platzen könnten. Er hat rot gesehen. Und plötzlich lag sie tot vor ihm."
Hark schüttelte den Kopf. In seiner Kehle machte sich ein Würgereiz breit. Er hatte abermals das Verlangen, etwas zu trinken, ließ die Wasserflasche dieses Mal jedoch unberührt.
„Er hat sich mir anvertraut, weil er mit der Schuld allein nicht leben konnte", fuhr Anne fort. „Aber gleichzeitig begann er wieder, Pläne für die Zukunft zu schmieden. Er bildete sich ein, alles ungeschehen machen zu können, wenn er alles beseitigte, was mit dem ersten Mord zu tun hatte." „Dich und Marten eingeschlossen", stellte Hark bitter fest.
Anne tat einen tiefen Seufzer. „Um mich wäre es nicht schade gewesen. Manchmal denke ich, dass er mir damit sogar einen Gefallen getan hätte. Aber dann begriff ich, dass es Marten war, um den es ging. Ich bekam mit, wie Hoffmann Martens Foto in meinem Bücherregal anstarrte."
Hark griff nach der Hand seiner Schwester. „Ich danke dir dafür, dass du mich gewarnt hast."
Annes Augen weiteten sich eine Spur. „Was habe ich getan?"
„Du hast Martens Namen gesagt, als sie dich in den Rettungswagen verfrachtet haben. Du musst mich in einer kurzen Wachphase erkannt haben."
Anne wirkte abwesend, so als versuche sie, sich diese Szene in Erinnerung zu rufen. Dann schüttelte sie den Kopf. „Tut mir leid, aber diese Informationen wurden von meiner Festplatte gelöscht." Sie tippte sich an die Stirn, und beide lachten.
Anne erhob sich nach einer Weile und wandte sich zur Tür. Sie war kein Freund von langen Abschiedsszenen. Dennoch blieb sie am Eingang stehen und wandte sich noch

einmal um. „Wenn du hier rauskommst, besuch mich mal. Du weißt ja, wo. Bis zum nächsten Ersten jedenfalls.“
Hark lächelte. „Das mache ich. Ach, und Anne? Danke, dass du hier gewesen bist.“
Anne presste die Lippen aufeinander und verschwand durch die Tür.
Hark blieb allein mit sich und seinen Gedanken.

- 40 -

DER WINTER HATTE sich entschieden, seinen Abschied zu nehmen.
Mit dem Februar kamen wärmere Temperaturen nach Norddeutschland, und das Thermometer zeigte das erste Mal seit langem wieder Plusgrade.
Hark betätigte den Klingelknopf an der Haustür, die kurz darauf geöffnet wurde.
„Hallo Sinje", sagte Hark.
Seine Ex-Frau sah ihn lächelnd an, umarmte ihn, vielleicht einen Moment länger, als es normal gewesen wäre. „Schön, dich zu sehen. Komm doch rein. Willst du ablegen?"
„Nein", erwiderte Hark. „Ich muss gleich nach Hamburg zurück. Termine, du weißt ja."
Sie schloss die Tür hinter ihm. Betretenes Schweigen im Flur.
„Ist er da?", fragte Hark.
„Er ist in seinem Zimmer. Du kennst ja den Weg. Hark? Ich habe ihm gesagt, dass du heute vorbeischaust. Und … ich habe ihm gesagt, wer du bist."
Hark nickte ihr lächelnd zu. „In Ordnung." Er durchquerte den Flur und klopfte an der Zimmertür seines Sohnes. Nach einigen Sekunden des Wartens öffnete er und trat ein.
Marten saß platt auf dem Boden vor einem tragbaren CD-Radio und hörte über Kopfhörer Musik. Als er sah, dass die Tür sich öffnete, hellte sich sein Gesicht auf. Dann jedoch versuchte er, so gleichgültig wie möglich zu wirken.
„Ah, du bist es."
Hark hob grüßend die Hand und setzte sich ungefragt neben Marten auf den Boden. „Ich habe dir etwas mitgebracht."
Marten setzte die Kopfhörer ab, in denen noch immer Musik plärrte. Hark erkannte den Song. Francis Rossi zerrte

an seiner grünen Telecaster und behauptete, dass er nicht wisse, was er tun solle.
Hark hingegen wusste, warum er gekommen war. Hinter seinem Rücken zog er einen Gegenstand hervor, den er Marten überreichte.
„Cool! Mein Fernglas“, sagte Marten, und ein Lächeln huschte über sein Gesicht.
„Ich habe mir gedacht, du vermisst es vielleicht.“
Marten zuckte mit den Schultern. „Ich bin nicht mehr so oft beim Seezeichen draußen. Ich glaube, Mama hat es nicht gern. Sie sagt es zwar nicht, aber ich merke es trotzdem.“ Hark fuhr seinem Jungen über den blonden Haarschopf. „Vielleicht hat sie recht, und du machst erst mal eine Pause. Du hör mal, Marten, in den Osterferien habe ich zwei Wochen Urlaub. Hast du vielleicht Lust, mich mal in Hamburg besuchen zu kommen?“
„Klar“, antwortete Marten, als sei es das Natürlichste auf der Welt.
Hark lächelte. „Das freut mich. Wir können jede Menge zusammen anstellen. Worauf du so Lust hast, meine ich.“
„Cool! Aber kein Fußball“, sagte Marten. „Und kein Eisschollenfahren“, fügte er nach kurzem Überlegen hinzu.
„Keine Eisschollen mehr, versprochen“, gab Hark zurück und rang sich ein Lächeln ab. „Das liegt mir ohnehin nicht so sehr.“
„Hat man gemerkt“, sagte Marten. Dann lachte er.
Es dauerte einen Moment, bis auch Hark einstimmen konnte. Nach einer Weile stand er auf und verabschiedete sich. „Also dann, bis in ein paar Wochen. Ich freue mich auf dich, Marten.“
Der Junge nickte und setzte seine Kopfhörer wieder auf.
Hark zog die Tür auf.
„Papa?“
Er drehte sich um.

Marten hielt die Kopfhörer in der Hand und lächelte ihn an. „Ich freue mich auch!“
Hark nickte ihm zu und zog die Tür hinter sich zu. Langsam ging er zu Sinje zurück, die ihn im Flur erwartete.
„Und?“, fragte sie vorsichtig. „Ist alles gut verlaufen?“
„Klar“, erwiderte Hark. „Er freut sich darauf, wenn ich ihn abhole.“
Ein Lächeln verlief über Sinjes Gesicht. „Gute Neuigkeiten. Und du … willst wirklich nicht noch bleiben?“
Er sah ihr in die Augen und vielleicht, ja vielleicht erkannte er darin so etwas wie den Schimmer einer Hoffnung. Einer Hoffnung, die unausgesprochen war und es auch bleiben würde. Hark schüttelte den Kopf. „Ich muss wieder los.“
Sie nickte. „Da kann man nichts machen. Danke für alles, Hark. Das meine ich ehrlich.“
Sie hielten sich fest, bis Hark die Umarmung sanft löste. Er verabschiedete sich. Es würde nicht für immer sein.
Hark ging den Sandweg entlang bis zur Ecke, an der jemand auf ihn wartete.
Meike Bischoff sah ihm entgegen. „Na? Mission Familienzusammenführung erfolgreich abgeschlossen?“ Sie sagte es mit einem Augenzwinkern, während sie sich bei ihm unterhakte.
Hark ließ sich mit einer Antwort Zeit. „Ich kann Marten sehen. Und das ist ein verdammt gutes Gefühl.“
„Das freut mich für dich. Für euch beide.“ Meike stupste ihn in die Seite. „Na? Lust auf einen Strandspaziergang?“
„Ja, ich glaube, den brauche ich jetzt“, antwortete Hark. „Aber nicht hier. Lass uns ein Stück fahren.“
Meike strich sich eine blonde Strähne aus dem Gesicht und sah ihm in die Augen. „Wohin du willst“, sagte sie. „Und wann immer du willst.“

Personenregister:

Hark Hagendorn	Baugeologe
Anne Hagendorn	seine ältere Schwester
Axel Junge	Kommissar Kripo Flensburg
Werner Klinger	Wachtmeister Polizei Langballig
Sinje Geerts	Harks Ex-Frau
Marten Geerts	Harks Sohn
Hagen Wilmers	Sinjes Freund
Erich Kohn	Künstler aus Berlin
Angela Kohn	seine Frau
Meike Bischoff	Tierärztin
Dirk Hoffmann	Bauunternehmer
Wilfried Packulat	Landwirt
Isolde Packulat	seine Frau
Johannes Packulat	ihr Sohn
Jürgen Packulat	ihr Sohn
Rolf Ziercke	Krankenhaus-Angestellter
Norbert Hagendorn	Harks Vater
Lisa Hagendorn	Harks Mutter
Gerda Hoppe	Vermieterin

Der Roman spielt in der Region Osterholz/Westerholz an der Flensburger Außenförde. Die Personen und die Handlung sind frei erfunden. Etwaige Ähnlichkeiten mit tatsächlichen Begebenheiten oder lebenden oder verstorbenen Personen wären rein zufällig.

Weitere spannende Ostsee-Krimis aus dem Boyens Buchverlag

ISBN 978-3-8042-1378-4

ISBN 978-3-8042-1393-7

ISBN 978-3-8042-1432-3

Über den Autor:

Marc Freund, geboren 1972 in Flensburg, aufgewachsen in Osterholz an der Ostsee. Autor der erfolgreichen Ostsee-Krimis „Das Haus am Abgrund“ und „Endstation Steilküste“, beide im Boyens Buchverlag veröffentlicht.
Neben dem Schreiben von Kriminalromanen arbeitet Marc Freund hauptsächlich als Hörspielautor für die beliebten Krimiserien „Lady Bedfort“, „Edgar Wallace“ und „Sherlock Holmes: Die neuen Fälle“. Weitere Hörspielbearbeitungen aus seiner Feder wurden bereits an verschiedenen Theatern und live im Berliner Rundfunk dargeboten. 2012 erreichte sein Hörspiel „Freifahrt“ den 2. Platz beim Literaturwettbewerb des Timmendorfer Strandes.